Das Pilgerzeichen

Hoffnung zwischen Pest und Corona

Vera Jung & Ina Krüger

GIRGIS VERLAG

Bibliografische Informationen der Deutschen Bibliothek: Die Deutsche Bibliothek verzeichnet diese Publikation in der *Deutschen Nationalbibliografie*; detaillierte bibliografische Daten sind im Internet über http://dnb.ddb.de abrufbar.

Erstauflage 2020

Girgis Verlag

Josef-Knettel-Str. 55

55411 Bingen am Rhein

www.girgisverlag.de

info@girgisverlag.de

Covergestaltung: Teresa Jung

ISBN- 978-3-939154-426

Die Idee zum Buch

Vor einigen Jahren spielte ich, Ina, die Orgel in der Binger Rochuskapelle. So begegnete ich jeden Sonntag dem Heiligen Rochus in Form der Statue, die im Hochaltar steht. Die Legende, die sich um ihn rankt, faszinierte mich. Schon damals fragte ich mich, wie es dazu kam, dass dieser Mann zum Volksheiligen wurde, dessen Wirken bis in die heutige Zeit reicht.

Dann kam Corona mit dem Lockdown im März 2020. Ich lief fast täglich auf den Rochusberg hinauf. Dabei bemerkte ich, dass dem Ort etwas Besonderes anhaftet.

Ich las die Aushänge, die an die verschlossene Tür der Rochuskapelle geheftet waren. Es waren Gebete in Zeiten von Corona und sie endeten mit „Heiliger Rochus, bitte für uns".
Der Kreuzweg war bestückt mit Texten, die Parallelen zogen zwischen der Pest und Corona. Welchen Stellenwert hat ein Volksheiliger aus dem Mittelalter im heutigen, modernen Leben? Waren die Ängste und Nöte der Menschen nicht immer ähnlich, egal in welcher Epoche?

Ich unterhielt mich darüber mit meiner Schwester Vera und wir stellten fest, wie sehr uns das Thema beschäftigte. Wir begannen zu schreiben.

Das Ergebnis unserer Arbeit liegt nun, liebe Leserin, lieber Leser, vor Ihnen. Wir hoffen, dass Sie daraus die gleiche Kraft und Energie schöpfen können, wie wir beide es getan haben.

Ein Wort zu den Fakten des mittelalterlichen Teils:
Nach Recherchen, die sehr unklare Lebensdaten zwischen 1295 und 1378 ergaben, legten wir die Lebensgeschichte des Heiligen Rochus in die Zeit der großen Pestepedemien.
So kamen die mittelalterlichen Jahreszahlen zustande, die allerdings keiner historischen Überprüfung standhalten würden.
Die frühe Rochusverehrung, die vor bzw. sehr kurz nach seinem Tod begann, legt nahe, dass dieser Mann schon zu Lebzeiten Berühmtheit erlangt hat.
Der Statthalter von Venedig, Francesco Diedo, verfasste bereits 1478 die Lebensgeschichte des heiligen Rochus „Sancti Rochi“.
1382 wurde dem heiligen Rochus in Voghera eine Kapelle geweiht.
Wie genau es dazu kam, dass dieser besondere Mann zu einem Volksheiligen wurde, dessen Leben und Wirken noch auf die heutige Zeit ausstrahlt, war mangels historischer Fakten unserer Fantasie überlassen.
Rund um die Legende haben wir eine Geschichte gesponnen, um das Bild eines Mannes zu zeichnen, der trotz aller Widrigkeiten zu seinen Überzeugungen, seiner Mitmenschlichkeit und seinem Glauben stand. Felsenfest und unbeirrbar.

Alle Personen, Ereignisse und Namen im modernen Teil der Geschichte sind frei erfunden. Zufällige Namensgleichheiten oder sonstige Ähnlichkeiten sind nicht beabsichtigt.

Unser herzliches Dankeschön gilt
Elke Jung, Natascha Rölz, Uta Brumann-König und Teresa Jung,
die uns beratend, als Lektorinnen
und bei der Gestaltung des Covers zur Seite gestanden haben.

Kapitel 1

Südfrankreich, Juni 2018

„Diese Farbe“, sagte Simone staunend.
„Ja, Sonnenuntergänge am Meer sind unglaublich“, erwiderte ihre Freundin Karin und sah über das rotgoldene Schauspiel, dass sich ihnen bot.
„Ah, natürlich, Sonnenuntergänge auch.“
Simone ließ die klare, orange Flüssigkeit in ihrem Glas kreisen, bis die Eiswürfel klirrten.
„Ich meinte eigentlich die Farbe unserer Aperitivs.“ Die beiden Frauen sahen sich an und mussten lachen.
„Da kommt unser Essen“, kündigte Karin erfreut an.
Mit einem eleganten Schwung und „Voilà. Bon appetit, Mesdames!“ stellte ein braun gebrannter junger Mann eine große Platte, zwei Gläser Weißwein, eine Schüssel mit Knoblauchcreme und einen Korb mit frischem Baguette auf den fein gedeckten Tisch. Er lächelte die Damen charmant an und entfernte sich nach einer kleinen Verbeugung.
„Meeresfrüchteplatte für Zwei. Das reicht ja für Vier“, bemerkte Simone.
„Ahhh, das sieht gut aus. Wir schaffen das schon. Ich habe Hunger wie ein Bär.“
Karin betrachtete ratlos die vielen Besteckteile, die vor ihr auf dem weißen Damasttischtuch lagen.
„Ich weiß immer noch nicht, in welcher Reihenfolge man das alles benutzt. Sieht aus, wie beim Zahnarzt.“
Sie sah sich verstohlen in dem feinen Restaurant um, schaute auf die Tische der anderen Gäste, doch auch das half ihr nicht weiter.
Kurz entschlossen griff sie nach einer Zange und einer großen Garnele, während schon die erste Auster mit Zitronensaft

zwischen Simones gespitzten Lippen verschwand. Die nächste halbe Stunde war nur ein vereinzeltes genüssliches „Fantastisch“ und „Wunderbar“ zu hören, während der beachtliche Berg von zerbrochenen Schalen in der Mitte des Tisches wuchs.

Nach dem Essen schlenderten die Freundinnen zum Strand, der direkt vor dem Restaurant lag. Es war schon dunkel, aber die unzähligen Lampen der Hotelbauten spiegelten sich in den kleinen Wellen.

Simone und Karin zogen die Sandalen aus, liefen barfuß durch den feinen Sand und wateten ins seichte Wasser. Kleine Wellen plätscherten ihnen um die Füße. Karin pflügte bald durchs knietiefe Wasser, den Rock bis zu den Hüften gerafft.

„Uhh, spritz´ mich bloß nicht nass, das ist mein einziges Outfit für feine Restaurants. Wenn das schmutzig wird, muss ich Pommes an der Bude essen.“ Simone lief aus dem Wasser, machte einen Bogen um ihre planschende Freundin und hob ein paar Muscheln auf.

„Mach es wie ich. Kauf dir etwas. Diese kleinen Boutiquen gestern in Montpellier, die waren toll. So schicke, ausgefallene Sachen gibt es bei uns zu Hause nicht.“ Auch Karin kam an den Strand zurück und strich ihren nagelneuen Rock, den sie in Montpellier erstanden hatte, glatt.

Die beiden verließen den Strand, setzten sich auf eine Bank und bemühten sich, den Sand von den Füßen zu wischen, bevor sie ihre Sandalen wieder anzogen.

„Schön war es heute am Meer“, sagte Karin. „So einen Faulenzertag kann man gut aushalten zwischen all den Besichtigungen und Stadtbummeln. Ich habe aber genug Sonne abbekommen.“ Vorsichtig legte sie die Hände auf ihre Schultern, die im Licht der Straßenlaterne dunkelbraun aussahen.

„Ich auch, meine Haut glüht. Du wirst wenigstens schön braun, ich werde immer nur rot. Nehmen wir noch einen Absacker in der Hotelbar?“, fragte Simone.

„Ja, gerne. Wir wollen ja auch noch den Plan für morgen machen“, antwortete Karin.

Karin und Simone waren zwei verwitwete Frauen anfang sechzig. Sie hatten sich beim Sport kennen gelernt, genau in der Phase ihres Lebens, in der jede von ihnen beschlossen hatte, sich aus der tiefen, niederdrückenden Trauer um ihre große Liebe wieder zurück in ein eigenständiges Leben zu kämpfen. Recht bald hatten sie bemerkt, dass sie in einer ähnlichen Lebenssituation waren und ähnliche Interessen hatten. Sie reisten gerne, mit Vorliebe nach Frankreich. Sie schätzten gutes Essen, erlesene Weine und interessante Gespräche. Nach einem gemeinsamen Französischkurs in der Volkshochschule waren sie zum ersten Mal zusammen nach Straßburg gefahren, probeweise, nur für ein verlängertes Wochenende. Es waren schöne, erlebnisreiche Tage gewesen. Mittlerweile war aus der anfänglichen Zweckgemeinschaft eine enge Freundschaft geworden.
Da beide eher jung gebliebene, aktive Frauen waren, konnten sie hervorragend herumalbern oder Neues ausprobieren und hatten viel Spaß bei ihren Unternehmungen. Manchmal gab es Tage oder Phasen, in denen die Trauer die Oberhand gewann, dann waren sie füreinander da, mit allem Verständnis für die Situation der anderen.
Mindestens zwei Mal im Jahr fuhren sie zusammen in Urlaub, im Frühsommer nach Frankreich und im Februar zum Skifahren. Jetzt waren sie in Südfrankreich unterwegs, waren von Nizza aus die Mittelmeerküste entlang gefahren, in Montpellier angekommen und hatten nach einer ausgiebigen Stadtbesichtigung einen Strandtag in La Grand Motte eingelegt. Im Juni waren die Temperaturen noch angenehm und es herrschte nicht allzu viel Trubel in dem beliebten Badeort.

Simone und Karin suchten sich einen freien Tisch im Außengelände der Bar des großen Hotels, das einer modernen

Stufenpyramide glich. Sie saßen zwischen Palmen, deren Stämme mit Lichterketten umwickelt waren. Neben ihnen leuchtete das Wasser der großen Poolanlage in unwirklichem Blau.

„Auf unsere schöne Reise!“ Gut gelaunt stießen die Frauen ihre Gläser aneinander und nippten dann an dem milchig schimmernden Pastis.

„Gestern in Montpellier habe ich mich fast wie Zuhause gefühlt“, begann Simone. „Der Heilige Rochus war ja allgegenwärtig.“

Karin wusste, dass Simone diesem Heiligen seit ihrer Kindheit sehr verbunden war. In ihrem Wohnort besuchte Simone regelmäßig die Rochuskapelle, wo sie zu ihrem Schutzheiligen betete.

Die reiche Stadt Montpellier mit ihrer malerischen Altstadt, dem architektonisch ausgefallenen modernen Teil, den Markthallen, der imposanten Kathedrale und der Kirche Saint Roche hatte mit ihrem südeuropäischen und mittelalterlichen Flair Simone und Karin sofort in ihren Bann gezogen.

Sie waren durch die engen, verwinkelten Gassen der Altstadt gestreift, sie hatten auf schattigen Plätzen gesessen und Simone hatte sich begeistert vorgestellt, wie das Leben im Mittelalter, zu Rochus´ Lebzeiten, dort gewesen sein musste.

In den kleinen Läden und Boutiquen hatten sie sich eingedeckt mit Erinnerungsstücken, denen sie nicht widerstehen konnten. Der Kofferraum des Wagens war nach den bisherigen zwei Wochen ihrer Reise voll mit mediterranen Dekorationen, sommerlichen Kleidungsstücken, Muscheln und Weinflaschen. Zu Hause würden die Reiseerlebnisse auf diese Weise noch lange nachhallen.

Andächtig hatten Simone und Karin vor den beeindruckenden, ockerfarbenen Gebäuden der alten Universität gestanden. „Hier hat Rochus studiert“, hatte Simone ehrfürchtig gesagt. Die

Rochusverehrung in dessen Geburtsstadt ging so weit, dass sogar eine Klinik, ein Hotel und der Bahnhof nach dem Heiligen benannt waren: Saint Roche. Das bedeutete übersetzt nichts anderes als Fels, genau wie der Name Petrus, der Fels, auf den Jesus seine Kirche gebaut hatte.

„Ich wusste bis gestern gar nicht, dass der Heilige Rochus in Frankreich und Italien so bekannt ist. Ich habe ihn immer nur mit der Rochuskapelle bei uns im Ort verbunden“, meinte Karin.
„Ich muss sagen, dieser Pilgergottesdienst gestern, der hat mich schon sehr bewegt. Es war eine ganz besondere Stimmung, ich habe tatsächlich ein paar Tränchen verdrückt“, gestand sie nachdenklich.
Simone nickte. „Mir ist auch das Wasser in die Augen gestiegen. Diese mächtige Orgelmusik, das riesige Weihrauchgefäß, das von der Decke durch den Mittelgang pendelte, die Vorstellung, dass vor Hunderten von Jahren der Heilige Rochus und all die mittelalterlichen Pilger das auch erlebt haben, dass Rochus genau dort in dieser Kathedrale „Notre Dame Des Tables“ zu seiner Pilgerreise aufgebrochen ist. Das alles hat mich tief beeindruckt, du kannst es dir ja vorstellen. Ich und mein Rochus.“ Sie schmunzelte und trank von ihrem Pastis.
Dann begann sie, in ihrer großen Umhängetasche zu kramen, fand nicht, was sie suchte und stieß ein paar leise Flüche aus.
„Na, was hat das schwarze Loch jetzt schon wieder verschluckt?“, fragte Karin lachend, die im Gegensatz zu Simone immer eine ordentliche, kleine Tasche bei sich hatte.
„Die Straßenkarte“, seufzte Simone und begann, ihren bunt bestickten Stoffbeutel auszuräumen: Sonnencreme, eine Sonnenbrille, eine alte Kinokarte, einen Lippenstift, eine zerfledderte Zeitschrift, eine Handvoll Muscheln, einen zerschmolzenen Schokoriegel, eine Haarspange mit rosa glitzernden Perlen. Sie sah auf und fuhr durch ihre kurz geschnittenen, welligen,

braunen Haare. „Die ist nicht von mir. Die ist von Josi“, grinste sie verlegen. Karin hob vergnügt die Augenbrauen, sagte aber nichts.

Josefine, genannt Josi, war Simones Enkelin. Ihre Enkelkinder Josefine und Daniel waren wahrscheinlich die wichtigsten Menschen in Simones Leben, nachdem ihr Mann Günther vor neun Jahren überraschend an einem Herzinfarkt verstorben war. Mit ihnen unternahm die lebhafte Simone viel. Jeden Abend telefonierte sie auch auf der Reise mit ihrer Tochter Anna und ihrer Enkelin Josefine.

„Die sind auch von Josi.“ Simone legte ein angebrochenes Päckchen Kaugummi auf den Tisch.

Triumphierend zog sie ein zerknittertes Papierbündel aus den Tiefen der Tasche, wischte mit einer einzigen Handbewegung all ihren Kram wieder hinein, schob die Pastisgläser zum Rand des Tisches und breitete das auseinandergefaltete Papier aus.

Mit dem Zeigefinger tippte sie auf die Karte. „So. Wir sind jetzt hier. Morgen fahren wir....“, sie ritzte mit dem Daumennagel den Straßenverlauf auf der Karte ein. „Wir fahren bis Montbonnet. Ich fahre und du schaust aufs Navi. Wie immer. Sonst kommen wir nie dort an. Das ist gar nicht so weit. Wir sind dann im Grunde schon auf dem Rückweg“, sagte sie mit leisem Bedauern in der Stimme.

Karin rückte ihre Brille zurecht und sah sich den Verlauf der Route genau an.

„Und jetzt: das tägliche Origami“, sagte Simone vergnügt.

Mit viel Gelächter und einigen Fehlversuchen falteten sie die Karte wieder zusammen und ließen sie in Simones „Krempelsack“, wie Karin die Tasche ihrer Freundin nannte, verschwinden.

„Montbonnet ist ein total goldiges Städtchen mit vielen Läden und Restaurants. Außerdem ist morgen noch einmal Rochustag“, sagte Simone voller Vorfreude.

„In Montbonnet gibt es eine kleine romanische Kapelle, die ihm geweiht ist. Die können wir uns ansehen, die liegt vor dem Städtchen auf einem Hügel. Vor Jahren wurde beim Renovieren in der Sakristei ein altes Pilgerzeichen mit einem Bild des heiligen Rochus gefunden. Das stand so in meinem Reiseführer."
„Was ist ein Pilgerzeichen?", unterbrach Karin sie interessiert.
„Pilgerzeichen sind kleine Metallplaketten mit Heiligenbildern darauf. Die Pilger im Mittelalter haben diese Pilgerzeichen als Erinnerung und Beweis für ihre Pilgerreise gekauft und an ihre Hüte gesteckt. Sammelstücke, fast so, wie dein Bettelarmband. Meist war der Heilige Jakob abgebildet, oft auch die Pilgermuschel. Die haben wir ja in Montpellier an jeder Ecke gesehen, damit sind dort die Sehenswürdigkeiten gekennzeichnet."
Simone hielt kurz inne.
„Wo war ich jetzt stehen geblieben? Ach ja, das Pilgerzeichen, das man in Montbonnet gefunden hat. Also, das zeigt den Heiligen Rochus. Irgendwann muss es ein Pilger dort vergessen haben. Es wird in der Kapelle ausgestellt. Und das Beste ist ..." Sie legte eine feierliche Pause ein und strahlte Karin an. „Man hat Duplikate davon angefertigt, die man in Montbonnet kaufen kann. Das habe ich auch im Reiseführer gelesen. Morgen werde ich Schmuck kaufen, für mich und für Josi, als eine Art Glücksbringer oder Schutzzeichen."
„Ich hätte gar nicht gedacht, dass wir hier dem Heiligen Rochus so oft begegnen und dass er hier so berühmt ist", sagte Karin überrascht.
„Der Heilige Rochus ist streng genommen gar kein Heiliger. Der Papst hat ihn nie heilig gesprochen, er ist ein so genannter Volksheiliger. In Frankreich und in Italien gehört er heute noch zum Leben dazu. In Italien gibt es etwa 3000 ihm geweihte Kapellen und Kirchen, 74 Orte und 36 Stadtteile, die nach ihm benannt sind. Erstaunlich viele, oder?" Simone war in ihrem Element und man sah ihr die Begeisterung an.

Karin nickte. „Das wusste ich nicht. Wie kam es denn eigentlich, dass er so bekannt wurde?“

Kapitel 2

Montpellier, anno domini 1352

Die Musik der in bunte Lumpen gekleideten Gaukler wurde schneller und lauter, die Sackpfeifen und Flöten klangen schrill, Trommeln, Maultrommeln, Schellen und das Rebec trieben das Tempo unbändig voran und die Flamme des Feuerspuckers schoss wie eine orange leuchtende Blume in die Luft.
Durch die dicht gedrängt stehende Menschenmenge ging ein Raunen, als die Feuerzunge zischend gen Himmel schoss. Erschrocken und überrascht wich der zerlumpte, schmutzige Junge zurück und stolperte rückwärts gegen die Röcke einer Marktfrau. „Verdammter Bengel!“, fluchte sie und holte mit der Hand aus. Der Junge wich geschickt dem drohenden Schlag aus, wuselte zwischen den Beinen der Menschen hindurch und verschwand im Gedränge des Marktes.
Er lief vorbei an den Fischständen mit ihrem in der Nachmittagshitze fauligen Geruch, machte einen Bogen um die achtlos zu Boden geworfenen Fischköpfe und die blutigen, schmierigen Innereien, von denen summende Schwärme schwarzer, schillernder Fliegen aufstiegen.
Er rannte an Buden vorbei, in denen geköpftes und gerupftes Geflügel an Schnüren baumelte und sprang leichtfüßig über Körbe und Kisten mit Obst, Kräutern und Gemüse.
Am Rande des Marktgeschehens blieb der Junge stehen, sah sich um und schöpfte Atem.
Dichtes Gedränge herrschte zwischen den Marktständen, Bratereien und Imbissständen. An offenen Feuerstellen wurden an

Spießen ganze Schweine gebraten. Der beißende Qualm dieser Feuer, vermischt mit dem Geruch scharf angebratener Zwiebeln und Knoblauchzehen, sowie vieler ungewaschener Leiber, ergab eine bestialische Mischung.
Um die Troubadoure mit ihren Liedern und ihrem Lautenspiel und um die bunten Gaukler hatten sich große Menschentrauben versammelt. Lastenträger und Händler schoben sich mit Säcken, Kisten und Körben durch die Menge und Hunde versuchten Abfälle und Reste zu erbeuten. Es war eine unvorstellbare Flut an Menschen, Gestank und Lärm.
Die Sonne war schon hinter den Hausgiebeln verschwunden, der Markt mit seinen Ständen, seinem Gewühl und seinem Geschrei lag bereits im Schatten. Noch immer lastete die Hitze des Tages auf dem Labyrinth der Gassen, die vielfältigen Gerüche ließen die Luft stickig erscheinen, obwohl die Kühle des Abends bereits zu erahnen war. Es wurde Zeit, nach Hause zu gehen, sonst würde der Ausflug unweigerlich großen Ärger nach sich ziehen.
Eilig lief der Junge auf nackten Füßen durch die staubigen, engen Gassen, vorbei an herumliegendem Unrat, Menschen, Tieren und Fuhrwerken, bis die Gassen breiter wurden, die Häuser ansehnlicher. Er rannte vorbei an der Basilika Notre-Dame-Des-Tables, vorbei an der Baustelle der Kapelle von Saint Benoît, heraus aus den verwinkelten Gassen der Altstadt bis zum Stadtrand von Montpellier, wo die großen Villen und die prächtigen Herrenhäuser aus hellem Stein standen, umgeben von prachtvollen Gärten, die von Bediensteten gepflegt wurden und die hinter den hohen, sie umgebenden Mauern grünen Oasen glichen.
Der Junge verlangsamte sein Tempo ein wenig. Seine Fußsohlen brannten vom Laufen über die unebenen, gepflasterten Straßen und Gassen.
Zwischen den Mauern zweier Villen gab es eine unauffällige Lücke, dort schlängelte sich ein zugewachsener Pfad. Flink

schlüpfte der Junge zwischen den dicht rankenden Pflanzen hindurch und verschwand in dem grünen, zugewucherten Dickicht. Durch einen engen Mauerspalt kletterte er geschickt und wendig ins Innere des Gartens, überquerte vorsichtig, geduckt hinter blühenden Stauden eine freie mit Gras bewachsene Fläche und schlich zum Pferdestall im hinteren Teil des großen Geländes.
Im Stall herrschte die übliche nachmittägliche Betriebsamkeit. Der Stallmeister und die Knechte schleppten hölzerne Futter- und Wassereimer, die Pferde stampften und schnaubten. Ein stämmiges, hellgraues Pferd stand ungeduldig wiehernd an einen Pfosten gebunden.
Hinter einem Futtersack verborgen, beobachtete der Junge aufmerksam das Geschehen und wartete auf einen günstigen, unbeobachteten Moment. Jetzt! Die Stallgasse war leer. Rasch überquerte er sie unbemerkt und huschte aufatmend hinter einen Stapel Strohballen.
„Da bist du ja endlich“, empfing ihn ein Knabe, der in eine grobe, schmutzige Sackleinwand gehüllt, gut versteckt zwischen den Strohhaufen kauerte. „Ich habe schon gedacht, du kommst gar nicht wieder!“
Hastig zog der Ausreißer die zerlumpten Kleider aus und reichte sie seinem wartenden Freund. Der magere, drahtige Junge nahm ungeduldig die Kleidung entgegen, hielt aber inne und starrte wie immer auf die nackte Brust seines kleineren Freundes.
„Was ist?“, zischte dieser leise.
„Dein Kreuz ...“
„Das kennst du doch. Du hast es doch schon unzählige Male gesehen. Das ist nur ein Muttermal. Immerhin heiße ich auch so. De la Croix. Das gehört also dort hin. Ich habe das von meinem Vater geerbt. Sein Bruder, also mein Onkel, hat es auch. Aber meins ist größer“, erwiderte er mit einem Blick auf das große, auffallend dunkle Mal mitten auf seinem Brustkorb.
Von Geburt an war er mit dem Kreuz gezeichnet, das Mal war scharf abgegrenzt, symmetrisch, von gleichmäßigem, dunklem

Braun und hatte tatsächlich exakt die Form eines Kreuzes in der Größe seiner Hand.
Er hob den Blick von diesem wie mit Rötel aufgemalten Zeichen und sah seinen Freund grinsend an. „Danke!“, flüsterte er. „Ich bringe dir später Abendessen in den Stall.“
„Ja, ich helfe jetzt meinem Vater beim Füttern der Pferde und dann warte ich hier auf dich“, antwortete der andere Junge und verschwand zwischen den Strohballen.
Der kleine Ausreißer wühlte im Stroh nach seiner versteckten Kleidung. Dann zog er saubere, ordentliche Beinkleider an, ein langes, besticktes Hemd und ein dunkelgrünes Wams, schlüpfte in seine Strümpfe und Schuhe und trat nun völlig verwandelt aus seinem Versteck auf die Stallgasse hinaus, nachdem er sich verstohlen umgesehen und versichert hatte, dass niemand zu sehen war.
An der gemauerten Pferdetränke vor dem Stall wusch er sich hastig Gesicht und Hände mit dem erfrischend kühlen Wasser und strich sich mit den feuchten Fingern die lockigen, braunen, völlig verstrubbelten Haare glatt. Dann machte er sich durch den großen, einem Park ähnlichen Garten auf den Weg zum Haupthaus, dessen helles Mauerwerk prachtvoll im Licht der verschwindenden Sonne aufleuchtete. Die Mauern schimmerten im zarten Gelb des Sonnenuntergangs, das hellrote Dach glühte förmlich im Abendlicht.
Er kehrte von seinem Ausflug zurück in seine Welt. Diese heimlichen und verbotenen Ausflüge unternahm der Junge regelmäßig. Nicht nur Abenteuerlust und Neugier trieben ihn, nein, er war trotz seines jungen Alters verwundert darüber, wie unterschiedlich das Leben der Menschen war. Er beobachtete genau, wie der Alltag in den armen, schmutzigen Wohnvierteln, in den Vierteln der Händler und Handwerker aussah und verglich die Verhältnisse mit seinem eigenen Leben in Wohlstand und Sauberkeit.

Bereits jetzt regte sich in ihm Mitleid für die, die es nicht so gut getroffen hatten wie er. Oft fragte er sich, warum die Menschen so verschieden leben mussten, obwohl sie doch alle Gottes Kinder waren, wie er immer wieder in den Predigten hörte.

Als er unauffällig durch den prunkvollen Haupteingang in die große Eingangshalle schlüpfen wollte, lief er der Köchin in die Arme.
„Wo kommst du denn her? Wie riechst du denn? Komm mal her, du hast Stroh in den Haaren“, rief sie, stellte einen Korb mit Gemüse ab und begann, Halme aus seinen mühsam gebändigten Locken zu zupfen.
„Dein Vater erwartet dich. Er hat bereits nach dir gesucht. Geh am besten gleich zu ihm, sonst wird er ungemütlich“, warnte die gutmütige, pummelige Frau ihn und strich ihm mit einer mütterlichen Geste über den Kopf.
Der Junge strahlte sie mit seinem unschuldigsten Lächeln an. „Mach ich, Rosanne. Ich gehe direkt zu ihm. Aber nachher komme ich noch zu dir in die Küche, ein bisschen Nachschlag holen“, grinste er verschmitzt und rieb sich den Bauch.
Die grauhaarige, ältere Frau strubbelte ihm liebevoll durch die Haare, die sie zuvor glatt gestrichen hatte und nickte. „Du bist nicht satt zu bekommen“, lachte sie, freute sich aber insgeheim darüber, dass der Sohn des Hauses ein regelmäßiger, heimlicher Gast in ihrem Reich, dem Küchentrakt war. Sie kannte ihn schon seit seiner Geburt und liebte ihn wie einen eigenen Sohn.
Der Junge zwinkerte ihr zu und machte sich durch das kühle, dämmrige Haus auf den Weg zum Arbeitszimmer seines Vaters.

Vor der Tür des Kontors blieb er zunächst stehen, sammelte sich und wappnete sich für die Standpauke, die ihn mit Sicherheit erwartete. Schnell strich er noch einmal über seine Kleider und sah nach unten, ob die Strümpfe ordentlich hoch gezogen waren. Dann atmete er tief durch, klopfte an die kunstvoll

geschnitzte Tür, trat auf einen Zuruf ein, senkte unterwürfig den Blick und sagte betont artig: „Vater, Ihr verlangt nach mir?“
Der groß gewachsene, gut gekleidete, dunkelhaarige Mann in mittleren Jahren sah von seinem Schreibtisch auf. Er ordnete einige Papiere, stapelte sie und betrachtete dann seinen Sohn mit strengem Blick.
Vater und Sohn hatten die gleiche Haarfarbe, die gleichen markanten Augenbrauen über braunen, fast schwarzen Augen und das gleiche energisch vorspringende Kinn mit einem Grübchen unter den vollen Lippen. Auch die Nase des Kleinen würde im Laufe der Jahre der geraden, schmalen Nase des Vaters immer ähnlicher werden, das war schon jetzt in den noch weichen, kindlichen Zügen deutlich zu erahnen.
Missmutig zog der Mann die buschigen Augenbrauen zusammen, bis eine steile Falte zwischen ihnen erschien und sagte mit leichtem Vorwurf und gehöriger Strenge in der Stimme: „Dein Lehrer hat berichtet, du seist nicht zum Lateinunterricht erschienen! Rochus, so geht das nicht. Du hast Unterricht und ich bestehe darauf, dass du teilnimmst. Wo hast du dich wieder herumgetrieben?“ Seine Worte unterstrich er, indem er nachdrücklich mit der Schreibfeder gestikulierte, mit der Spitze auf seinen Sohn zeigend. Dann legte er die Feder in die Holzschale zu Tinte und Löschsand und betrachtete unmutig und abwartend den Ausreißer.
Rochus sah zu Boden und presste die Lippen zusammen. Im Lateinunterricht langweilte er sich häufig, da er die Sprache schneller und müheloser lernte, als sein Lehrer erwartete. Er schien eine Begabung für Sprachen zu haben. Mit seinem Freund Mathieu sprach er meist in der Mundart Okzitaniens, die er wie seine Muttersprache beherrschte.
„Warst du wieder im Stall und hast mit dem Sohn des Stallmeisters gespielt?“, bohrte der Vater streng weiter, da Rochus stumm blieb.

Rochus nickte mit betretenem Gesichtsausdruck und hielt den Blick gesenkt. Er kannte diese Standpauken nach seinen regelmäßigen Ausflügen bereits, er wusste, wie er sich klugerweise zu verhalten hatte, um größeren Ärger abzuwenden.
Konsul Jean Roch de la Croix schüttelte unwillig den Kopf und seufzte: „Was soll aus dir nur werden? Du bist fast zehn Jahre alt und treibst dich mit dem Gesinde herum statt zu lernen. Geh, reinige dich und bereite dich auf das Abendessen vor.“
Rochus war entlassen.

Aufatmend schlüpfte er durch die schwere Tür, schloss sie und grinste zufrieden. Das war gut gegangen. Wieder einmal hatte er es geschafft. Die Verwandlung vom behüteten, wohl erzogenen Sohn des Konsuls in den Straßenjungen, der unbehelligt durch die Gassen von Montpellier streifen konnte, war geglückt, wie schon so oft. Niemand war ihm bisher auf die Schliche gekommen. Seinem nichts von den Eskapaden ahnenden Vater bot er jedes Mal das perfekte Bild eines schlechten Gewissens.
Als lang ersehntes und einziges Kind des Konsuls und dessen Frau Liberia, einer Lombardin, wurde er gut behütet und streng religiös erzogen. Freie Zeit ohne Aufsicht und übermütiges Spiel mit Gleichaltrigen gab es selten. Also erschlich er sich mit dem Kleidertausch seine kleinen Ausflüge ins lebhafte Treiben der Stadt, zumal ihn diese andere Lebensweise und die Ungerechtigkeit, die er dahinter wahrnahm, faszinierte und seine Gedanken beschäftigte.
Rochus bückte sich und nestelte an seinem Schuh. Seine Füße waren noch voller Straßenschmutz, der in den feinen Strümpfen scheuerte. Er klaubte einen kleinen Stein zwischen den Zehen heraus, sah sich verstohlen um und ließ ihn in eine tönerne, glasierte Bodenvase fallen. Es gab ein dumpfes Geräusch, als der Stein in dem großen, bunt verzierten Gefäß aufschlug und Rochus sah sich erschrocken um. Niemand war hier. Er atmete auf.

Dann hüpfte er übermütig und gut gelaunt durch den dämmrigen Gang, sprang die breite Marmortreppe hinab und verließ das Haus durch die schwere, mit Schnitzereien verzierte Eingangspforte.
Fröhlich rannte Rochus in den Küchentrakt und füllte unter den wohlwollenden Blicken der Köchin einen Korb mit feinen Speisen: mit kaltem Braten, gekochten Hopfensprossen, Krebspastete, Mandelbrot, Küchlein aus Feigen, Rosinen und kandierten Früchten.
„Ich nehme das mit, ich möchte im Garten essen, es ist so schön draußen", rief er der Köchin zu, winkte lächelnd und verschwand.
Den bis zum Rand gefüllten Korb schleppte er zu seinem Freund Mathieu in den Stall. Das war der Preis für Mathieus Verschwiegenheit, für die Abenteuer, für die Freiheit, aus dem goldenen Käfig für einige Zeit zu entkommen.

Kapitel 3

Februar 2020

Die gewaltigen, raumfüllenden Töne der kostbaren alten Schlimbach-Orgel verstummten, hallten jedoch noch eine Zeitlang als spürbare Schwingungen nach und ließen die darauffolgende Stille des Kirchengewölbes körperlich fühlbar werden.
Josefine war nur ihrer Oma zuliebe mitgekommen. Beeindruckt von der Wucht der Klänge und der folgenden Stille verhielt aber auch sie den Schritt und senkte ihre Stimme zu einem Flüstern.
„Oma! Das ist voll altmodisch! Du glaubst doch wohl nicht an so etwas?"
Simone sah ihre Enkelin an, legte ihr den Arm um die Schultern und antwortete schlicht und genau so leise: „Doch."

Josefine verdrehte die Augen, lehnte sich an ihre Oma und blieb noch einen Augenblick mit ihr vor den kleinen aufgereihten Kerzen stehen. Die unzähligen Teelichte in ihren roten Außenhüllen flackerten im leichten Luftzug, sobald die Kirchentür sich öffnete. Manche waren bereits ausgebrannt und erloschen. Simones gerade angezündete Kerze brannte noch mit einer schwachen, unsteten Flamme, die sich mit der Zeit ins weiche Wachs graben und beständiger werden würde, bis auch sie erlöschen würde.

Simone und Josefine gingen durch den Mittelgang, blieben vor dem Altarraum stehen und sahen zu dem prachtvollen Hochaltar hinauf. Dort stand in Lebensgröße die Statue des Heiligen Rochus und blickte mit leicht geneigtem Kopf auf die Gläubigen. Die grüne Farbe seines Gewandes sah matt und verblasst aus, auch sein goldfarbener Umhang hatte den Glanz verloren.
„Bald ist er für eine Zeit lang weg", flüsterte Simone ihrer Enkelin zu.
„Wieso? Wo ist er denn dann?", fragte Josefine leise zurück.
„Bei einem Restaurator. Die Holzwürmer werden verjagt und er bekommt neue Farbe", erklärte Simone im Flüsterton.
„Ah, das Loch im Knie wird bestimmt auch repariert", meinte Josefine.
Simone sah sie belustigt an und schüttelte den Kopf.
„Das glaube ich nicht. Das bleibt. Das ist ein Pestmal, eine Narbe, die übrig blieb, nachdem er von der Pest geheilt war. Immerhin ist er der Schutzheilige gegen Pest und Seuchen."
„Ich weiß. Ihm fehlen zwei Finger. Sind die auch wegen der Pest abgefallen?", erkundigte sich Josefine interessiert.
„Nein, du verwechselst das mit Lepra. Bei der Pest fällt nichts ab. Die sind abgebrochen und werden bestimmt auch repariert", sagte Simone schmunzelnd.

„Was ist mit dem Hund?“, fragte Josefine und zeigte auf den kleinen, unscheinbaren Hund, der zu Rochus´ Füßen saß und zu ihm aufblickte.
„Der Hund war der einzige, der zu Rochus gehalten hat, als er in Schwierigkeiten war. Er kommt auch zum Restaurator.“
„Wieso hat er goldene Muscheln auf der Jacke?“, wollte Josefine noch wissen.
„Das sind Jakobsmuscheln, Pilgerzeichen, die trugen die Pilger im Mittelalter an ihrer Kleidung. Diese Tradition hat sich bis heute gehalten. Ich hatte dir neulich erzählt, dass ich gerne auch einmal den Jakobsweg gehen möchte, weißt du noch? Wenn ich das mache, werde ich natürlich auch eine Jakobsmuschel tragen“, flüsterte Simone.

Die beiden schauten noch einen Moment und gingen dann nebeneinander durch den Mittelgang zum Ausgang. Simone tauchte die Finger ins Weihwasserbecken und schlug das Kreuzzeichen. Dann verließen Oma und Enkelin als Letzte das Kirchengebäude.
Die meisten Gottesdienstbesucher waren schon weggefahren, einige hatten sich zu einem Spaziergang rund um die Rochuskapelle aufgemacht. Die Kapelle lag hoch auf dem Rochusberg über Bingen und dem Rhein. Ein schattiger Weg unter Bäumen führte hinter der Kapelle an den Kreuzwegstationen vorbei und bot einen fantastischen Blick über den Fluss mit seinen Auen und Windungen und über die Weinberge und Ortschaften an beiden Ufern.
„Oma, das ist Aberglaube“, begann Josefine von Neuem.
Simone stieß sie mit dem Ellbogen an und meinte: „Hast du Lust auf Kuchen?“
Die beiden gingen über den mittlerweile fast leeren Parkplatz in das nahe gelegene Café.

„Mama wird wieder schimpfen, wenn wir so kurz vor dem Mittagessen Kuchen essen“, prophezeite Josefine mit zufriedenem Grinsen.
Simone lehnte sich zurück und sah hinaus in den noch kahlen Obstgarten, unter dessen Bäumen man im Sommer sitzen konnte.
„Wir werden es überleben. Wie immer.“ Sie zwinkerte ihrer Enkelin zu.
„Oma, warum machst du das mit den Kerzen?“, fragte die elfjährige Josefine. Das Thema ließ sie nicht los.
Simone sah sie lächelnd an. „Josi, der Heilige Rochus und ich, wir haben den gleichen Ehrentag. Das weißt du doch. Er hat am 16. August Namenstag und ich Geburtstag. Das verbindet, das kann ich dir sagen!“
Doch dann fuhr sie ernsthaft fort: „Weißt du, der Heilige Rochus ist ein Schutzpatron. Schon seit Jahrhunderten verehrt man ihn und betet zu ihm. Mir ist es wichtig, ihn im Blick zu behalten. Gesundheit ist das Wertvollste, das wir haben.“
Beide schwiegen kurz, während die Bedienung Kaffee, Apfelkuchen und ein großes Glas Apfelsaft vor ihnen abstellte.
„Es ist doch ein harmloses Vergnügen, dem heiligen Rochus eine Kerze zu stecken, oder? Außerdem bin ich hier aufgewachsen und kenne ihn sozusagen schon seit meiner Kindheit. Mit meinen Eltern war ich sonntags immer in der Rochuskapelle zur Messe. Meine Mutter hat dann auch immer Kerzen für den Rochus gesteckt.“

Eine Kerze stecken, schon dieser Ausdruck war für Josefine ein Grund zum Kopfschütteln. Eine Kerze stecken bedeutete, man warf eine Münze in den Opferstock, zündete ein Teelicht an und stellte dieses zu den vielen anderen Teelichten unter das Bildnis des Heiligen. Oma steckte gerne Kerzen für den heiligen Rochus. Josefine machte sich immer wieder und genau so gerne darüber lustig.

Simone sah ihre Enkelin an. „Hast du eigentlich den kleinen Anhänger noch, den ich dir von meiner Frankreichreise mitgebracht habe?“, erkundigte sie sich und berührte mit einer schnellen Geste das Medaillon, das sie selbst um den Hals trug.
„Na klar. So was verliere ich doch nicht. Den hast doch du mir geschenkt. Ich ziehe ihn bloß selten an, weil ich Angst habe, ihn beim Sport zu verlieren“, erwiderte Josefine und pickte mit der Gabel ein paar Kuchenkrümel auf.
„Kannst du dich auch noch erinnern, was da drauf war?“, fragte Simone weiter.
„Jaaaa, ich glaube schon“, antwortete Josefine gedehnt, war sich aber nicht mehr ganz sicher.
„Der Heilige Rochus?“, meinte sie mit nachdenklich gerunzelter Stirn.
„Genau“, sagte Simone.

Auf einer Reise durch Südfrankreich hatte Simone zwei silberne Duplikate eines alten Pilgerzeichens und zwei Silberkettchen gekauft. Einen der Anhänger hatte sie für sich behalten, so konnte sie ihren Heiligen Rochus immer bei sich tragen. Den anderen hatte sie ihrer Enkelin als Schmuckstück und Erinnerung geschenkt, als Verbindungsstück zwischen ihnen beiden und auch als Schutz.

„Omilein, du träumst. Hallo, jemand zu Hause?“, hörte sie plötzlich Josefine kichern.
Sie löste sich aus ihren Erinnerungen und betrachtete liebevoll ihre Enkelin.
„Ja. Stimmt. Ich habe geträumt. Von meiner Südfrankreichreise“, gab sie versonnen zu.
„Stichwort Reise: Hast du schon gepackt?“, wechselte Josefine das Thema und sah Simone erwartungsvoll an.
„Nein, noch nicht fertig. Immerhin habe ich schon den Dachgepäckträger auf dem Auto. Mein Nachbar hat mir dabei geholfen.

Ganz schön sperrig, das Ding. Heute Abend packe ich meinen Koffer, schnalle die Skiausrüstung aufs Autodach und morgen früh geht es los. Ich freue mich schon so! Die Bedingungen sind perfekt. Es liegt genug Schnee, der Wetterbericht ist gut, das wird eine tolle Woche!“ Simone strahlte vor Vorfreude.
“Sportlich, sportlich!“, meinte Josefine anerkennend. „Ich wollte, ich könnte auch Ski fahren.“
Sie wusste, dass ihre Oma eine begeisterte und geübte Skifahrerin war. Jedes Jahr fuhr sie im Februar nach Samnaun, einem Skiort in Tirol. Dort genoss sie eine Woche auf den Pisten mit Blick auf die Gletscher der Silvretta. Normalerweise fuhr Simone zusammen mit ihrer Freundin Karin, doch die hatte sich letzte Woche unglücklicherweise den Arm gebrochen und musste stornieren. Simone hatte zuerst überlegt, ebenfalls abzusagen, aber sich dann entschieden, alleine zu fahren. Der Skiurlaub gehörte für sie einfach dazu, genau wie die Reise nach Norderney, zu der sie Josefine jedes Jahr über Ostern einlud.
Früher war auch Daniel, Josefines Bruder, mitgefahren, doch der Vierzehnjährige fand es mittlerweile uncool, mit seiner Oma und seiner kleinen Schwester zu verreisen.
„Oh, wir müssen los“, sagte Simone nach einem Blick auf die Uhr.

Mit etwas Verspätung erreichten sie Josefines Haus, dessen Garten direkt an die Weinberge grenzte. Von hier aus konnte man die Rochuskapelle sehen; sie waren einen Halbkreis um den Rochusberg gefahren.
„Da seid ihr ja endlich“, begrüßte Anna, Josefines Mutter, sie und küsste Simone auf beide Wangen. „Kommt rein. Das Essen ist fertig“
Simone und Josefine tauschten einen schnellen Blick und Anna wusste sofort, was los war.

„Habt ihr schon wieder Kuchen vor dem Mittagessen gegessen? Jetzt seid ihr satt und wir müssen die ganze nächste Woche Wirsing und Kartoffeln essen“, sagte sie mit gespielter Empörung. Simones uralter Dackel Sam, der schon seit dem frühen Morgen in sein Urlaubsquartier bei Josefine eingezogen war, freute sich unbändig, sein Frauchen wieder zu sehen. Er wackelte auf seinen krummen, steifen Beinchen mit begeistertem Schwanzwedeln und aufgeregtem Fiepen um Simone herum, als habe er sie seit Jahren nicht gesehen. Frank, Josefines Vater, saß schon erwartungsvoll am gedeckten Esstisch und las in der Zeitung.
Daniel schlenderte mit einem „Hi, Oma“ ins Esszimmer, ohne die Kopfhörer abzunehmen.
„Nimm die Stöpsel aus den Ohren“, ermahnte Frank seinen schlaksigen Sohn. Entnervt verdrehte Daniel die Augen, gehorchte aber und ließ sich auf einen Stuhl fallen.
Das Essen verlief wie jeden Sonntag. Anna verkniff sich den Nachtisch wegen der Figur, wie sie sagte, der 14-jährige Daniel aß für Fünf, und Frank ließ das Gemüse weg. Alles war wie immer und nach harmonischem Geplauder und einem Kaffee verabschiedete sich Simone, um ihre Reise vorzubereiten.
„Tschüss Sam, bis nächste Woche. Mach keinen Ärger!“, sagte sie und kraulte ihren Hund noch einmal hinter den Schlappohren.
„Viel Spaß! Hals und Beinbruch - oder sagt man das nicht so?“, rief Daniel mit einem Augenzwinkern und umarmte seine Oma kurz.
Dann drückte Simone Josefine fest an sich und gab ihr einen Kuss. „Bis nächste Woche. Ich hab dich lieb.“
„Ich dich auch, Oma. Viel Spaß und Ski Heil.“ Josefine winkte zum Abschied und schloss die Haustür. Sie ging in die Küche, wo ihre Eltern die Spülmaschine einräumten und sauber machten, setzte sich an den Küchentisch und griff nach der leeren Nachtischschüssel. Genüsslich fuhr sie immer wieder mit dem

Zeigefinger den Rand entlang und leckte den Rest der Vanillecreme vom Finger.
„Nun gib schon her", sagte Anna, nahm die Schüssel und packte sie in die Spülmaschine. „Du musst die Schüssel nicht mitessen. Wahrscheinlich hast du schon jede Menge Kuchen gehabt, oder?" Josefine streckte sich und nickte zufrieden.
„Oma hat wieder eine Kerze angesteckt", berichtete sie. „Ich finde das so altmodisch. Sie ist sonst gar nicht so. Das ist so seltsam, dass sie an diesen Kram glaubt. Eigentlich ist sie ..., na ja, irgendwie gar nicht alt. Aber jedes Mal, wenn wir in der Rochuskapelle sind, steckt sie eine Kerze für den Heiligen Rochus", benutzte Josefine den altmodischen Ausdruck mit theatralischer Stimme.

Kapitel 4

Montpellier, anno domini 1355

Über Montpellier lastete seit Wochen eine drückende Sommerhitze.
Rochus war lange nicht mehr heimlich in der Stadt umher geschweift, es war einfach zu heiß, um das kühle Haus oder den schattigen Garten zu verlassen. Trotzdem vermisste er seine Beobachtungen auf den Märkten, das Treiben um den kühlen Marmorbrunnen vor der Basilika, die Abenteuer, die er im Gewirr der Gassen erleben konnte.
Gemeinsam mit seiner Mutter sprach er die täglichen Gebete in der kleinen Kapelle hinter dem Haupthaus. In dem winzigen Gebäude im Schatten hoher, dicht belaubter Maulbeerbäume war es angenehm kühl. Sogar seinen Unterricht besuchte er zur Freude seines Lehrers regelmäßig, aber oft nur, weil die dämmrige Studierstube einer der kühlsten Räume des Hauses war.

Die Böden der umliegenden Felder und Weinberge waren ausgedörrt und rissig, das Pflaster der Straßen verbrannte in der Mittagszeit die Füße, selbst, wenn man Schuhe trug. Die unglaubliche Hitze lastete auf den Gemütern von Mensch und Tier. Vom nahen Meer kam kein Luftzug zur Abkühlung, alles war wie erstarrt unter dieser glühenden, windstillen, bewegungslosen Glocke aus aufgeheizter Luft.

Unter dem Holzdach des Stalls staute sich die brütende Hitze. Die Luft fühlte sich an wie die Gluthitze, die dem großen, aus Ziegelsteinen gemauerten Backofen hinter dem Küchentrakt entwich, wenn Rosanne ihn angeheizt hatte, um Brote zu backen.
Ausgerechnet hier wollte Mathieu sich mit ihm treffen. Einen heißeren Ort hatte er nicht finden können, dachte Rochus und wischte sich träge den Schweiß von der Stirn.
Der Staub flirrte in einem der Sonnenstrahlen, die sich durch die Löcher und Spalten zwischen den Holzschindeln des Daches hindurchstahlen. Rochus lag auf dem Rücken im Heulager des Pferdestalls und betrachtete einen Strahl, in dem unzählige Staubkörnchen tanzten, sodass es aussah, als könne er ihn greifen. Von unten drangen die Geräusche und der dampfige Geruch der Pferde hinauf, das Rufen der Stallknechte und das Klappern der Gerätschaften. Endlich hörte er die Leiter knarren und sah einen wirren, verschwitzten Haarschopf über dem Rand des Heubodens auftauchen.
„Da bist du ja. Ich warte schon ewig“, begrüßte er seinen Freund Mathieu und klopfte mit der Hand vielsagend auf den Rand des gut gefüllten Korbes, der neben ihm im Heu stand.
Mathieu kletterte geschickt über die Kante und ließ sich mit ausgebreiteten Armen rückwärts in einen dicken Heuhaufen fallen.
„Uff, bin ich erledigt“, stöhnte er. „Die Pumpe im Pferdestall ist kaputt. Wir mussten das ganze Wasser von der Pumpe beim

Gemüsegarten her schleppen. Bei dieser Hitze! Eure Pferde saufen viel. Meine Arme hängen bestimmt schon bis zum Boden."
Mathieu war verschwitzt, verdreckt, und sein Gesicht war von der Hitze und der harten Arbeit gerötet. Seine Kleidung war wie immer schmutzig, löchrig und an vielen Stellen geflickt. Außerdem war er längst heraus gewachsen, denn für seine zwölf Jahre war er hoch aufgeschossen.
Nun klebte sein zerlumpter Kittel schweißnass an seinem sehnigen Körper. Rochus war ein ganzes Stück kleiner als sein bester Freund, seine Kleidung war fein und gepflegt, auch musste er nicht barfuß gehen. Er betrachtete Mathieu und dachte darüber nach, wie ungleich das Schicksal sie beide behandelte. Es war nicht richtig, das wusste er seit vielen Jahren.
„Iss etwas", forderte er seinen Freund auf und schob den Korb zu ihm hinüber.
Mathieu richtete sich auf und spähte gespannt in den Korb.
„Ohhh, das sieht gut aus", seufzte er und nahm ein dickes Stück gewürztes Fladenbrot mit Wildpastete heraus. „Genau richtig", sagte er und biss mit Appetit in seine duftende Mahlzeit.
„Ich will auch etwas abhaben!", scholl es plötzlich von der Leiter her. Ein kleiner Kopf mit abstehenden, verfilzten Haaren schob sich über den Rand des Heubodens. Ein schmutziges Kindergesicht tauchte auf, Mathieus Zügen sehr ähnlich. Das freche Grinsen entblößte eine große Zahnlücke an der Stelle, an der die oberen Schneidezähne sein sollten.
„Pierre! Du störst. Verschwinde!", rief Mathieu mit vollem Mund leicht verärgert, als er seinen kleinen Bruder über den Rand des Bodens klettern sah.
„Das glaube ich dir. Du willst alles alleine essen!", rief der Kleine und schielte mit gierigem Blick auf den Inhalt des Korbes. Der siebenjährige Junge war noch magerer, zerlumpter und schmutziger als Mathieu. Er folgte Rochus und Mathieu, wann immer er sie entdeckte und hing an ihnen wie eine kleine Klette, was durchaus mit dem guten Essen zu tun hatte, mit dem

Rochus seinen Freund regelmäßig versorgte. Schon lange schleppte Rochus Speisen aus dem Küchentrakt zu seinem Freund in den Pferdestall, als Zeichen von Freundschaft und einem starken Gerechtigkeitsgefühl, aber längst nicht mehr als Preis für den Rollentausch, der es Rochus noch immer ermöglichte, unbehelligt in der Stadt herumzustreunen. Es war für ihn selbstverständlich geworden, seine Mahlzeiten mit dem Freund zu teilen.

„Setz dich, für dich reicht es auch noch." Rochus schob den Korb zu dem kleinen Jungen hinüber, der ausgehungert über Wildpastete, Mandelbrötchen, Honiggebäck und kandierte Früchte herfiel.

„Hmmm, ist das gut", nuschelte Pierre mit vollen Backen und verdrehte genüsslich die Augen.

Rochus mochte den Jungen, er hätte auch gerne einen Bruder gehabt. Immerhin waren sie Namensbrüder: Roch und Pierre, beide Namen bedeuteten Fels. Sie hießen beide nach dem Heiligen Petrus.

Mathieu und Rochus sahen staunend zu, wie schnell große Mengen an süßen Leckereien in dem kleinen, verschmierten Mund verschwanden. Mit beiden Händen stopfte Pierre sich die Backen voll, was nicht in den Mund passte, steckte er in die Tasche seines schmutzigen Kittels. Er wusste genau, wenn die beiden Großen zu einem ihrer Abenteuer aufbrechen würden, Bogenschießen, Baumhäuser bauen, Holzschwerter schnitzen ..., würden sie ihn, den Kleinen, wegschicken. Er musste schnell und leise sein, schnell beim Essen und leise beim Hinterherschleichen.

Mathieu nahm ein letztes Mandelbrötchen aus dem Korb, bevor sein Bruder alles aufessen konnte, streckte sich und sagte: „Das war gut. Danke. Ohne dich wäre ich längst verhungert. Wollen wir los?"

Sofort fuhr Pierres Kopf hoch. „Darf ich mit?"

„Nein“, antwortete sein Bruder. „Wir wollen Bogenschießen üben. Das ist noch nichts für kleine Jungen.“
Die beiden großen Jungen rappelten sich aus dem Heu hoch und klopften ihre Kleider ab. Rochus nahm den leeren Korb und beide machten sich an den Abstieg über die Leiter. Den kleinen Jungen beachteten sie nicht mehr. Pierre sah ihnen betrübt nach, beschloss aber, nach einer kleinen Wartezeit hinterherzuschleichen.
Die letzten Sprossen sparten sich die Freunde und sprangen waghalsig auf den gestampften Lehmboden der Stallgasse. Mathieus Vater kam ihnen eilig mit einer Mistforke in der Hand entgegen und rief: „Geht besser wieder auf den Heuboden. Der Stier ist aus dem Rinderstall ausgebrochen.“

Draußen, zwischen den Stallungen, herrschten Tumult und Geschrei. Rochus und Mathieu liefen in die Sattelkammer. Sie drückten die Tür zu, atmeten den Geruch nach Leder, Fett und Pferden ein und stiegen auf eine Holzkiste, um durch das winzige Fenster zu spähen.
Gespannt beobachteten die beiden, wie sämtliche Stallknechte mit Forken und Besen bewaffnet versuchten, den aufgebrachten Stier zurück in seinen Stall zu treiben. Schnaubend rannte das gewaltige, fast weiße Tier aufgeregt zwischen den Stallungen umher, senkte drohend den massigen Kopf mit den spitzen, gebogenen Hörnern und scharrte wütend mit den Vorderhufen im ausgetrockneten, staubigen Boden. Von allen Seiten wurde der Koloss bedrängt, die Männer waren schnell und vorsichtig, sie wussten, wer dem Muskelberg nicht rechtzeitig aus dem Weg sprang, war des Todes.
Plötzlich erstarrten alle, Stier und Männer standen wie angewurzelt. Es herrschte eine unheimliche Stille und Bewegungslosigkeit, die entsetzten Blicke der Männer waren auf einen Punkt hinter dem Stier gerichtet. Rochus und Mathieu verrenkten die Hälse, konnten aber die Ursache der Verwirrung von

ihrem Platz aus nicht ausmachen. Der Stier stand still, mit gesenktem Kopf, bebenden Flanken und atmete schnell. Die Stille im Hof wurde fast greifbar, eine angespannte, schreckliche, gespenstische Stille. Die Luft schien zu vibrieren, die Vögel waren verstummt, kein Laut war zu hören.
Mathieu und Rochus hielten den Atem an. Was war da los? Was geschah dort draußen? Rochus merkte, wie eine Gänsehaut seine Arme überzog. Mit starrem Blick fixierte er die massige Gestalt des kraftvollen, gefährlichen Tieres.
Urplötzlich warf der Stier sich herum, raste aus dem Blickfeld der Jungen und dann brach draußen die Hölle los! Alle Männer rannten gleichzeitig hinter dem außer Kontrolle geratenen Tier her, die Forken wie Speere vor sich gestreckt, schrille Schreie hallten über den Hof, entsetztes Rufen der Männer und über allem das Wüten, Stampfen und Brüllen des Stieres.
Rochus presste verstört die Hände auf die Ohren. Diese Schreie! Mathieu war blass wie ein Leichentuch, seine Lippen waren ein schmaler Strich, fest zusammen gepresst, seine Augen unwirklich weit aufgerissen. Die schrillen Schreie verstummten, das Gebrüll der Männer ebenfalls. Wieder herrschte die Todesstille, ein Grauen erfasste Rochus und ließ ihn am ganzen Leib zittern. Es waren nur Minuten, den Jungen erschienen sie jedoch wie eine Ewigkeit.
Dann zerriss ein Schrei, wie von einem waidwunden Tier, die Stille. Der Stier rannte über den Hof in Richtung des Gartens. Niemand folgt ihm. Die Spitzen seiner Hörner glänzten blutrot im Sonnenlicht. Seine breite, helle Stirn war mit roten Sprenkeln übersät, seine Augen glitzerten gefährlich.
Mathieu sank schluchzend von der Kiste auf den Lehmboden, als sein Vater verzweifelt weinend eine leblose, verrenkte und blutüberströmte Gestalt an dem kleinen Fenster vorbeitrug.

Bis es dunkel wurde lagen die beiden Freunde weinend und zitternd auf dem kühlen Boden der Sattelkammer. Mathieu war starr, wie leblos, schluchzte rau vor sich hin. Rochus weinte und weinte, bis ihm die Kehle eng wurde und er kaum noch Luft bekam.

Irgendwann öffnete sich leise die Tür, irgendjemand zog die Jungen auf die Füße und schob sie vor sich her durch die stille Stallgasse, über den Hof, vorbei an einem großen Blutfleck, der den trockenen Boden durchtränkt hatte. Abermals sank Mathieu mit trockenem Schluchzen in die Knie.

Der Stallmeister erschien mit verquollenem Gesicht und brennenden Augen, hob seinen großen Sohn auf die Arme und verschwand mit ihm in Richtung der Hütten der Bediensteten.

Rochus wurde ins Haus gebracht, seine Mutter schloss ihn weinend in die Arme. Gemeinsam saßen sie lange Zeit eng umschlungen in ihrer Trauer, ihrem Entsetzen, in dem prachtvoll ausgestatteten Zimmer der Mutter.

Rochus sah zwischen seinen Tränen hindurch die Juwelen und Schmuckstücke der Mutter im Kerzenlicht glitzern und glänzen. Sofort hatte er die Lumpen des kleine Pierre vor Augen.

Er sah durch einen Tränenschleier dunklen, roten Wein in einer Karaffe schimmern, der sich in seiner Vorstellung in die blutbefleckten Hörner des wilden Stieres verwandelte.

Der Medicus wurde gerufen und verabreichte Rochus einen starken Trank aus Mohnsaft, Baldrianextrakt und einem Pflanzenabsud, der ihn fast augenblicklich in einen von grausamen Träumen geplagten Schlaf fallen ließ.

Rochus und Mathieu trafen sich weiterhin jeden Tag, doch die unbeschwerten, fröhlichen Kindertage waren vorbei, für alle Zeiten vergangen. Sie spielten nicht mehr, bauten keine Hütten, schnitzten keine Schwerter und machten keine Wettkämpfe im Bogenschießen mehr.

Die Trauer wog schwer, ihre Gespräche drehten sich um das Leben und den Tod, um Gottes Willen, der es zuließ, dass ein so junges Leben ausgelöscht wurde und den eigenen Anteil an dem tragischen Tod des kleinen Pierre, ihre eigene Verantwortung für die Menschen, die sie liebten. Hätten sie ihn nicht zurückgelassen ... Hätten sie ihn nur mitgenommen ...

Kapitel 5

Montpellier, anno domini 1359

Die beiden halbwüchsigen Jungen saßen im Schatten eines alten Feigenbaumes mit bizarr verwachsenen Ästen auf der Mauer aus hellen Steinen, die das riesige Anwesen begrenzte. Vor ihnen erstreckte sich der gepflegte Blumengarten mit seinen marmornen Brunnen und Wasserbecken. In der flirrenden Nachmittagssonne sah man das Dach der Villa.
Eine Eidechse huschte in einen Mauerspalt, Schmetterlinge und summende Insekten flogen um die leuchtend bunten und duftenden Blüten von Salbei, Mohn und Lavendel. Der leichte Wind bewegte die dicken, festen Blätter des Feigenbaumes, die ein sich ständig veränderndes Muster aus Licht und Schatten auf die von der Sonne erwärmte Mauer und den Boden warfen.
In der Ferne zeichneten sich die Umrisse der Kirchtürme und Stadttore von Montpellier scharf gegen den hellen Himmel ab.
Der tragische Tod des kleinen Pierre hatte die Freunde fester denn je zusammengeschweißt, obwohl sie verschiedenen Ständen angehörten. Oft sprachen sie über den kleinen Jungen, besuchten gemeinsam sein winziges Grab auf dem Friedhof der nahen Kapelle und sprachen über ihre Ängste und Pläne.
Mathieu war Rochus´ einziger Vertrauter, mit ihm konnte er alles besprechen, wohl wissend, dass sein zuverlässiger Freund ihn verstehen würde, und er auf seine Verschwiegenheit bauen konnte.

Mathieu, dessen einfache Kleidung ihn sofort deutlich als Angehörigen des niedersten Standes auswies, balancierte geschickt auf der Mauer und angelte einige reife Feigen von den voll beladenen Zweigen. Er bot sie seinem Freund an.
„Hier, wenn sie anfangen braun zu werden, schmecken sie am besten."
Rochus jedoch lehnte ab und starrte weiterhin blicklos in die Ferne.
„Was ist los mit dir?", wollte Mathieu wissen und setzte sich neben seinen Freund.
„Mathieu, ich denke über meine Zukunft nach", antwortete Rochus ernst.
„Jetzt bin ich schon 16, die Kindheit ist längst vorbei und ich werde bald den Pflichten eines Erwachsenen nachkommen müssen. Mein Vater hätte gerne, dass ich Konsul werde, wie er. Er besteht nicht darauf, aber es ist sein Wunsch, darüber haben wir schon oft gesprochen. Ich liebe meine Eltern. Sie tun alles für mich. Trotzdem will ich nicht so leben wie sie! Was zählt in der Welt eines Konsuls? Macht und Geld! Reichtum und Besitz! Das kann doch nicht alles sein? Da muss es doch noch mehr geben!"
„Rochus, du bist verrückt", erklärte Mathieu kategorisch. „Du hast alles, wovon ein Jeder nur träumen kann und willst es nicht Schau mich an. Ich besitze die Kleider, die ich am Leib trage und habe meine Arbeit in den Ställen deines Vaters. Ich schlafe im Stroh, das gute Essen habe ich nur dir zu verdanken. Du kannst alles haben, was du willst, musst dir keine Sorgen um die Zukunft machen. Wer würde solch eine Möglichkeit ausschlagen?"
Rochus schüttelte den Kopf und sah Mathieu ernst an.
„Ich würde diese Möglichkeit ausschlagen. Wirklich. Ich will das nicht. Ich will anders leben. Schau, wir sind Freunde, seit wir laufen können. Alle dulden es, aber gebilligt wird unsere Freundschaft nicht. Du gehörst zu den Armen, ich zu den

Reichen. Wir gehören unterschiedlichen Ständen an. Du darfst für mich arbeiten, ich darf dir Befehle erteilen, aber Freunde sollen wir eigentlich nicht sein. Das ist nicht richtig. Vor Gott sollten alle Menschen gleich sein!", rief Rochus aufgebracht. Dann erklärte er etwas ruhiger: „Bei meinen Ausflügen in die Stadt habe ich so oft die Ungerechtigkeit gesehen. Ich bin immer wieder entsetzt, unter welchen Bedingungen viele Menschen leben müssen. Diese armen Leute tun mir so leid! Es muss doch eine Möglichkeit geben, den Menschen zu helfen. Man kann doch nicht zusehen, wie sie hungern, frieren und an Krankheiten oder an Schwäche sterben. Wir leben im Überfluss, ich habe viel mehr als ich brauche und es macht mich nicht glücklich. Im Gegenteil. Es würde mich zufrieden machen, zu helfen und zu teilen."

Die beiden schwiegen und schauten über die hügelige Landschaft, durch die der Fluss Lez sich wie ein silbernes Band wand. Weit in der Ferne sah man in der klaren, trockenen Luft die Küste und das Meer, das sich in milchigem Blau verlor und ohne erkennbaren Horizont eins mit dem Himmel wurde. Den Hafen konnte man von hier aus nicht sehen.

„Wir haben Glück, hier zu leben", brach Mathieu das Schweigen. „Montpellier ist reich. Es wird immer größer und immer wichtiger für den Handel. Du hast alle Möglichkeiten. Nutze sie! Du kannst es, ich nicht." Eine Spur Bitterkeit lag in seiner Stimme.

Damit hatte Mathieu Recht, dachte Rochus, ihm standen alle Wege offen, er hatte alle Möglichkeiten.

Die Stadt, die zum Königreich Aragon gehörte, war noch jung, schnell erblüht an der Handelsstraße Via Domitia. Sie hatte keinen antiken Hintergrund, sondern bestand zu einem beträchtlichen Teil aus den Häusern der wohlhabenden Kaufleute, Tuchmacher und Goldschmiede, die von der hervorragenden Lage und den Verbindungen über das Mittelmeer und nach

Nordeuropa profitierten. Es gab aber ebenso arme Stadtviertel, die umliegenden Marktflecken und Dörfer beherbergten die typische, arme Landbevölkerung. Am Stadtrand lagen die Anwesen der Reichen, großzügige Gärten mit großen Villen.
Die Herren von Montpellier, deren Dynastie die Stadt zum Handelszentrum machte, regierten mit Umsicht und Weitblick, sodass die Stadt wohlhabend war und einen guten Ruf hatte.
Die Via Domitia wurde außer als Handelsstraße auch als Pilgerweg genutzt, was ihre Bedeutung unterstrich und Montpellier zu einem Halt für Pilger machte. Leute wie sein Vater, der Konsul, waren hoch angesehen, trafen Entscheidungen, führten die Geschicke der Stadt und hatten Anteil an dem Wohlstand, der durch den Warenaustausch der aufstrebenden Handelsstadt stetig wuchs.

Doch Rochus sah auch die Ungleichheit. Er wusste, dass die armen Menschen oft kein sauberes Wasser hatten, wie sehr sie in nassen, kalten Wintern hungerten und froren. Die Hilfe von Medicus und Gelehrten war den Wohlhabenden vorbehalten, die Armen starben viel zu oft an ihren Erkrankungen und Verletzungen. Die Ungerechtigkeit beschäftigte Rochus, er dachte darüber nach, ob und wie man etwas verändern könnte, ob und wie er selbst dazu beitragen konnte, die Geschicke der Ärmsten der Armen zu verbessern.

Rochus rieb sich die Stirn und sagte schließlich: „Ich muss dir etwas sagen. Mathieu, ich will Medicus werden. Ich will allen Menschen helfen, nicht nur den Reichen. Ich will selbst etwas gegen die Ungerechtigkeit in der Welt tun."
Wieder schwiegen die beiden Jungen, nur das Zirpen der Grillen und das leise Rascheln der Blätter war zu hören.
„Was wird dein Vater dazu sagen?", fragte Mathieu nach einiger Zeit mit einem skeptischen Seitenblick.

„Ich vermute, er wird nicht begeistert sein“, antwortete Rochus und verzog missmutig den Mund.
„Ich will es aber! Ich werde Medicus! Heute Abend werde ich mit meinem Vater reden und dann werde ich an der Universität studieren.“
Entschlossen sprang er von der Mauer und machte sich auf den Weg zur Villa. Rochus war völlig in seine Gedanken versunken. Er dachte an die Ärzteschule in Montpellier, die vor einigen Jahrzehnten von Papst Nikolaus IV zur ersten medizinischen Fakultät Frankreichs ernannt worden war. Er dachte an die Gelehrten und Studenten aus allen Teilen der Welt, aus allen Kulturen, die er auf seinen Streifzügen durch die Stadt beobachtete. Die berühmte Universität stand Christen, Muslimen und Juden offen, sie hatte einen legendären Ruf und war bekannt für ihre Fortschrittlichkeit, das hatte er bereits in Gesprächen heraus gefunden. In der medizinischen Fakultät von Montpellier flossen alle Strömungen, alle Lehren, alles Wissen aus der arabischen, der asiatischen und der europäischen Welt zusammen. Dort wollte er studieren. Er würde Medicus werden. Niemand würde ihn daran hindern können, seinen Traum zu verwirklichen.

Kapitel 6

Montpellier, anno domini 1365

Rochus hatte Höhen und Tiefen erlebt, Zeiten, in denen er sich selbst Mut zusprechen musste, um durchzuhalten. Letztendlich hatte er als einer der Besten die Universität als frisch gebackener Medicus verlassen. Nun praktizierte er schon seit einigen Jahren. Er half denen, die sonst keine Hilfe zu erwarten hatten. Auch heute hatte ihn sein Weg in die ärmeren Stadtviertel geführt, wo er den ganzen Tag Patienten behandelt hatte.

Erschöpft saß er in der Stube seines letzten Patienten und leerte durstig den Krug mit abgestandenem Kräuterbier, das die Frau des Bäckers ihm eingeschenkt hatte. Die dicke, frische Brotscheibe, die sie auf den sauber geschrubbten, grob gezimmerten Holztisch gelegt hatte, packte er in seinen Leinenbeutel, obwohl sie verlockend duftete. Er stand auf, richtete seinen Gürtel, nahm seine Tasche und ging zu der niedrigen Tür.

„Vielen Dank werte Frau, ich esse das Brot später, ich muss gehen", sagte er zum Abschied und trat aus dem Haus auf die enge Gasse.

Die Bäckersfrau verbeugte sich mehrmals, wischte ihre mit Mehl bestäubten Hände an den Röcken ab und dankte ihm inständig für die Hilfe. „Wir stehen tief in eurer Schuld", beteuerte sie immer wieder. Der Bäcker war im eigenen Haus die steile Holztreppe hinab gestürzt und hatte sich einen offenen Bruch am Bein zugezogen.

Zu Unfällen dieser Art wurde Rochus täglich gerufen, Stürze von Stiegen und von wackligen Leitern, Unfälle im eigenen Haus, in der eigenen Werkstatt. Er schiente dann gebrochene Gliedmaßen, entfernte Knochensplitter, schloss Wunden über offenen Knochenbrüchen oder renkte Gelenke wieder ein. Er öffnete Furunkel, versorgte Brandwunden oder tiefe Schnitte, senkte Fieber und stillte Blutungen.

Sein Ruf als studierter Medicus war ausgezeichnet. Vor allem in den ärmeren Vierteln, bei den Bauern und Handwerkern, schickte man häufig nach ihm. Es hatte sich herumgesprochen, dass er für die Behandlung nur Münzen verlangte, wenn der Patient wohlhabend war, ansonsten nahm er mit einem Krug Bier, ein paar Eiern oder einem Stück Brot als Lohn vorlieb. Wer gar nicht bezahlen konnte, wer nichts übrig hatte, der entlohnte ihn mit einem frommen Gebet.

Auf diese Weise konnte er armen Menschen helfen, die sich normalerweise keine Behandlung leisten konnten.

Rochus hatte seinem Vater vor einigen Jahren erklärt, warum er Medicus werden wollte. „Ich bin der festen Überzeugung, dass alle Menschen vor Gott gleich sind, dass allen gleich geholfen werden muss, wenn sie in Not sind, und dass jeder Mensch Linderung seiner Schmerzen und Heilung bei Krankheit verdient hat“, hatte er damals gesagt und sein Vater hatte ihm ernst und nachdenklich zugehört. Schließlich hatte er genickt und Rochus´ Plänen schweren Herzens zugestimmt. Sein Sohn hatte eine klare Haltung. Er wollte ihn nicht zwingen, einen Lebensweg einzuschlagen, der ihm widerstrebte. Ein klein wenig konnte er die Beweggründe seines Sohnes sogar nachvollziehen.

Rochus wohnte in der Villa seiner Eltern. Als Sohn des reichen und mächtigen Konsuls musste er sich um seinen Lebensunterhalt keine Gedanken machen. Ihm persönlich bedeutete Geld und Besitz nichts. Doch er wusste sehr wohl, dass man mit Geld Gutes tun und etwas bewirken könnte.

Rochus verließ die enge Bäckergasse, überquerte einen kleinen Platz und legte an einem Brunnen aus hellem Sandstein seinen Leinenbeutel und seine lederne Tasche, in der er sein medizinisches Besteck sorgfältig verwahrte, behutsam ab, sorgsam darauf bedacht, den stinkenden Unrat zu meiden, der überall herum lag.

Nachdem er sich die Hände und das Gesicht mit dem kühlen, frisch sprudelnden Wasser gereinigt hatte, setzte er seinen Weg fort, der ihn durch die Gasse der Tuchmacher bis zu einer kleinen Kapelle führte.

Das letzte Tageslicht sickerte durch die Fenster. Rochus kniete vor dem Altar nieder. Ehrfürchtig betrachtete er das grob behauene Kreuz und legte die Hand auf sein eigenes Kreuz, auf das Muttermal, das er mitten auf der Brust trug. Dieses Mal verband ihn unwiderruflich mit Gott und dem Herrn Jesus Christus.

Rochus betete und dankte dem Herrn für die Arbeit des Tages, für die Mühe und für die Hilfe, die er den Menschen geben konnte.

Als er die Kapelle verließ, war es fast dunkel. Sein Weg führte ihn an der ehrwürdigen medizinischen Fakultät vorbei, in deren Räumen er viele Jahre lang die Kunst der Medizin bei Gelehrten studiert hatte.
Der Anblick des imposanten Bauwerks aus dem hellen, festen Sandstein der Gegend mit seinen Erkern, Türmen und dem mächtigen Portal rief in ihm Erinnerungen hervor. Der Geruch der kostbaren Lehrbücher, der Pergamentrollen, die Stille und das Dämmerlicht in der Bibliothek mit ihren kunstvoll verzierten Regalen und Bücherschränken, die scharfen Gerüche in den Übungsräumen und die Kühle der langen Gänge drängten sich in sein Gedächtnis. Hier hatte er alles gelernt, was er konnte und wusste, hier hatte er seinen Traum verwirklicht, die Kunst des Heilens, die Lehre der Natur und die von Gott gegebenen Krankheiten und Mittel dagegen zu studieren. Mit anderen Studenten hatte er auf den Holzbänken gesessen und andächtig den Ausführungen der Gelehrten aus Isfahan, Griechenland und Rom und der Lehre des Hippokrates gelauscht.

Rochus blickte noch einmal zu den hohen Fenstern auf, gähnte und setzte seinen langen Heimweg fort. Es war dunkel und er war durstig, hungrig und müde, als er endlich in die breite Straße einbog, an deren Ende das Anwesen seines Vaters lag. Dort ging er zuerst in den Küchentrakt, in dem die Mägde dabei waren, die großen Töpfe, Siebe, Spieße und Pfannen zu schrubben.
Die Köchin Rosanne, alt und runzlig geworden, aber noch immer arbeitsam und tüchtig, empfing ihn freudig. „So lange hast du gearbeitet! Du musst hungrig sein! Komm, setz dich, ich habe noch kalte Wildpastete und einen guten Humpen kühles

Kräuterbier", forderte sie ihn auf. Noch immer behandelte sie ihn wie einst den kleinen Jungen und hing mit zärtlicher, fürsorglicher Liebe an ihm. „Wenn du gegessen hast, solltest du zu deinem Vater gehen. Ich glaube, er hat deine Hilfe nötig", raunte Rosanne ihm zu.
„Was ist mit ihm?", fragte Rochus leise zurück und sah von seiner Mahlzeit auf.
„Ich habe gehört, der Herr hat Fieber und es geht ihm nicht gut", flüsterte Rosanne dicht an seinem Ohr, sodass die geschwätzigen Mägde sie nicht hören konnten.

Nachdem Rochus seine Mahlzeit beendet hatte, ging er durch die mit farbenfrohen Malereien und Mustern verzierten Arkaden, die den Küchentrakt mit dem Haupthaus verbanden. Die Sommernacht war angenehm kühl nach der Hitze des Tages, die Zikaden zirpten und eine leichte Brise, die vom Meer kam, bewegte sacht die Blätter der Bäume.
Er betrat das Haupthaus, stieg die hölzerne Treppe zu den Schlafgemächern hinauf und klopfte an die Tür seines Vaters. Sie öffnete sich leise und die Mutter sah durch den Türspalt. Sie war blass, ihre Lippen glichen einem grauen Strich, ihre Augen waren gerötet, als hätte sie geweint. Ihre kostbaren Kleider waren zerdrückt, einige Haarsträhnen waren aus dem feinen silbernen Haarnetz gerutscht und hingen ihr ins Gesicht.
„Ach, du bist es. Komm herein Rochus, ich habe auf dich gewartet", flüsterte sie erleichtert.
„Dein Vater hat hohes Fieber, den ganzen Tag schon, seit er von seiner Reise nach Marseille zurückgekehrt ist."
Die Mutter zeigte auf das große gedrechselte Holzbett mit dem Baldachin aus schwerem dunkelgrünen, mit Gold bestickten Brokat, in dem er im flackernden Licht der Kerzen seinen Vater sah. Er schien zu schlafen. Mit geschlossenen Augen lag er auf dem Rücken, das Gesicht gerötet und von unzähligen Schweißperlen bedeckt. Er war nur mit einem dünnen Leinentuch

zugedeckt, seine grau melierten Haare klebten nass vor Schweiß an seinem Kopf.
Rochus trat näher und betrachtete ihn genau. Er griff zu einem Tuch, das neben einer mit Wasser gefüllten Schale auf der Truhe neben dem Bett stand und wischte seinem Vater den Schweiß ab. Dann legte er die Hand auf die heiße Stirn und fühlte, dass das Fieber sehr hoch sein musste. Der Vater stöhnte und bewegte sich im Schlaf. Rochus tastete nach dem Lebenszeichen, dem Puls am Handgelenk.
„Ich bereite einen Aufguss aus Weidenrinde und Mädesüß zu, verabreicht ihm diesen. Er soll jede Stunde zwei Löffel davon bekommen. Legt ihm nasse, in Essig getränkte Leinentücher um die Waden. Lasst das Fenster offen!“, ordnete er an und der Diener verschwand sofort, um die Wickel zu holen.
„Was ist mit ihm?“, fragte die Mutter zaghaft.
„Ich habe einen Verdacht, morgen wissen wir hoffentlich mehr. Wenn das Fieber bleibt, werde ich ihn morgen zur Ader lassen. Seine Körpersäfte sind nicht im Einklang, dem muss Abhilfe geschaffen werden“, antwortete Rochus.

Am nächsten Morgen war das Fieber unverändert hoch. Der Konsul war wach, als Rochus in sein Zimmer kam. Seine Augen glänzten, sein Gesicht war gerötet und mit einem feinen Schweißfilm überzogen. Der Diener war gerade dabei, die kühlenden Wadenwickel zu wechseln.
Rochus warf einen Blick auf die weißen Beine seines Vaters, die von bläulichen Adern durchzogen waren und deren Haut schlaff und faltig war. Sein Vater war alt geworden, stellte Rochus mit Erstaunen und Besorgnis fest.
„Guten Morgen, Vater“, begann Rochus. „Ich muss Euch untersuchen, Ihr müsst dazu das Nachtgewand ablegen.“
Stöhnend und unbeholfen zog der Konsul das durchgeschwitzte Leinenhemd aus und beklagte sich über Gliederschmerzen, Kopfschmerzen und starke Leibschmerzen.

Rochus öffnete seine Ledertasche und bereitete den Aderlass vor.
Er mischte Leinöl und Kräutersäfte, fügte Salz hinzu und gab etwas Aloe, Sennesblätter und eine Spur Schwefel in das Gebräu. Um dem widerlichen Geschmack entgegen zu wirken, rührte er einen Löffel Honig unter. Gewissenhaft bereitete er die Medizin genauso zu, wie es ihm die Gelehrten an der Universität beigebracht hatten.
Des Weiteren schickte er einen Diener aus, der allen anderen Patienten für die nächste Zeit absagen musste. Rochus schmerzte diese Entscheidung sehr, aber er wusste, dass er in der Familie gebraucht wurde.

Der Zustand des Konsuls besserte sich auch in den folgenden Tagen nicht. Das Fieber blieb hoch, die Schmerzen im Leib und die starken Durchfälle, die am zweiten Tag eingesetzt hatten, schwächten den Kranken, ganz gleich, was Rochus unternahm. Dann wurde seine Mutter ebenfalls krank. Sie zeigte die gleichen Symptome wie ihr Mann, auch bei ihr trat nach einigen Tagen eine Verschlechterung ein.

Rochus schlief kaum noch. Er pflegte die beiden Kranken mit der tatkräftigen Unterstützung der Dienerschaft. Bei Nacht wachte er an ihren Betten, bei Tag flößte er ihnen Medizin und Flüssigkeit ein und hielt sie sauber, was bei den anhaltenden Durchfällen schwierig war. Ständig mussten Bettwäsche und Hemden gewechselt werden, und die Kranken mussten gewaschen werden, wodurch sie kaum Ruhe fanden. In den Krankenzimmern roch es scharf und übel, selbst die geöffneten Fenster und die wohlriechenden, heilsamen Kräuter, die in den Räumen abgebrannt wurden, konnten keine Abhilfe schaffen. Auch die dicken Bienenwachskerzen, die in großen silbernen Kandelabern auf einer Truhe brannten, und vor denen Rochus oft niederkniete, um für seine Eltern und deren Genesung zu beten, konnten den Geruch der Krankheit und des Todes nicht vertreiben.

Die nächsten Tage verbrachte er wie unter einem Schleier, einem Nebel, der seine Gedanken und sein Bewusstsein gnädig einhüllte. Er pflegte die Eltern, betete und vergaß Schlaf und Essen, bis er vor Erschöpfung dem Zusammenbruch nah war. Rosanne war die Einzige, der es hin und wieder gelang, ihm etwas Brühe aufzudrängen oder ihn dazu brachte, etwas Brot zu essen.

Nach zwei Wochen des Dahinsiechens bekam sein Vater Bewusstseinsstörungen, seine Sinne waren umnebelt. Rochus hatte keine Hoffnung mehr, er konnte seinen Eltern nicht helfen. Beide waren an „Diarria“ erkrankt und Rochus wusste aus bitterer Erfahrung, dass diese Krankheit meist zum Tod führte.

Er ließ nach seinem Onkel schicken, denn er ahnte und befürchtete, dass die Eltern dem Tod näher waren als dem Leben. Sein Wissen, all das, was er in seinem Studium gelernt hatte, nutzte ihm nichts. Er, der Medicus, der so vielen half, konnte die, die er am meisten liebte, nicht retten. Erschöpft und entmutigt, voller Angst und Trauer, musste Rochus erkennen, dass die Kunst eines Medicus nichts gegen das Schicksal, gegen Gottes Plan und des Menschen Bestimmung ausrichten konnte. Zwei Tage später starb Rochus´ Vater, nach weiteren zwei Tagen folgte ihm die Mutter.

Kapitel 7

Montpellier, anno domini 1367

„Zum letzten Mal sitze ich in diesem Garten“, sagte Rochus nachdenklich.

Etwas Wehmut lag schon in seiner Stimme, stellte sein langjähriger Freund Mathieu fest.
„Ich verstehe dich nicht“, sagte dieser kopfschüttelnd. „Du könntest dir eine Frau suchen und eine Familie gründen, wie ich es getan habe. Du hast diesen wertvollen und herrlichen Besitz, du könntest hier als Medicus arbeiten. Deine Dienste sind gefragt, du bist ein hervorragender Arzt, davon könntest du leben, wenn ..., wenn du auch die Wohlhabenden und Reichen behandeln würdest.“
„Es ist zu spät“, meinte Rochus, trank einen Schluck von dem kühlen, hellen Wein und lehnte sich zurück. „Ich habe alles verkauft. Das Geld ist an Bedürftige und an Spitäler verschenkt, das weißt du sehr gut. Mein Onkel wird in den nächsten Tagen einige Möbel und sonstige Besitztümer abholen. Dein neuer Herr wird bald hier einziehen. Er ist ein reicher Händler aus Nîmes, der näher an seinen Lagerhallen und am Hafen wohnen möchte. Er wird alle Bediensteten übernehmen, auch dich als Stallmeister und deine Frau als Näherin. Das hat er mir versprochen. Er macht auf mich einen ehrlichen und verlässlichen Eindruck. Ich kann beruhigt gehen, es wird für euch alle gesorgt sein.“
„Das weiß ich, dafür sind wir dir alle dankbar. Trotzdem wird mir der Freund fehlen“, erwiderte Mathieu bedrückt.

Eine Zeit lang herrschte Stille. Die beiden jungen Männer hingen ihren Gedanken nach, erinnerten sich an die gemeinsame Kindheit, die Jugendjahre, an glückliche, unbeschwerte, aber auch an traurige Zeiten.
„Wir haben viel zusammen erlebt“, sagte Rochus und sah seinen Freund ernst an. „Du warst mein einziger Freund und das wirst du auch bleiben. Irgendwann werde ich zurückkommen.“
Die alte Köchin Rosanne kam langsam aus dem Küchentrakt heran gehumpelt. Sie stellte einige Zinnplatten mit Früchten und Käse vor den jungen Männern ab und wischte sich mit

ihrem wollenen Umschlagtuch verstohlen ein paar Tränen aus dem faltigen Gesicht.
Mathieu schätzte Rochus wegen seiner Verlässlichkeit, wegen seines Sinnes für Gerechtigkeit und seiner Liebe zu Gott und allen Menschen. Er rechnete es ihm hoch an, dass er nichts auf Stände, Reichtum, Macht und das Recht der Geburt gab, dass für ihn alle Menschen gleich waren. Außerdem bewunderte er seinen Freund dafür, dass er nicht nur über seine Gesinnung sprach, sondern wirklich handelte. Er lebte das, wovon er überzeugt war.
Mathieu war einer der wenigen Menschen, die mit Rochus´ verschlossener Art umgehen konnten, mit seiner Schweigsamkeit, seiner Distanz, seinem schier endlosen Brüten und Nachdenken. Viele Menschen waren verunsichert von diesen Wesenszügen und sahen Rochus als guten Medicus und guten Menschen, aber als Eigenbrötler an.
„Ein guter Medicus bin ich nicht. Nicht einmal meinen eigenen Eltern konnte ich helfen“, sagte Rochus betrübt und dachte an das prunkvolle Grab mit dem steinernen Engel und dem kunstvollen Gedenkstein, in dem seine Eltern zusammen zur letzten Ruhe gebettet worden waren. Auch das musste er zurücklassen.
„Es gibt Krankheiten, die kann niemand heilen. Höre auf, dir Vorwürfe zu machen “, widersprach Mathieu. „Wann wirst du aufbrechen?“
„Morgen früh. Wie du weißt, habe ich mich dem Dritten Orden des Heiligen Franziskus angeschlossen. Ich will nicht so werden wie diese verlogenen Geistlichen, die den Kirchenzehnt und den Ablass aus den armen Leuten pressen und selbst wohlgenährt, ja fett und prunkvoll gekleidet in Saus und Braus leben und behaupten, sie seien Christi Nachfolger. Vielmehr will ich nach Gottes Wille und Vorbild leben, in Armut und Demut. Ich will Gott preisen, seine Botschaft verkünden, in seinem Namen den Menschen helfen, wo ich kann und als Pilger nach Rom gehen. Meine Schlafstatt und meine Kost kann ich mir auf dem Weg

durch meine Arbeit als Medicus verdienen. Gott wird bei mir sein, wird mich schützen und für mich sorgen." Rochus legte bei diesen Worten die Hand auf die Brust.
Die beiden Freunde verabschiedeten sich. Zum ersten Mal in ihrem Leben umarmten sie sich fest. Berührungen hatte Rochus immer vermieden und Mathieu wusste diese Geste zum Abschied zu schätzen.
„Viel Glück und Gottes Segen auf deiner Pilgerreise", sagte er.
„Ich danke dir, mein Freund. Ich werde zurückkommen. Gott segne dich und die Deinen und schenke dir und deiner Frau noch viele gesunde Kinder", antwortete Rochus.
Rosanne kam heran, um die Platten, die Karaffe und die Becher abzuräumen. Auch von ihr verabschiedete Rochus sich mit einer innigen Umarmung.
„Da geht er, der junge Herr", schluchzte sie. „Mir hat er ein kleines Haus mit einem Garten im Nachbardorf geschenkt. Ich diene heute zum letzten Mal hier. Ich solle mein Altenteil genießen, hat er gesagt. Er ist doch wie mein Sohn!"
Mit dem ersten Morgenlicht stand Rochus auf und packte seinen Leinenbeutel, in den er seinen wollenen Umhang, Wechselkleidung, ein kostbares zweites Paar Lederschuhe, eine mit Wasser gefüllte Kalebasse, ein Stück Seife aus Hammelfett und Asche, ein Messer und das Holzkreuz aus seinem Schlafgemach verstaute. Eine Bernsteinkette als Erinnerungsstück an seine Mutter und den Siegelring seines Vaters rollte er in ein Stück Leinwand, das er fest verknotete und ebenfalls in den Beutel steckte. Dann packte er die Karte seines Vaters, auf der er seinen Weg eingezeichnet hatte, in ein ledernes Etui sowie eine Wachsplatte mit knöchernem Griffel. Zuletzt schlug er seinen kostbarsten Besitz, ein medizinisches Lehrbuch und die Bibel, beide auf Pergament geschrieben und in Leder eingebunden, in ein mit Bienenwachs getränktes Leinentuch und legte das Päckchen sorgsam obenauf. Er schulterte den Beutel und seine Ledertasche mit dem medizinischen Gerät, verließ das noch stille Haus

und machte sich auf den Weg zur Pilgersegnung. Er sah nicht zurück. Vor ihm lag ein neues Leben, in dem er sein Schicksal in Gottes Hand legte.

Rochus ging durch das noch stille Montpellier. Es war der Tag des Herrn, die Arbeit und die Märkte ruhten. Die Morgenluft war angenehm kühl, aber der blaue Himmel und die aufsteigende Sonne ließen die Wärme des Frühlingstages bereits erahnen. Er ging einen Umweg, um noch einmal an der Baustelle des Klosters Saint-Benoît vorbei zu gehen. Einen letzten Blick warf er auf die unfertigen Grundmauern der Kapelle, die den Namen „Saint-Pierre“ tragen würde. Saint Pierre, der heilige Petrus! Saint Pierre, dessen Name seinem eigenen ähnlich war und zu dessen Grab in Rom er nun aufbrechen würde.
Der Heilige Petrus war der Anfang und das Ziel seiner Reise. Dieser Gedanke gab Rochus Zuversicht und Mut.

In der Nähe der bei Pilgern beliebten Kirche Notre-Dame-Des-Tables wurde es lebhafter. Auf dem kleinen Vorplatz wimmelte es zu dieser frühen Stunde bereits von Geldverleihern und Händlern, die mit ihren Waren, mit Münzen und ihren Listen hantierten. Auf diese Listen, diese Tabellen, ging der Name der Basilika zurück.
Unzählige Gläubige und Pilger strömten zum Gotteshaus. In dem dämmrigen Kirchenschiff hatte sich bereits eine große Menschenmenge versammelt. Jeden Sonntag wurde hier ein Pilgergottesdienst gefeiert, eine Pilgersegnung für alle Pilger, deren Weg durch Montpellier führte. Viele Menschen machten sich in diesen unsicheren Zeiten auf den Weg ins Ungewisse. Unzählige Kriege, Hungersnöte und nicht zuletzt die Pest, die wie eine furchtbare Waffe jederzeit über Dörfer und Städte hereinbrechen konnte, trieb die Menschen zu den Heiligen Stätten. Die Angst vor dem Höllenfeuer, der Verderbnis, die wie ein bohrender Stachel die Wurzel ihres Glaubens war, ließ sie

losziehen, um Buße zu tun, sich zu kasteien und vor Reliquien und Gräbern der Schutzheiligen um Beistand zu flehen.
Rochus ging nach vorne, dorthin, wo schon viele andere Männer anhand ihrer Kleidung als Pilger zu erkennen waren. Die meisten von ihnen trugen die Jakobsmuschel an einer Hanfschnur um den Hals oder an der Kleidung befestigt, sie würden die entgegengesetzte Richtung nach Santiago de Compostela einschlagen.
Alle Pilger waren in ärmellose, weite Mäntel gehüllt, die ihnen Schutz vor Regen und Kälte und des Nachts eine Schlafdecke waren. Manche Mäntel sahen neu aus, anderen sah man an, dass ihre Besitzer schon lange Zeit unterwegs waren. Sie waren fleckig und zerrissen und spiegelten die überstandenen Strapazen der Wanderung wider.
Ihre breitkrempigen Filzhüte hatten die Männer im Gotteshaus abgenommen. Die Pilgerhüte derjenigen, die heute entsandt werden sollten, waren noch neu. Wer schon länger auf Gottes Pilgerpfaden wanderte, hatte meist zahlreiche Pilgerabzeichen an die Krempe seines Filzhutes geheftet. In jedem größeren Ort an den Pilgerwegen konnte man diese Plaketten erstehen. Sie galten als Erinnerungsstück und auch als Beweis der Pilgerschaft.
Neugierig betrachtete Rochus die kleinen Medaillen auf den Hüten der anderen Pilger. Der Heilige Jakobus war auf den meisten abgebildet, denn viele Jakobspilger kamen durch Montpellier. Bald würde auch er eines dieser metallenen Zeichen seiner Pilgerschaft an der breiten Krempe seines grauen Hutes tragen, dachte er und drückte diesen zwischen den Händen.
Rochus kniete nieder und verfolgte mit tiefem Gottvertrauen die Rituale, sprach Gebete und Fürbitten mit und bat Gott um Schutz und Beistand auf der langen Reise.
Einige Mönche in rotem Habit, die Tonsuren frisch geschoren, mit weißem Skapulier und ordentlich gebundenem Zingulum, entfachten die Kohlen in dem großen Weihrauchbecken, das an

langen Hanfseilen von der hohen, gewölbten Decke der Basilika hing. Dann versetzten sie das eiserne Behältnis in Schwingung. Langsam pendelte es durch das Mittelschiff und erfüllte den hohen Raum mit dem wohlriechenden, harzigen Rauch, begleitet von Gesängen, die zum Himmel aufzusteigen schienen.
Rochus war tief ergriffen. Sein Atem ging schnell, er spürte seinen Herzschlag und wischte eine Träne aus den Augenwinkeln. Nicht nur ihm alleine erging es so, stellte er bei einem verstohlenen Seitenblick fest.
Über die frommen Pilger wurde der Pilgersegen gesprochen und sie erhielten Pilgerstab und Pilgertasche. Mit ehrfürchtig gesenktem Haupt nahm Rochus den oben offenen kleinen Lederbeutel an dem Schulterriemen in Empfang, in dem er auf der langen Wanderung wie alle Pilger Brot aufbewahren würde. Dann griff er nach seinem Pilgerstock mit dem kugelförmig geschnitzten Griff, einer Verdickung unter dem Griff und der Eisenspitze. Dieser „dritte Fuß des Pilgers" würde ihm das Gehen erleichtern und im Notfall auch seiner Verteidigung dienen.
Mantel, Hut, Stab und Tasche waren die Insignien der Pilger, jeder würde sie auf ihrem Weg an diesen Gegenständen erkennen. Pilgerstab und Pilgertasche wurden nach dem Segen überreicht und waren die Vollendung ihrer Ausrüstung, die offizielle Anerkennung der Kirche als Reisende auf den Wegen des Herrn.
Gemeinsam mit den anderen Pilgern verließ Rochus die Kirche und schlug den Weg nach Osten ein. Fast alle anderen Pilger wählten die Richtung zum Camino Fancés, Richtung Santiago de Compostela. Ein paar wenige hatten wohl das gleiche Ziel wie er, Rom, die Stadt des Heiligen Petrus. Durch den Tour des Pins, einen der fünfundzwanzig Wachtürme, die die Stadtmauer überragten, verließ er die Stadt seiner Kindheit und machte sich auf den langen Weg. Vor ihm lag eine Reise von über tausend Kilometern.

Kapitel 8

Samnaun, Februar 2020

Energisch stieß Simone ihre Skistöcke in den fest gestampften Schnee, schob ihr Stirnband nach hinten und nahm die getönte Skibrille ab.
„Perfektes Urlaubswetter“, sagte sie zu sich selbst und richtete ihr Halstuch.
Sie kramte aus ihrer Hüfttasche die Sonnencreme heraus und rieb sich zum wiederholten Male das Gesicht ein, danach schmierte sie gründlich ihre Lippen mit einem Sonnenschutzstift ein.
Es war ihr fünfter Urlaubstag. Die Sonne hatte schon Kraft und wärmte, im Laufe des Tages schmolz die oberste Schneeschicht, die in der Nacht dann zu Eis gefror. Früh morgens präparierten die Pistenwalzen die Pisten und brachen die vereisten Platten auf. Der Himmel war genau so strahlend blau wie in den letzten Tagen, die Sonne schien blendend auf den weißen Schnee und konnte einen ordentlichen Sonnenbrand verursachen, das wusste Simone aus leidvoller Erfahrung.
Simone streckte sich, kreiste mit den Schultern, bewegte die Zehen in den steifen Skistiefeln und sah sich um. Früh am Morgen war sie bis zum Piz Val Gronda, dem höchsten Punkt des Skigebietes zwischen Ischgl und Samnaun hochgefahren. Der Gipfel war zu der frühen Stunde schon in Sonnenlicht getaucht, es war ein fantastischer Anblick gewesen, aus dem noch schattigen Tal zu den sonnenüberfluteten weißen Zacken hinaufzublicken. Für diesen Anblick hatte sie die Fahrt in dem überfüllten Zubringerbus gerne in Kauf genommen. Jetzt, einige Stunden später, befand sie sich auf fast 3000 Metern Höhe. Die Luft war klar und kalt und das Bergpanorama der Silvretta war atemberaubend. Simone atmete tief ein, legte den Kopf zurück und

genoss die unglaubliche Fernsicht, die dieses hervorragende Wetter bescherte.
„Weiße Schneeberge und blauer Himmel – so stelle ich mir Urlaub vor!“, seufzte Simone zufrieden. Sie stopfte ihre Handschuhe in die Tasche ihrer Skihose. Mit dem Handy machte sie ein paar Fotos, die sie an Josefine und Karin schickte.
Bevor sie sich an die Abfahrt machte, nahm sie den Plan des Skigebietes heraus und studierte genau ihren Rückweg.
Es war ziemlich voll, an den Liften und Seilbahnen musste man im Gedränge anstehen und beim Abfahren Rücksicht auf die unzähligen Skifahrer und Snowboarder nehmen, die einen solchen Traumtag im Hochgebirge genießen wollten.
Simone packte ihre Stöcke, stieß sich ab und wedelte sauber und ohne Eile die gut präparierte Piste hinunter. An den vereisten und harschigen Stellen verlangsamte sie, als sie sich der Hütte näherte, bremste sie ab und suchte vorsichtig ihren Weg.
Die Hütte lag auf halbem Weg ins Tal. Simone stoppte, öffnete mit dem Skistock die Bindung und stieg von ihren Skiern. Neben der Hütte steckte sie ihre Skier und Stöcke in einen Schneehaufen, der von der Pistenraupe angehäuft war. Sie versuchte, sich die Stelle einzuprägen, schließlich wollte sie nach der Jause ihre Ausrüstung wiederfinden.
In der Hütte erschien es dunkel nach dem gleißenden Licht auf der Piste. Es war warm, die Luft war stickig. Simone schwitzte in ihrem Skianzug, öffnete den Reißverschluss ihrer Jacke und lockerte ihr Halstuch. Sie erstand einen großen Pott Kaffee und einen Kaiserschmarren. Auf die Preise in den Hütten war sie vorbereitet, das kannte sie von den vergangenen Jahren.
Mit ihrem Teller und der Tasse schob sie sich durchs Gedränge zurück ins Freie und atmete erleichtert die frische Bergluft ein. Sie verstand nicht, weshalb so viele Leute bei diesem Wetter in den überheizten, überfüllten Hütten blieben, um zu essen und zu trinken.

Sie fand einen Platz an einer der Biertischgarnituren, die vor der Hütte aufgestellt waren. Fast alle Plätze waren besetzt, doch die Skifahrer rückten bereitwillig zusammen und Simone quetschte sich zu einer Gruppe fröhlicher, junger Leute.
Nach der frühen Mittagspause fuhr Simone weiter talwärts und drehte eine ausgiebige Runde durch das Skigebiet. Sessellifte, Ankerlifte, Seilbahnen, alles war kilometerweit gut ausgebaut, man musste nie eine Piste zweimal fahren.
Am frühen Nachmittag machte Simone sich auf den Rückweg, der wieder genau mit der Karte geplant werden musste. Die Schneequalität war hervorragend, sie konnte bis zur Talstation in Samnaun abfahren. Sie war müde. Immerhin war sie schon seit Stunden unterwegs. Die Skiausrüstung verstaute sie im Skikeller des Hotels, dann nahm sie eine heiße Dusche und zog sich zu einem Nickerchen auf den geschützten Südwestbalkon zurück. Hier wärmte die Nachmittagssonne schon angenehm, es war ein Vorgeschmack auf den Frühling zu spüren. Gemütlich in eine Decke gekuschelt schlief sie tief und fest im Liegestuhl, bis die Sonne hinter den Bergspitzen versank und die hohen Gipfel in zauberhaftes goldenes Licht tauchte. Die kühl werdende Luft weckte sie. Simone brauchte einen Augenblick, um zu wissen, wo sie war, so tief hatte sie geschlafen.
Von der Straße her drang der übliche Lärm des lebhaften Ferienortes zu ihr hinauf. Ausgelassene Urlauber machten sich auf in die Restaurants und zu den angesagten Après-Ski-Kneipen. Aus den Bars drangen Schlagermusik und Gejohle, das würde im Laufe des Abends noch zunehmen, aber Simone wusste, dass ihre Fenster gut isoliert waren und sie von dem munteren Treiben nichts mitbekommen würde. Ich will mir nicht die Nächte um die Ohren hauen, dachte sie bei einem letzten Blick auf die Menschenmassen auf der Straße.
Fest in die wärmende Decke gewickelt genoss Simone das Alpenglühen, das Farbenspiel, das Berge und Himmel verwandelte und dann allmählich verblasste.

Hallo, meine Süße, ich vermisse dich, obwohl ich einen traumhaften Tag hatte. Geht es Sam gut?, schrieb sie ihrer Enkelin. Gerade wollte sie das Handy zur Seite legen, da summte es und kündigte den Eingang einer Nachricht an.
Oma, mach die Nachrichten an, hatte Josefine zurück geschrieben.
Simone stand auf, ging in ihr Zimmer und schloss die Balkontür. Nachrichten? Nicht jetzt. Jetzt würde sie zum Abendessen gehen. Sie zog einen frischen Pulli und ihre Jeans an, kämmte sich die kurz geschnittenen welligen Haare und machte sich auf zum Speisesaal. Sie hatte nach der langen Skitour einen anständigen Hunger. Nachrichten konnte sie später sehen.

„Mama, komm schnell! Schau dir das an!“, rief Josefine.
Anna kam ins Wohnzimmer, wo Josefine vor dem Fernseher saß, auf dem gerade die Nachrichten liefen. Corona in China, Corona in Spanien, Corona in Italien ... Seit einigen Wochen füllte dieses Virus Nachrichtensendungen, Diskussionsrunden, Talkshows. Es rückte näher. Erste Fälle gab es in Deutschland, aber noch waren alle entspannt, beobachteten und stellten lediglich fest: Es rückt näher.
Anna setzte sich in einen Sessel und sah durch die Terrassentür in den Garten, in dem die ersten Schneeglöckchen blühten, und die Hyazinthen, Tulpen und Osterglocken ihre grünen Spitzen aus der Erde streckten. Auch die Forsythien hatten bereits gelbe Knospen.
„Bald wird es Frühling“, dachte Anna. „Wenn das Wetter so bleibt, ist das dieses Jahr schon sehr zeitig.“
Dann horchte sie plötzlich auf und setzte sich kerzengerade. Hatte sie richtig gehört? Ischgl? In diesem Moment sagte Josefine mit unsicher klingender Stimme: „Ischgl! Ist da nicht Oma?“ Josefine griff nach ihrem Handy und begann zu tippen. Anna sah auf den Bildschirm. Der Skiort Ischgl, ein Hotspot der Virusverbreitung, Samnaun war der Nachbarort. Auch sie griff

nach dem Handy, tippte und wartete ungeduldig auf die Verbindung.
„Sie antwortet nicht!“, „Sie geht nicht ran!“, sagten Anna und Josefine gleichzeitig und schauten sich an.
„Kann Oma das bekommen?“, fragte Josefine.
Anna streichelte ihr übers Haar und meinte: „Es wird Oma schon nichts passieren“. Restlos überzeugt war sie davon aber selbst nicht.
In Annas Kopf entstanden Bilder: Männer in weißen Anzügen, mit Masken, Helmen und Schutzhandschuhen, abgesperrte Wohnviertel, Militär …, alles, was in letzter Zeit beim Fernsehen auf sie eingeprasselt war. Berichte von Toten und Ausgangssperren, Bilder von Kliniken und Leichenwagen. Das war so fern gewesen, weit weg und unwirklich. Das hier aber, das war Wirklichkeit. Alles, was sie in den Nachrichten gesehen hatte, war nun ganz nah bei ihrer Familie.

Beim Abendessen besprachen sie, wie nah es nun rückte. Bisher war das Virus ein Nachrichtenthema gewesen. Anna versuchte noch einige Male, ihre Mutter zu erreichen, auch Josefine schickte mehrere Nachrichten. Nichts. Keine Antwort. Keine der Nachrichten wurde als „gelesen“ markiert. Oma sah sie nicht.
Gemeinsam saßen sie still vor dem Fernseher, und was sie sahen, steigerte ihre Unruhe. Es war nun sehr nah gerückt.

Derweilen genoss Simone das Abendessen. Es war, wie immer, hervorragend. Die Vorspeise war frisch zubereitet, das Gemüse im Gemüseauflauf war knackig und fein gewürzt, die Bratkartoffeln waren knusprig. Alles war ansprechend angerichtet, das Auge konnte hier getrost mitessen. Simone aß mit gutem Appetit und ließ sich Zeit. Auch den kalorienhaltigen Nachtisch, eine Pannacotta, ließ sie sich schmecken. Sie hatte so viel Sport getrieben, dass ihre Figur das verkraften würde. Nach dem Essen

trank sie noch einen Kaffee. Sie lehnte sich zurück und betrachtete die anderen Gäste. Es handelte sich vorwiegend um mittelalte Paare, die der Kleidung nach zu urteilen etwas betuchter waren. Die Atmosphäre im Speisesaal war ruhig und entspannt. Das leise Klappern und Klirren von Besteck, Geschirr und Gläsern wurde untermalt von unaufdringlicher Pianobarmusik und gedämpften Gesprächen.
Das Hotel, in dem sie seit Jahren im Februar Stammgast war, hatte einen hohen Standard. Es hatte seinen Preis, aber für eine Woche Luxus war Simone bereit, ihn zu zahlen. Sie hatte kein Interesse daran, sich in ihren kostbaren Urlaubstagen in den großen Hotels an einem Buffet zu drängeln, mit Stimmungsmusik beschallt und in Massen abgefertigt zu werden.
Sogar einen Wellnessbereich gab es im Hotel. Manchmal nutzte Simone das Angebot und besuchte das kleine Hallenbad, die finnische Sauna, das Dampfbad oder sie gönnte sich eine Massage. Bei schlechtem Wetter oder nach einem anstrengenden Skitag war das eine wunderbare Möglichkeit abzuschalten.

Satt und entspannt kam Simone auf ihr Zimmer zurück. Zufrieden seufzend ließ sie sich in einen der Sessel sinken und griff nach ihrem Handy, das sie im Zimmer gelassen hatte. Acht verpasste Anrufe, zwölf Textnachrichten, alle von Anna und Josefine. Simone stutzte. Hoffentlich war zu Hause nichts passiert. Dann rief sie Anna an. Nach dem langen Telefongespräch schaltete sie den Fernseher ein. Was sie sah und von ihrer Familie hörte, war beunruhigend.

Simone rief die Rezeption an und kündigte an, sie wolle morgen früh auschecken und abreisen.
„Sicher ist sicher“, murmelte sie, während sie im Fernsehprogramm nach einem Krimi suchte. Ihr Urlaub war wunderbar gewesen, fünf Tage mit herrlichem Schnee, blauem Himmel und fantastischen Skitouren. Es tat ihr ein bisschen leid um die

verbleibenden drei Tage und das Geld, aber sicher war sicher. Man musste kein unnötiges Risiko eingehen. Sie war kein Mensch, der sich in den Après-Skihütten herumtrieb, aber nach den Nachrichten zu diesem Virus hatte sie jetzt auch keine Lust mehr auf Menschentrauben vor den Skiliften, Gedränge in den Hütten oder Skianzug an Skianzug in den Seilbahnen zu stehen. Sie hatte eine, wenn auch kurze, schöne Zeit gehabt. So war das eben. Angemessen ausklingen lassen wollte sie die wunderbare Zeit noch und nahm eine kleine Flasche Rotwein aus der Minibar.

Mit der kleinen Flasche und einem Glas machte sie es sich vor dem Fernseher gemütlich. Ihre wenigen Sachen konnte sie morgen früh einfach in den Koffer stopfen, das würde schnell erledigt sein. Der Rotwein war schwer und vollmundig. Tiefrot, fast schwarz schimmerte er im Glas und ließ einen leichten fruchtigen Geschmack im Mund zurück. Simone war eine Weingenießerin, schmeckte feine Unterschiede und schätze ein gutes Glas Wein. Schließlich stammte sie aus einer Weingegend. Gegen Ende des Krimis ging auch das zweite Glas des gehaltvollen Weines zur Neige. Mit den Worten „Jetzt habe ich die richtige Bettschwere!“ schaltete Simone den Fernseher aus, zog den Schlafanzug an und machte sich für die Nacht fertig. Schläfrig kuschelte sie sich in ihr Bett, Sekunden später fielen ihr die Augen zu.

„Uahhh!“, stöhnte Simone und blinzelte durch die halb geschlossenen Lider ins grelle Sonnenlicht, das ins Zimmer flutete. Sie hatte am Abend vergessen, die Vorhänge zu schließen. Rotwein am Abend und grelles Licht am Morgen, das vertrug sich einfach nicht! Ihr Kopf schmerzte, in den Schläfen hämmerte es und sie fühlte sich wie zerschlagen. Simone rappelte sich mühsam auf und blieb schwankend auf der Bettkante sitzen. Sie fröstelte und fuhr mit den Händen über die Gänsehaut auf ihren Armen.

„Oh, oh. Das waren nur zwei Gläser! Das macht mir doch sonst nichts. Das muss an der Sonne und dem Sport liegen“, schimpfte sie leise vor sich hin.
Sie tappte ins Bad, putzte die Zähne und ging unter die Dusche. Das heiße Wasser tat gut! Sie duschte lange, ließ das Wasser auf Schultern und Rücken prasseln und hatte allmählich das Gefühl, ein bisschen lockerer und wärmer zu werden. Simone zog sich etwas mühsam an, vielleicht hatte sie Muskelkater vom Skifahren.
Während sie ihre Haare föhnte, kamen die stechenden Kopfschmerzen mit Wucht zurück. Simone rieb ihre Stirn und dachte darüber nach, warum sie einen solchen Kater nach nur zwei Gläsern Wein hatte. Beim Frühstück bekam sie nur eine Tasse Kaffee hinunter. Schon der Anblick der Speisen ließ Übelkeit in ihr aufsteigen.
Koffer packen, auschecken und Skiausrüstung aufs Autodach laden, all das kostete sie mehr Kraft, als sie heute hatte, immer wieder musste sie innehalten.
„Das wird ja eine Rückfahrt“, murmelte sie, als sie den Motor startete und aus der Tiefgarage des Hotels fuhr. Draußen traf das Licht sie wie ein Hammer. Simone kramte nach ihrer Sonnenbrille, setzte den Blinker und fuhr los.

Die Rückfahrt war die Hölle. Die Kopfschmerzen steigerten sich ins Unerträgliche, ab und zu flimmerte es vor Simones Augen, ihre Glieder fühlten sich wie Blei an und der Muskelkater wurde stärker. An einer Raststätte machte sie Pause, rief Anna an und bat sie darum, ihr einen Lebensmittelvorrat einzukaufen, da sie zunächst in Quarantäne müsse. Das hatte sie in den Nachrichten gehört. Ihr war bewusst, dass sie nach dem Urlaub im „Risikogebiet“ von dieser Regelung betroffen war.
„Verdammter Wein!“, schimpfte sie, um den leisen Verdacht zu unterdrücken, der sich unaufhaltsam in ihr breit machte.

Angst keimte in ihr auf. Das war kein Kater, das war nicht normal. Simone versuchte, die Angst klein zu halten. Es würde schon nichts passiert sein. Das war bestimmt nur eine harmlose Erkältung, versuchte sie sich einzureden. Es fiel ihr ungemein schwer, sich auf den Verkehr und die Strecke zu konzentrieren. Genau genommen schaffte sie das gar nicht, was sie tat war unverantwortlich, das war ihr durchaus klar. Aber sie hatte keine Alternative.

Sie musste ja irgendwie nach Hause kommen. Auf einem Parkplatz hielt sie an und kramte in ihrer Tasche nach einem Schokoriegel. Sie brauchte dringend etwas Süßes! Simone kaute auf der Schokolade herum und legte den Riegel wieder weg. Er schmeckte nach nichts. Sie fuhr weiter.

Endlich, die Abfahrt! Nur noch ein paar Kilometer, ein paar Minuten! Simone war schwindlig, die Lichter der entgegenkommenden Autos flimmerten schmerzhaft vor ihren Augen und die Straße schien zu schwanken. Simone umklammerte mit verkrampften Händen das Lenkrad.

Ihre Straße! Ihr Haus! Endlich! Sie hatte wegen der Pausen und dem dichten Verkehr über neun Stunden gebraucht. Das Auto stellte sie in die Garage, Gepäck und Skiausrüstung konnten warten. Die beiden Körbe mit Lebensmitteln, die im Flur standen, ließ sie achtlos stehen. Sie konnte sich kaum noch aufrecht halten und sank vollkommen erschöpft mit Kleidern ins Bett, nachdem sie Anna eine Nachricht geschrieben hatte: „Ich bin zu Hause“.

Kapitel 9

Bingen, im Februar und März 2020

Simone schlief lange und tief. Als sie aufwachte, blieb sie mit geschlossenen Augen liegen, dachte über den vergangenen Tag nach und die Angst kam wieder. Sie jagte wie eine eiskalte Welle durch ihren Körper, trieb ihren Puls hoch und ließ ihr den Schweiß am ganzen Körper ausbrechen. Dieses Virus! Sie war aus dem „Hotspot" bei Ischgl geflüchtet und zwar krank, richtig krank. Simone rieb ihre Schläfen und forschte in ihrem Kopf nach den heftigen, pochenden, bohrenden Kopfschmerzen des gestrigen Tages. Sie waren verschwunden. Simone atmete auf, bewegte ihre Glieder und rechnete wieder mit den Gliederschmerzen. Auch die waren weg. Irritiert und erleichtert setzte Simone sich im Bett auf. Sie stellte die Füße auf den Boden und blieb einige Minuten so sitzen, denn ihr war etwas schwindlig. Als ihr Kreislauf sich stabilisiert hatte, stand sie auf, tappte ins Bad und begann, die Kleidung auszuziehen, die sie gestern aus Erschöpfung einfach anbehalten hatte. Sie warf Jeans, Pulli und Unterwäsche in den Wäschekorb.

Vielleicht hingen da noch Viren dran, dachte sie schaudernd. Die ausgiebige heiße Dusche tat gut, Simone fühlte sich sauber und gewärmt.

Frühstücken mochte sie nichts, sie bekam nur eine Tasse Tee hinunter. Die Wäsche aus ihrem Koffer packte sie mitsamt der Wäsche aus dem Wäschekorb und der Bettwäsche in die Waschmaschine und stellte das Programm so heiß ein, wie es ihre Sachen vertrugen. Dann lud sie die Skiausrüstung aus, verstaute sie in der Garage und räumte die Lebensmittel weg, die Anna ihr hingestellt hatte. Sie fühlte sich erschöpft von den wenigen Arbeiten und bereitete sich erneut einen Tee. Während sie ihn in kleinen Schlucken trank, telefonierte sie mit Anna und

Josefine. Ein bisschen Halsweh hatte sie, stellte sie fest, und immer wieder musste sie husten. Das war alles. Wahrscheinlich war es doch der Rotwein gewesen, in Kombination mit der Sonne, der Anstrengung und einer kleinen Grippe.
„Oma geht es besser. Sie ist trotzdem in Quarantäne“, erklärte Anna Josefine. „Sie könnte Kontakt zu jemandem gehabt haben, der dieses Virus hat und nun muss sie zwei Wochen zu Hause bleiben. So lange wird abgewartet, ob sie gesund bleibt. Sam bleibt so lange bei uns, weil sie ja nicht mit ihm spazieren gehen kann. Du kannst mit Oma telefonieren, mit ihr skypen und mitgehen, wenn ich ihr die Einkäufe vorbei bringe. Die stellen wir aber vor der Haustür ab und Oma holt sie rein, wenn wir weg sind. Sie kann aus dem Fenster schauen und du kannst mit ihr reden.“
„Ist das nicht furchtbar langweilig?“, fragte Josefine.
„Mit Sicherheit“, antwortete Anna. „Aber es hilft nichts, das ist jetzt so.“
Josefine ging in ihr Zimmer und fuhr den Computer hoch. „Quarantäne“ gab sie in der Suchfunktion ein. Dieses Wort kannte sie bisher nur vom Hund der Nachbarn. Er war in dieser „Quarantäne“ gewesen, nachdem die Nachbarn ihn als verlassenen Welpen im Urlaub in Griechenland am Strand gefunden hatten und ihn unbedingt mit nach Deutschland bringen wollten. „Quarantäne“, da war Oma jetzt drin, wie Boss, der braunweiße Mischling mit den Schlappohren. Interessiert las Josefine, was es mit der Quarantäne auf sich hatte. Das Wort hatte seinen Ursprung in „Quaranta“, dem italienischen Wort für vierzig. Vierzig Tage lang mussten die Seeleute im Mittelalter auf ihren Schiffen im Hafen bleiben oder auf einer vorgelagerten Insel, bevor sie an Land durften, um die Pest einzudämmen, erfuhr sie.
Nachdenklich legte sie den Kopf schief und runzelte die Stirn, bis sich zwischen ihren blauen Augen eine steile Falte bildete. Die Pest! War da nicht etwas? Hatten sie nicht vor Kurzem noch

über die Pest gesprochen? Mit wem? Josefine spielte gedankenverloren an ihrem bunten Glasperlenarmband, das Oma ihr geschenkt hatte. Oma. Die Pest! Genau! Da war etwas mit diesem Rochus, für den Oma immer „Kerzen steckte". Oma hatte gesagt, er sei der Schutzheilige gegen die Pest. Pest, Quarantäne, Oma, Rochus ... . In Josefines Kopf überschlugen sich die Gedanken.

„Irgendwie gruselig, schon ein fetter Zufall", murmelte sie und fuhr ihren Rechner herunter.

„Es kommt näher", sagte Frank und legte die Zeitung auf den Tisch.

Daniel reckte sich und nahm sich ein weiteres Sonntagsbrötchen. Das vierte?

„Iss nicht so viel", sagte Josefine.

„Halt die Klappe, Zwerg", antwortete Daniel prompt. „In vielen Ländern sind die Schulen zu. Hoffentlich bald auch bei uns", grinste er.

„Das wäre dir gerade Recht! Du bist ein Faultier!", schimpfte Anna und sah ihren Sohn tadelnd an. Als Lehrerin ärgerte sie sich oft maßlos über die Bequemlichkeit ihres Ältesten.

Josefine nippte an ihrem Kakao und meinte: „Ich fände das blöd. Ich gehe gerne in die Schule. Da sind meine Freundinnen."

Daniel boxte sie leicht gegen die Schulter und spottete: „Du bist ja auch ein blödes Küken. Hast von nix 'ne Ahnung."

„Frieden!", ermahnte Frank. „Ich will in Ruhe frühstücken."

Eine Woche später war es so weit. Die Schulen schlossen. Sportvereine, Spielplätze, Geschäfte, Schwimmbäder, Büchereien, Kirchen ..., alles von jetzt auf gleich zu. Die ganze Familie hatte es wohl kommen sehen, aber nicht wirklich als real betrachtet. Geöffnet waren nur Arztpraxen, Apotheken und Lebensmittelgeschäfte. In den Nachrichten und Zeitungen gab es nur ein einziges Thema: Corona! In Gesprächen gab es

ebenfalls nur ein einziges Thema: Corona! Das gesamte Leben wurde von Corona bestimmt. Es gab ein Abstandsgebot, man durfte draußen nur noch mit einer weiteren Person unterwegs sein oder mit den Familienmitgliedern.
Frank hatte home office, die Computeranlagen des Flughafens, an dem sowieso alles still lag, wurden von zu Hause gesteuert und in Gang gehalten. Anna sollte online unterrichten, Josefine und Daniel sollten online unterrichtet werden. Simone war noch immer in Quarantäne. Außer Husten hatte sie nichts.

„Mama, ich sehe von meiner Lehrerin nur den oberen Teil vom Kopf!“, rief Josefine aus ihrem Zimmer. „Hören kann ich sie gar nicht.“
„Das reicht auch völlig!“, brüllte Daniel über den Flur. Als Anna an seiner Zimmertür auftauchte, tippte er hektisch auf der Tastatur herum und auf dem Bildschirm tauchten plötzlich Geometrieaufgaben auf.
„Ich kann so nicht arbeiten!“, schallte es wütend aus Franks Arbeitszimmer. „Wir haben Telko. Entweder höre ich meine Kollegen oder ich sehe sie. Beides klappt nicht! Scheiß Internet!“
Anna schnappte hörbar nach Luft. „Bitte nicht diese Ausdrucksweise! Nicht vor den Kindern! Bei mir klappt auch nichts, ich drucke die Aufgaben für meine Klasse jetzt aus, fahre herum und werfe sie den Kindern in die Briefkästen.“
„Ist nicht wahr! Schule auf Rädern“, feixte Daniel.
„Geht nicht, Druckerpatrone ist leer!“, rief Frank.
„Scheiße!“, sagte Anna.
„Bitte nicht diese Ausdrucksweise. Nicht vor den Kindern“, kam es prompt aus Daniels Zimmer.

„Klopapier ist alle.“ Mit diesen bedeutungsvollen Worten stellte Josefine ein leeres Kloröllchen auf Annas Schreibtisch. „Aber nicht wegschmeißen. Unsere Kunstlehrerin hat uns eine

Bastelanleitung für Osterhasen aus Klorollen geschickt. Aber Klopapier ist trotzdem leer. Ich brauche aber jetzt welches.“
Anna seufzte. „Oje, Schatz. Es gibt aber kein Klopapier mehr. Alles weg gekauft. Die Leute hamstern wie die Wahnsinnigen. Es gibt kein Klopapier, keine Nudeln, kein Mehl, keine Hefe ... Auf Mehl, Nudeln und Hefe können wir gut verzichten. Aber wir bräuchten jetzt wirklich Toilettenpapier. Ich lege gleich Papiertaschentücher ins Bad. Bestimmt gibt es nächste Woche wieder Toilettenpapier oder Küchentücher oder so etwas in der Art.“
„Scheiß drauf!“, witzelte Daniel. „Zwerg, denk dran, die Papiertaschentücher von beiden Seiten zu benutzen. Der Erfolg liegt auf der Hand“, machte er weiter.
„Du bist be-scheu-ert!“, zickte Josefine ihn an, streckte ihm die Zunge heraus und schnitt eine Grimasse.
Frank sagte kopfschüttelnd: „Das Rezept hätte ich gerne mal, von dem, was die Leute mit Mehl, Nudeln, Hefe und Klopapier zubereiten. Ich dachte, dieses Virus schlägt auf die Lunge. Bei manchen schlägt es anscheinend auf den Darm oder aufs Hirn.“

Simone hatte im Steuerbüro, in dem sie arbeitete, Urlaub genommen. Ihre Chefin und die Mitarbeiter hatten ihr eine Karte mit guten Wünschen geschickt und hofften, sie in zwei Wochen gesund und munter wiederzusehen. Simone vermisste ihren gewohnten Tagesablauf und ihre Arbeit.
Sie arbeitete gerne und kam gut mit ihren Kollegen aus. Ihr Job war ihr wichtig, gab ihrem Tag Struktur und ihr selbst Anerkennung und Zufriedenheit.
Jetzt, in der Quarantäne, war sie froh über ihr Haus und ihren Garten. Das Wetter war herrlich, Frühsommer im März, sie konnte viel draußen sein. So fühlte Simone sich nicht besonders eingesperrt. Sie werkelte ein bisschen im Garten, telefonierte und skypte mit ihrer Familie und ihren Freundinnen, die sehr besorgt waren, las viel und hustete.

Dieser trockene, raue Husten war lästig. Er erleichterte nicht, er reizte nur. Simone hustete nichts ab, sie hatte nur das Gefühl, ihre Kehle, ihre Luftröhre und ihre Lunge würden immer rauer, trockener und entzündeter. Hustentee und Hustensaft halfen nicht. Inhalieren auch nicht.

Eines Abends fühlte Simone sich schwach und fiebrig. Kam der grippale Infekt zurück? Die Angst kam auf jeden Fall zurück. In der Nacht wachte sie mehrmals auf, von Hustenkrämpfen geschüttelt. Es schnürte ihr die Luft ab. Ihre Lungen schmerzten bei jedem mühsamen Atemzug. Sie atmete nicht mehr automatisch, sie musste bewusst einatmen, Luft einsaugen und ihre Lungen krampfhaft füllen. Sie fühlte sich wie ein Taucher, dessen Sauerstoffvorrat zur Neige ging. Wenn die Hustenanfälle nachließen, sank sie erschöpft in eine Art Halbschlaf. Gegen vier Uhr überfiel sie eine solche Atemnot, dass sie in Panik geriet. Sie hatte das Gefühl, um ihr Leben zu kämpfen, um jeden Atemzug zu ringen. Sie glaubte zu ersticken und glühte vor Fieber. In ihrer Not rief sie Anna an. Es dauerte eine Zeit lang, bis Anna am Telefon war. Es dauerte noch eine Zeit lang, bis Simone sich überhaupt verständlich machen konnte, so sehr rang sie nach Luft.

Anna schrie ins Telefon: „Ich schicke dir einen Rettungswagen. Geh runter zur Haustür. Ich komme!“ Dann unterbrach sie die Verbindung, wählte mit fliegenden Fingern den Notruf und stürzte anschließend völlig aufgelöst ins Schlafzimmer.

„Steh auf, Frank! Schnell! Mama muss ins Krankenhaus! Sie ist kurz vorm Ersticken, glaub ich! Los, wir müssen da hin fahren! Ich hab den Rettungswagen bestellt!“ Sie wischte sich die Tränen aus dem Gesicht und streifte einen Pullover über den Schlafanzug.

Frank sprang auf und zog sich irgend etwas über.

„Daniel, pass auf Josefine auf! Wir müssen zu Oma!“, schrie Anna, als sie durchs Treppenhaus nach unten hasteten.

Kein Auto war auf der Straße, als sie durch die Stadt rasten, jede Geschwindigkeitsbegrenzung ignorierend. Als sie vor Simones Haus ankamen, sahen sie gerade noch die Rücklichter und das zuckende blaue Licht des Krankenwagens verschwinden.

Beim Frühstück herrschte bedrückende Stille. Sogar Daniel hielt sich mit seinen pubertären Sprüchen, Provokationen und Flegeleien zurück. Auch er liebte seine Oma heiß und innig, auch wenn er sich altersbedingt aktuell etwas „sperrig" gab.
Josefine hob den Kopf. „Stirbt Oma jetzt an dem Mistvirus?", fragte sie ängstlich.
Anna strich ihre schulterlangen, braunen Haare hinters Ohr zurück und sah ihre Tochter aus verweinten Augen an. „Josi, Schatz, das hoffe ich nicht! Aber wir wissen gar nichts. Ich habe mit Mühe gerade mal heraus gefunden, wo sie Oma hingebracht haben. Wir können nur abwarten. Sie ist ja noch nicht einmal getestet. Es ist noch nicht einmal sicher, ob es dieses Corona ist."
An diesem Morgen beschäftigte jeder sich ohne Dramen und ohne Tricks mit seiner jeweiligen Arbeit. Alle waren still, in sich gekehrt, unkonzentriert und dachten ständig an Simone.
Beim Mittagessen sagte Josefine: „Luisa hat gefragt, ob wir uns mit dem Rad treffen können. Darf ich? Wir wollen ein bisschen in den Weinbergen herumfahren. Sonst kann man ja nix machen."
„In Ordnung, mach das. Dann hast du ein bisschen Ablenkung, jemanden zum Reden und du bewegst dich an der frischen Luft. Aber versprich mir, dass ihr weit von einander weg bleibt. Du weißt ja: Abstand! Du siehst, mit dem Virus ist nicht zu spaßen", ermahnte Anna ihre Tochter.
Josefine radelte durch die Weinberge bis zum Spielplatz. Dort war ihr üblicher Treffpunkt. Der Spielplatz am Ortsrand war, wie erwartet, geschlossen, abgesperrt mit rot-weißem Flatterband. In der Nähe gab es ein Stück Brachland mit Hecken und

krummen Bäumen zwischen zwei Weinbergen. Dort hatten Kinder ein wackliges Baumhaus gebaut. Josefine setzte sich auf einen der herumliegenden dünnen Stämme, ließ sich von der Sonne bescheinen und wartete auf ihre Freundin. Die Weinberge hatten schon die ersten grünen Triebe und in den Hecken im Brachland veranstalteten die Vögel ein ordentliches Spektakel.

„Josiiiii!“, kreischte Luisa begeistert, als sie mit dem Rad angeschossen kam und eine Vollbremsung hinlegte, dass eine schwarze Gummispur auf dem hellgrauen Betonweg zurück blieb. „Josiiii! Ich hab´ dich soooo lange nicht gesehen! Ich freu´ mich so!“ Luisa ließ ihr Rad achtlos auf die Wiese fallen, stürzte auf Josefine zu und wollte sie drücken.

Josefine wehrte die Umarmung der Freundin ab. „Das dürfen wir nicht. Das ist grad echt gefährlich. Ich hab´s Mama versprochen.“

Die beiden Freundinnen setzen sich ins Gras, endlich durften sie wieder beieinander sein. Sie hatten sich in den letzten Wochen sehr vermisst, obwohl sie regelmäßig geskypt hatten, aber das war kein echter Ersatz.

„Du guckst wie ein Frosch. Was ist los?“, wollte Luisa wissen und strich ihre Haare zurück.

Da erzählte ihr Josefine, was sie am Computer oder Handy nicht hatte erzählen können. Luisa war erschüttert und legte die Arme um ihre mittlerweile weinende Freundin.

„Das dürfen wir auch wieder nicht“, schluchzte Josefine.

„Egal. Das brauchst du aber jetzt. Passiert schon nix“, entschied Luisa. „Das ist ein großer Mist, das mit deiner Oma. Was macht ihr jetzt?“

„Ich weiß nicht. Abwarten. Daumen drücken.“ Mehr fiel Josefine nicht ein.

Luisa holte eine Tüte Gummibären aus ihrer Jackentasche. Die Mädchen saßen schweigend und kauend eine Zeit lang auf der Wiese.

„Lass´ mal da hoch fahren!“, sagte Josefine plötzlich und stand auf. Sie zeigte zur Rochuskapelle, die über ihnen auf dem Rochusberg lag und von ihrem Platz aus deutlich zu sehen war.
„Zur Rochuskapelle?“, fragte Luisa überrascht. „Was willst du denn da?“
„Weiß nicht. Einfach so“, erwiderte Josefine.
Die Freundinnen radelten eine Weile, stellten sich dann in die Pedale und mussten doch das letzte Stück schieben, so steil war der mit Weinbergen bedeckte Hügel. Nach einer Viertelstunde stellten sie die Räder vor der rot-weißen Kapelle mit dem dunklen Schindeldach ab und stiegen die rote Sandsteintreppe zum Eingang hinauf. Vor der Holztür standen Blumenschalen mit Tulpen, Osterglocken und Maßliebchen und bildeten freundliche, frühlingshafte Farbtupfer.
Hoch oben über dem Eingangsportal stand eine große Statue des Heiligen Rochus aus hellem Stein. Luisa fragte „Willst du da rein? Was willst du denn da?“ Von der Anstrengung war ihr Gesicht gerötet.
„Mal gucken“, antwortete Josefine. “Hier war ich mit Oma zuletzt. Danach habe ich sie nicht mehr gesehen.“ Sie rüttelte an dem eisernen Türgriff der schweren Holztür, aber die Kapelle war verschlossen.
An der Holztür hing ein laminierter Aushang: „Einladung zum Gebet in der Corona-Krise“. Die Mädchen lasen schweigend. Rochus, der Patron wider die Pest und andere ansteckende Krankheiten wurde um Beistand und Hilfe in der aktuellen Situation gebeten. Das Gebet endete mit „Heiliger Rochus, bitte für uns.“
Abwartend sah Luisa ihre Freundin an, die mit gerunzelter Stirn den Aushang betrachtete.
„Komm mit“, forderte Josefine Luisa auf. Sie lief zur Seite der Kapelle, Luisa folgte ihr.
Zuerst gelangten die Mädchen an einen winzigen, nach außen offenen, mit Eisengittern gesicherten Andachtsraum. Darin

stand eine kleine Statue auf einem Sockel, davor befand sich die schmiedeeiserne Halterung für die kleinen roten Lichte, die vor einigen Wochen noch in der Kapelle gestanden hatten. Ein paar Flämmchen flackerten in dem leisen Luftzug, der sachte durch das Gitter zog. Omas Kerze war sicher längst abgebrannt, dachte Josefine. Auch die Spendendose war dort angebracht und ein Briefkasten, in den man Gebete oder sonstige Mitteilungen werfen konnte. „Schau“, sagte Josefine. „So eine Kerze hat Oma angezündet und gebetet, dass der Heilige Rochus sie beschützt.“

„Hat wohl nichts geholfen, oder?“, sagte Luisa vorsichtig.

Ein paar Schritte weiter kamen die Freundinnen zum Außengelände für die Pilger. Dort gab es Holzbänke für die Teilnehmer von Wallfahrten mit Blick auf den Altar. Die langen Bankreihen lagen unter hohen Bäumen, die das erste zarte Grün zeigten. Ein Rundweg führte an den Kreuzwegstationen entlang. Hinter dem Kreuzweg glitzerte weit unten im Tal der Rhein mit seinen Auen im Licht der Nachmittagssonne. Ein paar Frachtschiffe waren in der Fahrrinne unterwegs und schoben weißes, schaumiges Wasser vor sich her. Das Wasser im Naturschutzgebiet des Altrheinarmes schimmerte wie ein Spiegel, so ruhig und glatt war es.

An der Wand der Kapelle gab es einen Altar mit großen Sandsteinfiguren. Ein uralt wirkendes Bild des Heiligen Rochus stand auf einem Holzständer vor dem Altar, davor Blumenschalen und große Palmen in Töpfen. Überall waren laminierte Aushänge an Bäumen und Gebäuden befestigt, auf denen „Durchkreuzt“ stand.

„Was soll das? Durchkreuzt?“, fragte Luisa ratlos.

„Ich glaube, das hat mit dem Kreuzweg zu tun“, antwortete Josefine unsicher. „Am Karfreitag und so, da gehen normalerweise ganz viele Leute hier den Kreuzweg entlang, an diesen kleinen Steinhäusern vorbei. Da drin sind Bilder von Jesus, wie er gekreuzigt wurde und wie er wieder auferstanden ist. Die

Leute beten und singen dazu. Und jetzt geht das wegen Corona nicht. Corona hat den Kreuzweg durchkreuzt."
„Oha, ein richtiges Wortspiel", sagte Luisa anerkennend und nickte.
Die Mädchen lasen schweigend und betrachteten dann das Bild des Heiligen Rochus. Die schwarz-weiß-Darstellung wirkte ein wenig unheimlich und Josefine schauderte.
„Das hier ist für Pilger bei den Wallfahrten", sagte sie in die Stille und deutete mit ausgestrecktem Arm auf den Altar und die Bänke. „Der Rochus, der war auch Pilger, hat Oma gesagt. Der war in Rom. Zu Fuß! Jahrelang ist der dahin gelaufen! Damals sind die alle zu Fuß gegangen. Logisch, ging ja nicht anders. Was ´ne Tour, tausende von Kilometern! Schon verrückt! Oma hat mir die Geschichte mal erzählt. Sie hat mir sogar ein Pilgerzeichen von ihm geschenkt, also kein echtes, ein Fake, aber trotzdem schön. Echtes Silber. Aus Frankreich. Mit einer Kette. Da war sie mal und hat sich all diese Rochussachen angesehen. Kirchen und so was."
Luisa sagte nichts und schaute ihre Freundin abwartend von der Seite an. Josi ist seltsam heute, aber anscheinend braucht sie jetzt genau das, wegen ihrer Oma und diesem Corona und so ..., dachte Luisa.
„Was ist jetzt? Willst du hier Wurzeln schlagen?", fragte Luisa irgendwann und sah ihre Freundin mit hoch gezogenen Augenbrauen und schief gelegtem Kopf fragend an.
„Lass uns noch einen Moment hier bleiben", bat Josefine.
„Na gut", antwortete Luisa geduldig und setzte sich unter einen dicken Baum auf eine der Bänke.
„Guck mal, hier gibt es was zu trinken. Das kommt mir gerade recht, ich habe Durst", stellte sie erfreut fest. Tatsächlich stand neben einer der Wallfahrtsbänke ein runder, geschnitzter Holzkopf mit einem freundlich grinsenden Gesicht, daneben eine Spendenkasse, ein Wassernapf für Hunde und ein Korb mit Wasserflaschen. Auf einem Schild war erklärt, was es mit dem

Wasser auf sich hatte. Durstige Pilger, die wegen Corona überall vor verschlossenen Türen standen, konnten sich aus dem Korb eine Flasche Wasser nehmen und sich stärken und erfrischen. Eine nette Geste der Gastfreundschaft. Auch stand da, dass man, sollte man sein Wasser nicht austrinken, den Rest einem von der Trockenheit geplagten Baum spenden konnte. Luisa kramte in ihrer Jackentasche und zog ein paar Münzen heraus. Sie warf sie in die Spendenkasse und nahm zwei Flaschen aus dem Korb. Eine reichte sie Josefine, die sich neben sie gesetzt hatte.

„Danke", und nach einer Pause: „Glaubst du an so was?", fragte Josefine und nahm einen großen Schluck Wasser.

„An was?", fragte Luisa und drückte ihre mittlerweile halb volle Plastikflasche rhythmisch zusammen, bis sie knisterte.

„Na ja, dass der Heilige Rochus gegen Corona oder sonst was hilft, wenn man zu ihm betet?", sagte Josefine und drehte eine lange blonde Haarsträhne um ihre Finger.

„Hm, ich weiß nicht. Ich glaube, glaube ich, an gar nichts. Wir gehen nicht in die Kirche und ich bin nicht mal getauft. Vielleicht ist das alles Aberglaube und so", sagte sie nachdenklich und sah Josefine mit zusammen gekniffenen Augen skeptisch an. „Glaubst du das?" Sie knisterte weiter mit ihrer Wasserflasche.

Josefine seufzte und zuckte mit den Schultern. „Ich weiß auch nicht. Eigentlich nicht. Ich meine, das ist so lange her. Und ob´s diesen Heiligen überhaupt noch irgendwo gibt, so unsterblich und so? Aber Oma glaubt das wirklich. Vielleicht stimmt das alles gar nicht, hilft aber trotzdem, wenn man dran glaubt", schloss sie nachdenklich.

Luisa antwortete nicht. Die beiden Mädchen saßen noch eine Zeit lang nebeneinander und tranken ihr Wasser.

„Komm, wir fahren", sagte Josefine unvermittelt und stand auf.

„Ich hab noch ein bisschen Wasser. Das schaff′ ich nicht mehr. Wo ist dieser Baum, unter den man es kippen soll?“ Sie schaute sich suchend um.
„Da!“ rief Luisa. „Da! Guck! Ein Eichhörnchen. Schütt′ es unter den Baum da vorne, da wohnt ein Eichhörnchen.“
Josefine goss den Rest ihres Wassers zwischen die schlangenartigen, bemoosten Wurzeln des Baumes. Das Eichhörnchen spähte neugierig aus dem noch spärlich belaubten Wipfel zu ihr hinunter. „Süß“, sagte Josefine und warf die leere Flasche in den Korb zurück.
Vor der Eingangstür blieben die beiden Mädchen noch einmal stehen. Josefine legte den Kopf in den Nacken und schaute zu der großen Statue des Heiligen Rochus hinauf. Sie kniff die Augen im Gegenlicht zusammen und sagte: „Dieser Rochus, der hilft gegen die Pest und solche Seuchen. Das hat Oma mir erzählt, als wir letztes Mal hier waren. Sie hat eine Kerze gesteckt für den Rochus und sie glaubt, dass er sie bei Krankheiten beschützt. Der Typ hat selber die Pest gehabt. Er hat sie sogar überlebt und hat andere geheilt. Deswegen beten manche Leute ihn an und hoffen, dass er sie auch heilt, wenn sie sich irgendwas fangen. Corona oder sonst was richtig Schlimmes. Jetzt könnt′ dieser Rochus mal was machen. Jetzt könnt′ dieser Rochus mal beweisen, dass die Story stimmt und könnte meine Oma gesund machen.“

Kapitel 10

Genua, anno domini 1367

Rochus erwachte davon, dass sich eine haarige Schnauze in sein Gesicht drückte. Er schlug die Augen auf und schaute in gelbe Augen mit schmalen Pupillen, dahinter weiße Zotteln und beeindruckende, gebogene Hörner. Der Ziegenbock trat einen Schritt zurück und senkte den gehörnten Kopf, als Rochus sich bewegte und beäugte ihn neugierig. Da lag ein Mensch in seinem Futter!

Rochus stand auf, sah sich in der baufälligen, windschiefen Scheune um und klopfte einige Heuhalme ab, die sich in seinen Mantel verfangen hatten. Man hatte ihm eine Schlafstatt im Heu angeboten, er hatte dort ungestört und ruhig geschlafen.

Rochus schob die schief in den Angeln hängende Tür auf, es quietschte durchdringend und er trat ins Freie. Auf dem Hof des kleinen, ärmlichen Bauernhauses pickten ein paar Hühner, eine graue Katze schlich in den kleinen Gemüsegarten, setzte sich auf eine Holzkiste und beobachtete ihn misstrauisch. Die Tür des verwahrlosten Steinhauses mit dem löchrigen Dach öffnete sich und eine gebückte, zahnlose Alte mit runzliger Haut und schlohweißen Haaren rief ihn zu sich: „Kommt herein, Medicus. Eine Mahlzeit vor der Wanderung hat noch keinem geschadet."

Rochus sah noch einmal nach ihrem graugesichtigen, ausgezehrten Mann und erneuerte den Verband um dessen Axtwunde am Bein. Die Wunde sah gut aus, die Ränder waren nicht länger rot geschwollen und begannen, sich zu schließen. Die Kräuterauflagen zeigten Wirkung.

Anschließend aß Rochus eine große Schüssel Graupensuppe und trank einen Becher Ziegenmilch. Die Alte steckte ihm mit ihren knotigen Fingern noch ein paar getrocknete Feigen für unterwegs zu.

„Vergelt´s Gott, du hast meinem Mann sehr geholfen. Ohne dich sähe das Bein bestimmt immer noch schlimm aus. Gott segne dich und schütze dich auf deiner Reise. Halte dich fern von Savona, dort ist die Pest ausgebrochen", sagte die Alte.

Rochus wanderte in dem gleichmäßigen, ruhigen Schritt, den er sich auf seiner langen Pilgerreise angewöhnt hatte, die staubige

Straße entlang. Er mied die Pilgerwege und hielt sich meist abseits der großen Städte. Längst hatte Rochus seine Heimat Okzitanien hinter sich gelassen, mit ihren Lavendelfeldern, den Weingärten und den ausgetrockneten Grundstücken, auf denen knorrige Olivenbäume wuchsen.

An diesem Abend fand er kein Nachtlager in einer Scheune oder einem Haus. Er rollte sich in seinen warmen Mantel ein und kroch im Wald unter einen niedrigen Felsvorsprung. Sein Magen knurrte, er schlief unruhig, wachte vor lauter Hunger immer wieder auf und trank Wasser aus seiner Kalebasse, um den Magen zu füllen.

Am Morgen rieb er seine Füße mit Hirschtalg ein, um wunden Stellen vorzubeugen. Dann kämpfte er sich durchs Unterholz zurück auf den Weg. Der Himmel war grau, die Wolken hingen tief und es war kühl. Frierend zog Rochus den Mantel fest um die Schultern. Langsam und stetig setzte er Fuß vor Fuß auf dem schmalen, holprigen Streifen zwischen den tief eingegrabenen Wagenspuren.

Um die Mittagszeit rumpelte ein Ochsenkarren heran und Rochus konnte ein Stück des Weges mitfahren. Der Bauer war mit einer mageren Ladung Rüben zum nächsten Marktflecken unterwegs. Er berichtete von der Pest, die in einigen Städten wütete.

„Uns geht es noch einigermaßen gut, wir haben den Ochsen und eine kleine Ernte. Wir fürchten immer, dass die Reiter des Herzogs auftauchen und uns alles wegnehmen. Aber am meisten fürchten wir die Pest. In allen größeren Städten, von denen wir hören, ist sie ausgebrochen“, erzählte der Mann.

Rochus war besorgt. War seine Geburtsstadt Montpellier auch betroffen? Der Bauer teilte einen Kanten Brot mit ihm und schenkte ihm ein paar Rüben.

„Vergelt´s Gott. Er segne dich und behüte die Deinen“, verabschiedete Rochus sich.

Sein einsamer Weg führte ihn an verlassenen, verwahrlosten Feldern vorbei. Bedrückt betrachtete er das vernachlässigte Land. Die Saat war nicht ausgebracht worden, es wuchs nur Unkraut, eine Hungersnot war zu erwarten.
Dann kam er in ein niedriges Wäldchen, der Weg, nun mehr ein Pfad, schlängelte sich zwischen Felsen und Baumgruppen hindurch. Plötzlich hörte er hinter sich Hufschlag.
Er wusste genau: Die einzigen, die sich edle Reittiere leisten konnten, waren die Adeligen, Ritter und Soldaten. Auf keinen Fall wollte er ihnen begegnen. Wer ihnen im Weg war, wurde rücksichtslos umgeritten. Suchten sie Unterhaltung oder waren sie gereizt, wählten sie willkürlich ein zufälliges Opfer, das dieses Zusammentreffen üblicherweise nicht überlebte. Schon viele, schlimm zugerichtete Leichen von Männern, Frauen, sogar Kindern hatte Rochus am Wegrand gefunden. Frauen und Mädchen, egal welchen Alters, wurden oft geschändet und einfach liegen gelassen. Ein Menschenleben war diesen Leuten nichts wert.
Rochus verließ hastig seinen Weg und duckte sich hinter einem dornigen Gebüsch. Aus seinem Versteck heraus beobachtete er, wie eine Reihe Soldaten und Ritter in ihren Kettenhemden und Rüstungen schwer bewaffnet auf starken Pferden in scharfem Tempo heran geritten kamen.
Die Hufe der Pferde stampften dicht an ihm vorbei, ihr mit Metall beschlagenes Zaumzeug klirrte, er konnte den dampfenden Pferdegeruch riechen, so nah waren sie.
Rochus kauerte starr vor Schreck hinter dem Gebüsch und rührte sich nicht. Er wagte es kaum zu atmen. Geduckt unter seinem grauen Mantel und dem grauen Filzhut sah er einem Felsbrocken zum Verwechseln ähnlich.
Manchmal hatten die Reiter Hunde dabei, wuchtige, aggressive Tiere, die für den Einsatz in Schlachten gezüchtet und trainiert waren. Einmal hatten sie ihn entdeckt und er hatte verzweifelt versucht, die Meute mit seinem Pilgerstab abzuwehren, den

Rücken fest an eine Felswand gepresst. Einer der Hunde hatte seinen Mantel erwischt und ein großes Stück herausgerissen. Die Reiter hatten gelacht und waren einfach weiter geritten. Die Hunde ließen zum Glück von Rochus ab und rannten ihren Herren bellend hinterher. Die Angst dieser schrecklichen Minuten war tief in seiner Erinnerung verhaftet.
Die Reiter verschwanden um die nächste Wegbiegung. Das war knapp gewesen! Erleichtert stand Rochus auf, klopfte sich den Mantel ab und stieg durch die Dornen zurück auf den Pfad.
Nirgends waren die Menschen sicher. Überall herrschten kleine und größere kriegerische Auseinandersetzungen. Das Land war in zahlreiche, zum Teil winzige Herrschaftsbereiche zerfallen. Jeder der Regenten versuchte durch Kriege, Intrigen oder ständig wechselnde Bündnisse seine Macht zu erhalten oder zu erweitern. Das gemeine Volk, die Bauern und Leibeigenen, bluteten aus unter dem Joch des Adels, der bewaffneten Truppen und nun auch noch unter der Pest.

Hinter dem Wäldchen erstreckte sich wieder freies Feld, Ackerland, nur zum Teil bestellt. In weiter Ferne tauchte ein kleines Dorf auf, dahinter ein graues Gemäuer. Rochus hoffte auf ein Kloster, wo er eine Mahlzeit bekäme, sich waschen und auf einem weichen Strohsack eine Weile schlafen könnte.
Er hatte seit den Rüben und dem Brotkanten, die der Bauer mit dem Ochsenkarren ihm geschenkt hatte, nichts mehr gegessen. Sein Magen ließ sich durch kaltes Wasser längst nicht mehr beruhigen und knurrte laut.
Seit Tagen hatte er sich nur an Bächen notdürftig gewaschen, seine Kleider rochen nach altem Schweiß, Haare und Bart wucherten wild. Voller Hoffnung behielt er das große, graue Gebäude im Blick, während er sich näherte. Am Abend stand er erleichtert vor der Klosterpforte und schlug den eisernen Türklopfer ans Holz.

Eine Klappe in der Tür öffnete sich und ein feistes Gesicht unter einer Tonsur spähte zu ihm hinaus.
„Gott zum Gruße. Ich erbitte Einlass und eine Mahlzeit, ich bin auf Pilgerreise nach Rom“, begrüßte Rochus den Mönch mit einem Kopfnicken.
„Gott zum Gruße. Es tut mir leid. Überall wütet die Pestilenz, unsere Pforte muss geschlossen bleiben. Ich werde dir eine warme, reichliche Mahlzeit bringen, aber ins Kloster lassen wir niemanden“, erwiderte der Mönch.
Rochus seufzte. Erschöpft setzte er sich auf einen Grenzstein vor der Klosterpforte. Bald sah er, dass die Tür einen Spalt geöffnet wurde. Eine Hand unter dem Ärmel einer braunen Kutte erschien und stellte einen großen Weidenkorb ab.
„Gott segne deine Mahlzeit. Den Korb kannst du später hier stehen lassen. Der Herr schütze dich auf deiner Reise“, erscholl eine dumpfe Stimme hinter der Holztür, die sich wieder schloss, bevor Rochus ein Wort des Dankes rufen konnte.
Mit offenem Mund starrte Rochus in den Korb. Er war randvoll mit den feinsten Köstlichkeiten: knuspriges, helles Brot, gebratenes Geflügel, eingelegtes Gemüse, fettig glänzende Würste, Pastete, ein dickes Stück aromatisch duftender Käse, Bärlauchnudeln und gekochte Barben in einer Tonschüssel, gebratenes Ei mit feinen Zwiebelchen, getrocknete und kandierte Früchte und andere Leckereien. Die Mönche waren großzügig! Das war sein erster Gedanke.
So gut hatte er zuletzt bei Rosanne gegessen. Wie lange war das nun her? Rochus aß hungrig und schnell alles durcheinander, so verlockend waren die herrlichen Speisen. Er probierte den Käse, danach die Früchte, anschließend das Gemüse und wieder ein Stück Käse, er kostete hier und dort, aß viel zu hastig. Zu schnell war er satt, sein Magen war diesen Überfluss nicht mehr gewohnt. Das war ein Festessen!
Zufrieden schmunzelnd lehnte er seinen Rücken an die kühle Mauer und dachte an seinen Freund Mathieu, den er auch immer

auf diese Weise versorgt hatte. Auch der kleine Pierre mit seinem großen Hunger fiel ihm ein. Dann schrak er auf. In seinem Hunger hatte er tatsächlich das Dankgebet vor dem Essen vergessen. Das war ihm noch nie passiert. Sofort faltete er mit schlechtem Gewissen die Hände.

„Gütiger Gott, ich danke Dir von Herzen für diese köstliche Mahlzeit. Verzeih mir meine Gier, mein Hunger war zu groß. Herr, schütze diese Mönche, die so gut zu mir waren." Rochus schlug das Kreuzzeichen und zog die verkorkte Flasche aus dem Korb. Er zog den Korken ab und hielt die Nase oben an den Flaschenhals.

Tief und genüsslich atmete er ein. Der fruchtige Duft feinsten Weines schlug ihm entgegen. Wie lange war es her, dass er dieses Getränk genossen hatte! Der Herr belohnt mich heute fürstlich, dachte er zufrieden. Er nahm einen winzigen Schluck. Damit musste er vorsichtig sein. Wenn er mit diesem wunderbaren Getränk seinen Durst stillen würde, dann würde er hier auf der Stelle einschlafen, das wusste er.

Ein schlafender, berauschter Pilger vor der verschlossenen Klosterpforte! Rochus sah zum grauen Himmel auf und murmelte: „Das, o Herr, würde Dir sicher nicht gefallen."

Er stand schwerfällig auf, packte all die übrig gebliebenen Köstlichkeiten aus dem Korb in seine Tasche, nahm die Weinflasche in die Hand und ging die Mauer entlang. Auf der Rückseite des Klosters fand er eine geschützte Nische in der hohen Mauer.

Rochus trat das wuchernde Unkraut platt, das ihm eine weiche Unterlage sein würde, zog seinen Mantel fest um sich und ließ sich zur Nachtruhe nieder. Es wurde dunkel und er hielt eine letzte Zwiesprache mit dem Herrn. Dann hielt er eine Zwiesprache mit dem Wein und schlief bis zum Morgengrauen.

Der Schrei eines Hahnes durchdrang schrill den Halbschlaf, in dem Rochus zwischen Wachsein und Wegdämmern hin und her schwebte. Er streckte sich ausgiebig und gähnte. Woher kam dieses Geschrei? Rochus setzte sich auf, erinnerte sich, wo er war und sah erfreut seine prall gefüllte Tasche im Gras liegen. Es war kein Traum gewesen. Er hatte tatsächlich Nahrung im Überfluss. Dieser Vorrat würde für viele Tage reichen. Er verrichtete sein Morgengebet, schulterte seine Taschen und machte sich auf den Weg. Seine Schritte waren leicht, die Schultern gestrafft. Gut gelaunt, gestärkt durch Speise und Trank schritt er energisch aus und fühlte sich wie neu geboren. Die Klosteranlage ließ er hinter sich und lief wieder zwischen den verwahrlosten Feldern hindurch. Nachdenklich betrachtete er den rissigen, von vertrocknetem Unkraut bedeckten unbestellten Boden, der eigentlich Feldfrüchte tragen sollte. Woher hatten die Mönche diesen Überfluss an Speisen? Die Bauern und Leibeigenen darbten und hungerten. Neugeborene und Kinder starben an Hunger. War er am vergangenen Abend nicht maßlos gewesen? Rochus´ Schritte wurden immer langsamer, während er nachdachte.

An einem Wegkreuz kniete er nieder und bat Gott um Verzeihung für seine Maßlosigkeit. Er beschloss, die Köstlichkeiten, die er eingepackt hatte, zu teilen und zu verschenken. Der Herr würde ihm sein tägliches Brot geben, er würde für ihn sorgen. Es gab keinen Grund zu horten und zu geizen. Als das erste ärmliche Steinhaus in Sicht kam, das inmitten trostloser, unbearbeiteter Feldflächen lag, bog Rochus vom Weg ab.

Vor dem armseligen, halb zerfallenen Gemäuer spielten drei kleine, schmutzige, zerlumpte Kinder im Dreck, das jüngste konnte kaum stehen. Aus der offenen Tür klang das Schreien eines Säuglings.

Die drei Kinder standen still an die fleckige Hauswand gedrückt und beobachteten furchtsam, wie der große Mann mit dem wilden Bart seine Tasche öffnete und Dinge auf den Stapel Brennholz legte, die sie noch nie zuvor gesehen hatten. Nur einen Brotkanten behielt Rochus für sich.

Staunend und scheu betrachteten die Kinder mit runden Augen und offenen Mündern den Käse, die Würste und die kandierten Früchte. Rochus lächelte sie an. „Gott schütze euch."
Zaghaft erwiderte das älteste Mädchen das Lächeln und hob seine schmutzige, magere Hand zum Gruß.

Viele Tage zog Rochus weiter, abseits der großen Straßen. Er hatte nun fast die Hälfte seiner Strecke geschafft, stellte er fest, als er die alte Karte seines Vaters studierte. Bald würde er eine Pause von mehreren Monaten einlegen müssen, denn der Sommer war vorüber. Es regnete oft und war empfindlich kühl, was das Wandern beschwerlich machte.
Rochus passierte Campo Ligure, ging aber in einem weiten Bogen an der Stadt vorbei, da er von Weitem zwischen den Hügeln die Rauchwolken aufsteigen sah, die von den vielen Pesttoten kündeten. Hoch über den Dächern und den dichten Rauchwolken thronte Castello Spinola mit seinem gedrungenen, eckigen Turm, von wo aus die Adelsfamilie das Tal zwischen Piemont und Ligurien kontrollierte.

Rochus war wachsam, immer bereit, Schutz im Wald zu suchen, sich zwischen den Büschen oder in den Gräben unsichtbar zu machen. Der Weg war unsicher, hinter jeder Biegung konnte Gefahr lauern. Viele Ritter, bewaffnete Reiter und auch Räuber waren in den Wäldern unterwegs. In Zeiten der Pest, in denen nur das Recht des Stärkeren zu gelten schien, waren arme Menschen noch hilfloser der Willkür der Mächtigen und Gesetzlosen ausgeliefert als sonst. Es gab Orte, an denen waren die Menschen der Gefahr besonders preis gegeben. Brücken, Hohlwege, überall dort, wo man weithin sichtbar war, wo man sich nicht blitzschnell zwischen Büschen und Bäumen verbergen konnte. An einem solchen Ort war Rochus nun angekommen. Die steinerne Brücke, die über das Flüsschen Stura führte, bot keinerlei Möglichkeit, sich zu verstecken. Rochus blieb im Schatten der

Bäume stehen. Ein ungutes Gefühl machte sich in ihm breit. Er verließ den Weg, ließ sich im Gebüsch nieder und beschloss, auf eine größere Gruppe Wanderer oder Bauern zu warten, um mit ihnen gemeinsam die Brücke zu überqueren. Aber nur einsame Wanderer kamen vorbei und passierten unbehelligt die Brücke. Rochus blieb im Verborgenen, er fühlte sich unsicher und nahm diese innere Warnung ernst.
Geduldig wartete er, bis die Abenddämmerung sich über den Wald senkte und die Schatten zwischen den Bäumen die nahende Nacht ankündigten. Lange war kein Mensch mehr vorbeigekommen, die Brücke und der Wald dahinter wirkten ruhig und still. Doch noch immer verspürte Rochus ein unbestimmtes Gefühl der Bedrohung.
Als sich der Tag neigte, packte Rochus seine Habseligkeiten und ging bis zu dem schmalen Weg, der über die Brücke in Richtung Genua führte. Abwartend blieb er zwischen den Büschen stehen, unauffällig im schwindenden Licht mit seinem grauen Hut und Mantel. Konzentriert beobachtete er den Weg und die Brücke, lauschte, ob Pferdegetrappel oder sonstige Geräusche zu hören waren. Es war still, lediglich das leise Gluckern des Flusses unter der Brücke und vereinzelte Vogelstimmen waren zu hören.
Wie ein Schatten löste Rochus sich aus dem Schutz des Gebüschs und ging eilig, sich immer wieder umsehend, über die Steinbrücke mit ihrem niedrigen Mäuerchen. Aufatmend kam er auf der anderen Seite an. Noch immer war niemand zu sehen oder zu hören. Rochus wollte sich gerade wieder seitlich in die Büsche schlagen, da spürte er einen schweren Schlag gegen den Hinterkopf. Augenblicklich wurde ihm schwarz vor Augen und er sackte zusammen.

Mitten in der Nacht kam Rochus zu sich. Er wusste nicht, was passiert war, überlegte, wo er war und fasste an seinen schmerzenden Hinterkopf. Seine Hand war blutverschmiert, als er sie zurückzog. Langsam kam die Erinnerung zurück. Er hatte die Brücke überquert. Was war dann geschehen? Woher kam die Wunde am Kopf? Hatte ihn jemand geschlagen? War ein Baum auf ihn gestürzt? Mühsam versuchte Rochus, sich aufzusetzen und zu erinnern, was ihm widerfahren war. Ein schneidender Schmerz fuhr durch seinen Kopf und er kippte ohnmächtig zurück ins Unterholz. Am Morgen begann es zu regnen. Rochus wachte von den Tropfen auf, die in sein Gesicht fielen. Er richtete sich auf, zitternd, frierend, völlig durchnässt, mit bohrenden Schmerzen in seinem Kopf. Ihm war schwindlig.

Er fuhr sich mit den Händen durchs Gesicht und versuchte langsam und vorsichtig, auf die Beine zu kommen. Schwankend an einen dünnen Baumstamm gestützt, stand er im strömenden Regen und sah sich um. Seine Habseligkeiten lagen verstreut im Schlamm und zwischen all dem Kraut, das am Straßenrand wuchs.

Offensichtlich war Rochus das Opfer von Straßenräubern geworden. Für diese war er bislang nicht interessant gewesen. An seiner abgewetzten, staubigen Kleidung, seinem wild wuchernden Bart und dem armseligen Gepäck hatten sie mit ihrem geübten Blick erkannt, dass bei ihm nichts zu holen war. Aber nun war wohl doch eine Bande Gesetzloser über ihn hergefallen, hatte ihn ausgeraubt und verletzt seinem Schicksal überlassen.

Rochus sank wieder auf die Knie. Mühsam kroch er im Schlamm umher und suchte zusammen, was die Räuber zurückgelassen hatten, was für sie unbrauchbar war. Von seinem medizinischen Gerät fand er das meiste wieder, achtlos in den Schmutz geworfen. Die Landkarte lag aufgeweicht und zerrissen auf der Straße und war nicht mehr nutzbar, die Lederhülle war verschwunden.

Seine Ersatzkleidung und seine alten Schuhe mit den durchgelaufenen Sohlen fand er nass und verdreckt wieder. Von dem Stück Seife aus Fett und Asche, das er immer bei sich hatte, war nur ein grauer, schmieriger Klumpen zurück geblieben, sein

Messer war verschwunden, ebenso die wenigen Münzen, die er in einem Lederbeutel verwahrt hatte. Am schlimmsten traf es ihn, als er seine beiden Bücher fand. Die Räuber hatten sie aus der gewachsten Leinwand gerissen und achtlos weggeworfen, dem Regen und Schlamm ausgeliefert.

Rochus bückte sich unter Schmerzen und hob sie vorsichtig auf, wischte mit seinem nassen Mantel den ärgsten Schmutz ab und hüllte sie sorgsam in die Leinwand. Er wusste nicht, was schlimmer schmerzte, sein Kopf oder seine Seele. Nicht einmal vor der Bibel hatten diese Unholde Halt gemacht!

Die Erinnerungsstücke an seine Eltern, der Siegelring seines Vaters und die Bernsteinkette seiner Mutter, waren verschwunden, es waren die einzig wertvollen Stücke gewesen, die die Räuber erbeutet hatten. Wertvoll nur für ihn durch die Erinnerungen, die daran hingen. Dafür diese Zerstörung, diese Schmerzen!

Rochus räumte seine verbliebenen Habseligkeiten in die verdreckten Taschen und wankte ans Flussufer. Dort wusch er seine Wunde am Hinterkopf aus und betastete sie vorsichtig. Er war vom Regen völlig durchweicht, zitterte vor Kälte, ihm war übel und er war zutiefst verstört von der Gewalt, die ihm widerfahren war.

Erneut wurde ihm schwindlig und er sank rückwärts ins nasse Gras. Als er zu sich kam, blendete ihn gleißendes Sonnenlicht. Er schirmte mit der Hand die Augen ab und stand langsam und unsicher auf. Am Flussufer fand er eine fast verblühte Schafgarbe. Kraftlos zupfte Rochus ein paar Blätter ab, zerrieb sie und legte den Brei auf die Wunde am Hinterkopf. Dann zog er vorsichtig seinen schlammverschmierten Hut darüber. Gerne hätte er die Verletzung mit einem Brei aus Harz, Eiklar und Weihrauch verschlossen, aber diese Zutaten hatte er nicht. Sie konnte nicht tief sein, so viel hatte er durch Tasten heraus gefunden, schlimmer waren die bohrenden Kopfschmerzen und der Schwindel. Er musste weiter, er brauchte etwas zu essen.

Noch einmal beugte er sich über das Flusswasser und trank. Seine Kalebasse war zersprungen, zermalmt unter brutalen, zerstörerischen Tritten.

Ohne die gewohnte Vorsicht walten zu lassen, schleppte er sich weiter, gestützt auf seinen Pilgerstab, den er im Gestrüpp wiedergefunden hatte. Er bot ein kaum mehr menschliches Bild mit seinen schlammverkrusteten Kleidern, die im Sonnenschein immerhin getrocknet waren, seinem blutverschmierten Umhang und dem verschmutzten Gepäck.

Mit schweren, schleppenden Schritten ging Rochus langsam und mühsam den Hügel aufwärts. Immer wieder musste er stehen bleiben, weil die Landschaft vor seinen Augen verschwamm und ihm die Luft wegblieb. An einer Wegkreuzung konnte er nicht mehr weiter. Er ließ sich kraftlos am Wegrand nieder und blieb erschöpft zusammen gesunken sitzen. Zum ersten Mal seit dem Überfall dachte er an Gott, an die Jungfrau Maria und an Jesus Christus. In seiner Not hatte er sogar das Beten vergessen!

Nun schloss er die Augen und bat Gott um Hilfe, dankte dem Herrn, dass er mit dem Leben davongekommen war. So fanden ihn zwei Bauern, die mit Sensen über der Schulter unterwegs von ihrem Tagewerk zu ihren Hütten waren. Sie nahmen Rochus in ihre Mitte, stützen ihn und brachten ihn in ihr winziges Dorf, das nur aus einer Ansammlung von erbärmlichen, elenden Hütten bestand.

Dort bekam er einen Schlafplatz, sie sorgten dafür, dass seine Kleider und sein Hab und Gut gereinigt wurden und eine kräuterkundige Frau sah sich seine Kopfwunde an. Die Bauern teilten ihr karges Essen mit ihm und langsam ging es Rochus besser.

Nach einigen Tagen beschloss Rochus, dass er wieder kräftig genug sei, um die kurze Strecke bis Genua zu gehen und dort den Winter abzuwarten. Er verabschiedete sich von den Bauern, dankte ihnen und segnete sie. Sonst konnte er nichts für sie tun, er hatte selbst nicht mehr als sie.

Um die Gaststuben, Badestuben und Herbergen mit ihren Zechern, Hübschlerinnen, Betrügern und Beutelschneidern hatte er während seiner Wanderung einen großen Bogen gemacht. Viele Pilger zahlten dort für Unterkunft, Wein im Übermaß und die Gesellschaft der Frauen, aber das war für Rochus nicht mit einem gottgefälligen Leben zu vereinbaren.
Ebenso hatte er die großen Städte entlang seiner Route gemieden. Er hatte so zwar die berühmten Kathedralen und Pilgerkirchen verpasst, aber das war das kleinere Übel, wie er fand.
Er wollte auf keinen Fall in den Hospizen, Mansiones und Spitälern übernachten. Dort waren die Pilger zusammengepfercht, die wenigen Betten, die sie sich teilten, waren schmutzig und verwanzt, viele Gäste hatten Läuse oder Flöhe oder beides, und durch die Küchen huschten die Ratten und Mäuse. Zum Schlafen kam man dort meist nicht, weil der Geruch und die Geräusche der vielen Leiber Ruhe unmöglich machten.
Auch wollte er die Hinrichtungen nicht miterleben, er wollte die Verbrannten, Gehenkten oder Enthaupteten nicht sehen, die in der Gerichtsbarkeit der Städte angeblich im Namen Gottes ihr Leben verloren. Für viele Leute war es ein Spektakel, Unterhaltung, eine Unterbrechung des täglichen Überlebenskampfes. Für ihn war es Willkür und Sünde. Kein Mensch hatte das Recht, das Leben eines Anderen zu nehmen, das war seine feste Überzeugung.

Jetzt, da die Pest drohte, blieben die Stadttore der meisten Städte Reisenden sowieso verschlossen. In Genua war die Pest noch nicht angekommen. An den Stadttoren wurde aber streng kontrolliert, wer in die Stadt kam. Niemand, der kränklich oder fiebrig aussah, wurde durchgelassen.

Rochus lagerte für eine Nacht am Ufer des Flusses Torrent. Dort wusch er seine Kleidung und sich selbst. Er reinigte seine Schuhe und seine Taschen, entwirrte mit den Fingern seinen langen, struppigen Bart und strich sich die bis über die Schultern reichenden, verfilzten Haare zurück. Mit dem Stück Hanfschnur, an dem seine Kalebasse früher festgebunden war, band er seine wilden Locken zusammen, so dass auch die haarlose, Stelle seiner noch nicht ganz verheilten Wunde verdeckt war. Dann schüttelte er kräftig seinen Filzhut aus, drückte ihn zurecht und setzte ihn auf. So machte er sich auf zum Stadttor.

Genua war Rochus als reiche, freie Hafenstadt aus den Geschäften und Verhandlungen seines Vaters bekannt. Die Stadt war eine Kolonialmacht mit Stützpunkten in afrikanischen Küstenstädten, Verträgen und Steuervorteilen in zahlreichen anderen Hafenstädten und Domänen auf der iberischen Halbinsel. Außerdem hatten die Genueser eine Marine, die seit den Verteidigungskriegen gegen die Sarazenen bestand. Unvorstellbare Mengen an Olivenöl, Leder, Metallen, Seife, Tuch, Fisch, Wein, sogar Quecksilber und Sklaven wurden hier gehandelt und in dem geschäftigen Hafen verschifft.
Allerdings wurde allen ankommenden Schiffen in den Zeiten der Pest eine Quarantänezeit auferlegt. 40 Tage durfte die Besatzung ihr Schiff nicht verlassen. So wollten die Genueser ihre Stadt schützen.

Rochus fand Obdach in der Herberge des Klosters Santa Maria de Castello. Er wollte den Winter dort verbringen und seine Dienste als Medicus anbieten. In dem lang gestreckten Gebäude führten von einem düsteren Gang unzählige Holztüren zu den Gästezimmern. Wie Perlen auf einer Kette waren die kleinen Räume auf beiden Seiten des Flurs aufgereiht. Am Ende gab es einen großen Versammlungsraum mit einem wuchtigen Holztisch und vielen Stühlen. Die Mauern waren so dick, dass durch

die kleinen Fensteröffnungen kaum Licht ins Innere fiel. Alle Zimmer waren belegt, sobald eines frei wurde, fand sich innerhalb weniger Stunden ein neuer Bewohner.
Rochus wurde eine Kammer im vorderen Teil der Herberge zugewiesen. In dem winzigen Raum, der lediglich ein Bett und eine Truhe enthielt, hatte er sich mit seinen Habseligkeiten schnell eingerichtet. Der Blick durch das kleine, vergitterte Fenster fiel genau auf die Kirche.

Rochus fühlte sich vom ersten Augenblick in diesem Gotteshaus dem Herrn nah. Die Stiftskirche war noch jung, gerade vor einigen Jahrzehnten erbaut auf den Resten des alten Gebäudes. In der Taufkapelle standen Skulpturen aus dieser alten Kirche, verwitterte Sandsteinfiguren, die Konturen der Gesichter von der Zeit eingeebnet, die Rochus an die Ewigkeit erinnerten. Hier betete er lange tief versunken und dankte Gott für seine Reise.
Mehrmals am Tag trafen sich die Kanoniker zu den Chorgebeten, den Stundengebeten oder zur Feier der heiligen Messe, dem Kapitelsamt. Nur ungern verpasste Rochus eine dieser Zusammenkünfte. Er lauschte andächtig den Gebeten und Gesängen, die in dem Kirchenschiff widerhallten.
Das Kloster war ein Kollegiatsstift, die Kanoniker waren keine Mönche, gehörten keinem Orden an, lebten aber nach dem Vorbild des Heiligen Augustinus und hatten ein Gelübde abgelegt. Dem Leben dieser Chorherren oder Stiftsherren fühlte Rochus sich verbunden, da er selbst dem Dritten Orden des Heiligen Franziskus angehörte, dessen Mitglieder ebenfalls keine Mönche waren und nicht in klösterlicher Gemeinschaft lebten.
Die Stiftsherren, von denen einige seelsorgerische Dienste versahen, als Kirchenmusiker oder Theologieprofessoren tätig waren oder kleinere Pfarreien führten, kamen viel herum und hatten einen großen Kreis an Verwandten, Freunden und Geschäftspartnern. Diese wiederum hatten viele Kontakte, so dass sich die Ankunft eines neuen Medicus schnell herumsprach.

Alsbald wurde Rochus zu Kranken und Verletzten in allen Teilen der Stadt gerufen. Da er so viel zu tun hatte, war seine Kammer mittlerweile voll mit Tinkturen und Kräutern, Salbentöpfen und Mörsern, Gerätschaften und Zutaten, die er zur Herstellung seiner Heilmittel benötigte.
Auf den Wegen zu seinen Patienten lernte Rochus die Stadt schnell kennen und fand sich alleine zurecht. Die Dienste des Dieners, den ihm einer der Stiftsherren für die Anfangszeit als Begleiter zur Verfügung gestellt hatte, benötigte er bald nicht mehr.
Die Stadt Genua schmiegte sich, auf mehreren Hügeln gelegen, um den gut geschützten Hafen, der von zwei hohen Signaltürmen bewacht wurde. Das Stadtbild wurde gekrönt von der befestigten Bischofsburg, in deren unmittelbarer Nähe sich das Kloster Santa Maria de Castello befand. Mit der Bischofsburg vor Augen, die weithin sichtbar hoch oben über der Stadt thronte, fand Rochus immer wieder zu seiner Herberge zurück.

Eines Morgens nach dem ersten Gebet wartete ein einfach, aber sauber und ordentlich gekleideter Junge vor der Kirchentür.
„Seid gegrüßt, Medicus, ich bin von meinem Herrn geschickt, er erbittet Eure Dienste. Es ist dringend, ich werde euch führen.“, sagte er hastig und deutete eine Verbeugung an.
Rochus lief in seine Kammer, holte eilig seine Ledertasche mit den Instrumenten und folgte dem Jungen bis zu einem imposanten Handelshaus in Hafennähe. Dort wurde er von einem Diener in Empfang genommen.
„Herr, bitte folgt mir“, bat dieser mit einer ehrerbietigen Verbeugung und ging voran.
Neugierig sah Rochus sich auf dem Weg durch die Gänge und Flure des Gebäudes um. Die Möbel und Teppiche kündeten von Wohlstand. Der Diener geleitete ihn in eine kleine Kammer, in der allerhand Papiere gelagert waren. Einige Öllampen erhellten den Raum mit ihrem flackernden Licht.

Auf einer Decke am Boden lag ein fiebrig aussehender Mann mittleren Alters mit der gebräunten, derben Haut eines Seemanns und einem wuchernden Bart. Seine schwarzen Haare standen wirr, verschwitzt und ungepflegt in alle Richtungen.
Auf einem kunstvoll gedrechselten Stuhl saß ein dicker, älterer, ausnehmend teuer gekleideter Mann und sah besorgt auf den Kranken nieder. Ächzend stand er auf, als Rochus eintrat, begrüßte ihn erleichtert und wies auf den Kranken.
„Das ist der Kapitän eines meiner Handelsschiffe. Ich bin in großer Sorge. Es geht ihm seit seiner Ankunft aus Caffa sehr schlecht. Weil die Geschäfte sehr dringend waren, hatte er die Erlaubnis des Hafenmeisters, während der Quarantäne das Schiff vorzeitig zu verlassen. Dann ist er krank geworden."
Rochus kniete neben dem Lager nieder, beobachtete den Mann, fühlte seinen Puls und legte ihm die Hand auf die Stirn. Der Kranke reagierte kaum. Nachdenklich betrachtete Rochus die Finger des Mannes, die dunkel gefärbt waren. Er zog die dünne Leinendecke weg, mit der der Kranke bedeckt war, öffnete die Kleidung des Mannes und begann ihn zu untersuchen.
Sein eigener Puls beschleunigte sich, tief atmete er ein und spürte, wie sich Schweißtropfen auf seiner Stirn bildeten. Entsetzt betrachtete er den dunklen, kreisförmigen Fleck am Hals des Mannes und die blauschwarzen Erhebungen auf der umliegenden Haut.
Er hob den Arm des Kranken und tastete in der Achselhöhle eine dicke, feste Beule. Auch in der Leistengegend war die Haut blauschwarz verfärbt und wies wulstige Beulen auf.
„O Herr, schenke uns Erbarmen und Deine Gnade, ich bitte Dich", murmelte er fassungslos.
Er hatte von dieser Krankheit während seines Studiums und auf seiner Reise gehört, er hatte in den gelehrten Büchern der ehrwürdigen Bibliothek der Universität in Montpellier von ihr gelesen, aber begegnet war er ihr noch nie! Er wusste, dass es in letzter Zeit immer wieder Pestkranke auf einigen Schiffen im

Hafen von Genua gegeben hatte, auch im Umland wütete sie. Rochus war kreidebleich im Gesicht und hatte Mühe, seinen Atem unter Kontrolle zu bekommen.
„Die Pestilenz!“ dachte er entsetzt. „Dieser Mann ist mit der Pestilenz geschlagen! O Herr, stehe uns bei in dieser Not!“

Rochus rief nach dem Dienstboten. „Ich brauche einen Topf mit Wasser und saubere Tücher“, ordnete er an. Der Diener kam schreckensbleich bis vor die Tür und brachte das Gewünschte, weigerte sich aber in einer bösen Vorahnung, die Kammer zu betreten.
Rochus bereitete seine medizinischen Geräte vor. Er benutzte das scharfe, spitze Messer, um den Kranken zur Ader zu lassen. „Seine Körpersäfte sind nicht im Einklang“, erklärte er, während das dunkelrote Blut aus der geöffneten Armvene in die Schüssel lief. Der metallische Geruch frischen Blutes breitete sich in der Kammer aus. Ein Aderlass konnte das Gleichgewicht der vier Körpersäfte wieder herstellen, so hatte Rochus es gelernt.
Plötzlich hörte er hinter sich einen dumpfen Schlag. Er blickte über die Schulter und sah, dass der Händler ohnmächtig vom Stuhl gefallen war. Der Geruch und der Anblick des frischen, dunklen Blutes waren wohl zu viel für ihn gewesen.
„Bringt ihn aus der Kammer, lagert ihn flach und gebt ihm etwas Würzwein. Haltet ihn und euch möglichst fern von dem Kranken“, wies er die Dienerschaft an. Dann stillte er die Blutung, legte einen festen Verband an und erhob sich.
„Ich komme heute Abend wieder. Ich werde einen Einlauf vorbereiten, auch das bringt Ordnung in die Körpersäfte. Haltet die Fenster verschlossen, die Krankheit kann durch ungünstige, schlechte Winde hervorgerufen werden“, verabschiedete er sich.
Langsam und nachdenklich ging er durch die Straßen und Gassen der lebhaften Hafenstadt zurück zur Herberge. Dort zog er

einen Eimer Wasser aus dem Brunnen hoch, trank durstig und wusch sich erschöpft Gesicht und Hände. In seiner Kammer machte er sich an die Zubereitung des Einlaufs, den er aus Ölen und Kräutern gründlich mischte. Sogar Rizinusöl hatte er auf dem Markt der Hafenstadt erhalten. Rochus füllte die gelb schimmernde, schlierige Flüssigkeit in eine kleine Flasche und verschloss sie sorgfältig mit einem Korken. Er mischte einige heilsame Kräuter und füllte sie in einen Leinenbeutel. Er wollte sie im Zimmer des Kranken abbrennen. Dann beschloss er, für den Kranken zu beten und machte sich auf den Weg in die Kirche.

Die Kirche bestand aus drei Kirchenschiffen, einem Querschiff und drei Apsiden. Rochus ging an den Granitsäulen und den korinthischen Kapitellen entlang, die, viele Jahrhunderte alt, in das neue Gebäude integriert waren. Vor dem Marienaltar kniete er in der vordersten Holzbank nieder. Er sah zu der Statue empor, legte die Hand auf sein Kreuzmal und vertiefte sich ins Gebet.
In der Stille und Kühle des Gotteshauses kam er zur Ruhe. Die Angst, die ihn ergriffen hatte, als er zum erstem Mal in seinem Leben der Pestilenz begegnete, ließ nach und wich seinem unendlichen, unerschütterlichen Vertrauen in die Güte des Herrn.

Zur Zeit der Vesper füllte sich das Kirchenschiff. Die Stiftsherren, die keinem Orden angehörten und deshalb keinen Habit trugen, bereiteten sich zum Gebet vor. Alle trugen ihr Chorgewand mit der violetten Mozetta und an einem Band ihr Stiftsabzeichen.
Durch diese Kleidung und die Tonsur konnte man die Stiftsherren von den übrigen Gläubigen unterscheiden, die nun zahlreich in die Kirche strömten.
Santa Maria de Castello war ein großes Stiftskapitel, es gab zahlreiche Stiftsherren, immer war ihre Anzahl durch zwölf teilbar, da der Herr zwölf Apostel hatte. Der Propst eröffnete die

Gebete und Gesänge und bald hallte der Innenraum wider von den frommen, gemeinschaftlichen Gesängen. Rochus schöpfte Kraft und Zuversicht daraus. Nach der Vesper machte er sich auf zu dem Kranken. Dessen Zustand hatte sich seit dem Morgen verschlechtert. Er fieberte stark, hustete und spuckte Blut. Rochus nahm den vorbereiteten Einlauf vor und brannte heilende Kräuter ab, die die stickige, abgestandene, übel riechende Luft in der Kammer reinigen sollten. Er nahm sein Holzkreuz, legte es dem Mann auf die Brust und sprach lange, leise murmelnd Gebete. Er segnete den Kranken, versprach am Morgen wieder zu kommen und machte sich gedankenverloren auf den Heimweg. Dem sterblichen, vergänglichen Leib des Mannes war auf Erden wahrscheinlich nicht mehr zu helfen, Rochus konnte nur noch für seine unsterbliche Seele beten und Gott um die Gnade eines leichten Todes bitten. Langsam und erschöpft stieg er den Hügel aufwärts. Er zog seinen Umhang eng um die Schultern, um den Nieselregen und die Kälte abzuhalten.
Genua war ein sicheres Pflaster. In der Nähe der Bischofsburg hatte sich die mächtige, adelige Familie Embriaci niedergelassen. Ihre Gesetze und Regeln sorgten für Ordnung und Sicherheit in der Stadt, so dass Rochus unbehelligt zur Herberge zurückkehrte.

Durch die Fenster des Versammlungsgebäudes neben der Kirche fiel noch Licht. Er wusste, dass sich die Kanoniker heute zu einer ihrer regelmäßigen Kapitelsitzungen trafen. Der Dechant und die Mitglieder verwalteten das Stiftsvermögen und entschieden bei den Sitzungen über die Verwendung. Es wurden neue Statuten festgelegt oder bestehende besprochen.
Das Kapitell von Santa Maria de Castello war vermögend, sowie die Handelsstadt Genua selbst, ebenso waren die einzelnen Kanoniker reich. Sie durften ihr Privatvermögen behalten, wenn sie nach den umfangreichen Regelungen und Vorschriften zu Stiftsmitgliedern wurden. Im Vorbeigehen warf Rochus einen

Blick durch das erleuchtete Fenster des Versammlungshauses und ging dann in seine Kammer. Er verrichtete sein Nachtgebet und legte sich ins Bett. Noch lange wälzte er sich schlaflos umher, voller Sorge über die Krankheit, die ihm heute begegnet war.

Der Kapitän starb nach zwei Tagen schrecklichen Leidens. Seine Haut war übersät von dunkel verfärbten, eitrig stinkenden Beulen. Rochus ließ die Kammer mit stark rauchenden Kohlefeuern, denen Kräuter zugesetzt waren, ausräuchern. Den Geruch des qualvollen Todes konnten sie nicht vertreiben.

Rochus dachte darüber nach, ob die Pestilenz durch eine ungünstige Konstellation der Planeten Mars, Jupiter und Saturn hervorgerufen worden war, durch schlechte Winde oder verunreinigtes Wasser. So hatte er es in der Universität gelernt, aber in ihm wuchsen leise Zweifel. Ob es nicht doch eine andere Ursache gab? Ob man nicht doch auf irgendeine Weise Einfluss nehmen konnte?

In Windeseile verbreitete sich die Nachricht von dem Pesttoten in Genua. Wie ein einziger, sich von Ort zu Ort fortpflanzender Schrei hallte das gefürchtete Wort durch die Stadt, erreichte innerhalb von Minuten jeden Platz, jeden Markt, jede Straße.

Die Menschen gerieten in Panik, sobald sie die Nachricht hörten. Sie rafften ihr Hab und Gut zusammen, rannten, so schnell sie konnten, in ihre Häuser und verriegelten die Türen, als könnten sie das Grauen auf diese Weise aussperren. Es fanden keine Märkte mehr statt und die Kirchen wurden geschlossen.

Ein zweiter Aufschrei breitete sich zu Rochus Entsetzen in der Stadt aus: „Die Juden haben die Brunnen vergiftet! Die Juden sind schuld an der Pest!"

Es folgte eine beispiellose Hatz. Die Menschen jüdischen Glaubens wurden durch die Stadt getrieben, bespuckt und beschimpft. Viele wurden aus der Stadt gejagt, einige verhaftet. Der Mob machte vor niemandem Halt. Kinder, alte Leute,

Schwangere, alle wurden gleichermaßen verfolgt und beschuldigt, sobald sie ihr Viertel verließen.
Rochus schämte sich dafür. Er schämte sich für die Kirche, seine Kirche, die so mit Menschen umging, allerdings kein Problem damit hatte, deren Hab und Gut zu beschlagnahmen, sie zu enteignen, sobald man ihrer habhaft werden konnte.
„Herr, vor Dir sind alle Menschen gleich. Halte Deine schützende Hand über alle Menschen, gleich welchen Glaubens. Sie sind alle Gottes Kinder. Lass die Menschen ihren Nächsten mit Gnade und Barmherzigkeit begegnen“, flehte er, während er in seiner Kammer kniete und sein Holzkreuz fest umklammert hielt.

In diesem Winter wurde Rochus von einem Erkrankten zum nächsten gerufen. Ohne Rast und Ruhe arbeitete er bis zur völligen Erschöpfung, um das schreckliche Leiden zu lindern. Er versuchte, die Menschen davon zu überzeugen, von ihren erkrankten Liebsten fern zu bleiben. Er isolierte die Pestkranken und machte sich viele Gedanken darüber, wie es der Seuche gelang, von Mensch zu Mensch zu springen. Forschung war nötig, man wusste noch viel zu wenig über diese Pestilenz, dachte er immer wieder. Aber dazu fehlte ihm die Zeit. Er machte sich zwar Notizen, war aber viel zu sehr damit beschäftigt, die Not der Menschen zu lindern und seiner Berufung als Medicus nachzukommen.

Trotz der Vorsicht und der Angst der Menschen steckten sich viele an. Die schreckliche Seuche wütete bis zum Heiligen Christfest und raffte mehr als die Hälfte der Bevölkerung Genuas dahin.
Die bis dahin blühende, lebendige Stadt war ein Schatten ihrer selbst. Die Straßen, Märkte und Kirchen waren verlassen, niemand traute sich aus dem Haus. Der Handel, der die Stadt reich

gemacht hatte, war zum Erliegen gekommen. Kein Schiff legte mehr im Hafen an und die Stadttore blieben verschlossen.
Im Morgengrauen zogen die vermummten Leichensammler ihre rumpelnden Karren durch die Gassen und luden ihr traurige Fracht auf. Sie stapelten die in Stoffbahnen gehüllten und verschnürten Toten einfach auf ihrer Karre. Dutzende. Unzählige. Jeden Tag aufs Neue.
Die von der Pest befallenen Häuser kennzeichneten sie mit einem großen, weithin sichtbaren Kreuz aus Kalk. Über den Dächern der Stadt sah man bis ins Umland wie eine Warnung die Rauchwolken der Totenfeuer, der grauenhafte Geruch verbrennenden Fleisches zog in jeden Winkel, in jedes Haus.
Die Priester kamen kaum nach mit dem Lesen von Totenmessen. Die Asche der vielen Toten wurde in Gruben geschüttet, mit Kalk bedeckt und zugeschaufelt. Zu viele rückten nach. Die öffentlichen Siechhäuser waren überfüllt. Die Kranken und Sterbenden lagen in Betten und auf dem Boden, niemand hatte Zeit, sie zu behandeln. Ihre Schreie und ihr Stöhnen hallten in den grausigen Gebäuden wider. Es ging ihnen schlechter und schlechter, irgendwann starben sie einen einsamen, qualvollen Tod.
Die Angehörigen hatten keine Zeit, sich von ihren dahin gerafften Liebsten zu verabschieden, wussten meist nicht einmal etwas über deren Verbleib. Immer wieder begegnete Rochus den Pestärzten, die in ihrer unheimlichen Tracht durch die düsteren, winterlichen, entvölkerten Straßen schritten wie Gespenster, wie Vorboten des Todes. Sie waren vollständig in dunkle Gewänder gehüllt und trugen lange, schnabelartige Masken, in denen sie Kräuter glimmen ließen, um sich selbst vor Ansteckung zu schützen. Es war ein gespenstisches Bild in der sterbenden Stadt.

Gewissenhaft achtete Rochus darauf, sich nach der Behandlung der Kranken zu reinigen. Er erneuerte regelmäßig den mit Essig

getränkten Lappen vor seinem Gesicht, wusch seine Hände mit Seife aus Fett und Asche und benutzte einen Umhang, den er nur bei der Behandlung von Pestkranken überwarf und sonst in einem Lederbeutel aufbewahrte.
Der Verdacht, die Krankheit könne auf irgendeine Weise von Mensch zu Mensch weitergegeben werden, ließ ihn nicht los. Welchen Weg genau nahm die furchtbare Pest?

Rochus öffnete bei einigen seiner Patienten die dunklen, eitrigen Beulen mit seinem scharfen Skalpell und ließ das übel riechende Sekret ablaufen. Dann brannte er sie aus. In mehreren Fällen heilten die Beulen ab, bildeten sich nicht neu und die Patienten wurden gesund, waren aber mit vielen Narben gezeichnet. In anderen Fällen verbreiteten sich die schwärzlichen Beulen trotzdem und die Kranken starben.
Rochus dachte viel darüber nach, warum in manchen Fällen Heilung möglich war, in anderen nicht. Was war anders? Wo lag der Unterschied? Er musste genau das herausfinden, um die Menschen heilen zu können, das war ihm bewusst. Er grübelte und betete um Erleuchtung.

Die Überlebenden litten große Not. Der Winter war kalt und nass, kälter als üblich. Der Nachschub an Lebensmitteln kam ins Stocken, da die Bauern nicht in die Stadt kamen und die Stadtbevölkerung in dem Hexenkessel Genua eingeschlossen war.
Bald gab es die ersten Toten, die an Hunger, Auszehrung oder Kälte gestorben waren. Die Menschen starben auch an anderen Krankheiten. Kein Medicus, kein Bader hatte die Zeit, sich um infizierte Wunden oder sonstige Verletzungen und Erkrankungen zu kümmern. Alle fürchteten sich, ihre Häuser zu verlassen, um den Bader oder den Medicus aufzusuchen.
Niemand führte Buch über die Verstorbenen. Keiner kannte ihre genaue Zahl oder die genaue Ursache ihres Todes. Die

Kirchenbücher und Listen waren unvollständig. Es waren einfach zu viele. Wirklich helfen konnte bei allen Krankheiten nur das Kreuz des Herrn, davon war Rochus zutiefst überzeugt. Er legte sein Holzkreuz auf die Brust aller Erkrankten, die er behandelte, legte eine Hand auf sein eigenes Kreuzmal auf seiner Brust und sprach Gebete zur Dreifaltigkeit, zur Mutter Maria und zu allen Heiligen.

Da die Kirchen geschlossen waren, verrichtete Rochus seine täglichen Gebete in seiner Kammer mit Blick auf die wunderbare Kirche, die er durch sein Fenster sehen konnte. Oft genug war er so erschöpft, dass er auf Knien vorne über sank und einschlief. Dann wurde er im Morgengrauen vom Geläut der nahen Glocken geweckt, durchgefroren und mit steifen Gliedmaßen auf dem kalten harten Steinboden kauernd.

Zum Christfest ließ das große Sterben nach. Immer weniger Leichen lagen auf den Karren der Leichensammler, immer seltener stieg der Rauch der Totenfeuer auf, immer mehr Menschen überstrichen das Kreuz an ihrer Hauswand.
Die Pest war besiegt. Zumindest war ihr jetzt und hier Einhalt geboten, auch wenn sie wieder und wieder aufflammen und noch viele Opfer fordern würde. Die Überlebenden holten sich ihre Stadt zurück, bevölkerten zaghaft Straßen und Plätze. Erste Schiffe wagten sich wieder in den Hafen. Der Handel erblühte wie eine zarte Pflanze, die unverdrossen immer aufs Neue ihre Triebe aus dem Staub erhebt. Auch die Kirchen öffneten wieder und es wurden Weihnachts- und Dankgottesdienste gleichzeitig gefeiert.
Endlich konnte Rochus zurückkehren in das Ehrfurcht gebietende, hohe Kirchenschiff der Klosterkirche von Santa Maria De Castello. Es war ihm, als käme er nach langer Zeit nach Hause. Dankbar kniete er vor dem Hauptaltar nieder, faltete die

Hände zum Gebet, richtete den Blick auf den Herrn am Kreuz und sprach:

„Herr, der Du als Mensch geboren wurdest, ich preise Deine Güte, Deine Gnade und Deine unermessliche Barmherzigkeit!
Herr, der Du am Kreuz gestorben bist, Du hast mir deinen Schutz gegeben und mich vor Krankheit bewahrt.
Herr, der Du auferstanden bist, Du hast mir die Kraft gegeben zu helfen, wo Hilfe gebraucht wurde.
Herr, der Du glorreich gen Himmel aufgefahren bist, Du hast mir Zuversicht gegeben und mich diese Prüfung bestehen lassen.
Herr, der Du uns die Sünden vergibst, nimm die Seelen der Verstorbenen auf, auf dass sie in Deinem Licht leuchten bis in alle Ewigkeit.
Amen!“

Kapitel 11

April 2020

Simone war in einem Schwebezustand. Wellenförmig erreichte sie die Wirklichkeit, dann wieder versank sie in Schwärze und Nebel. Wo war sie? Was war geschehen? Sie hörte Geräusche, die sie nicht einordnen konnte. Wieder versank sie, um gleich darauf ins Licht aufzutauchen.

Fühlte sich so Sterben an? Das war also nicht schlimm, dachte sie. Anna, Josefine, Daniel ... Simone sackte erneut weg. In ihrem Kopf begann es zu kreisen, die Gedanken zuckten, waren nicht fassbar, rasten und blitzten auf, um wieder im Nichts zu verschwinden.

Zombie Apokalypse ..., dachte Simone mühsam. Wie im Film! Frauen oder Männer, das konnte sie nicht erkennen, in

Schutzanzügen, mit Masken und Gummihandschuhen. Wie Wesen aus einem Fantasyfilm. Blitzende, zuckende Lichter, Lärm, Hektik. Mit großer Anstrengung erinnerte sich Simone daran, dass sie keine Luft mehr bekommen hatte, mit Anna telefoniert und sich mit letzter Kraft vor die Haustür geschleppt hatte. Dort war ihr die Luft ausgegangen. Sie hatte nach Atem gerungen, wie ein Fisch auf dem Trockenen, die Luft eingesogen – aber nichts davon war in ihren Lungen angekommen.
Luft! Atmen! Simone durchzuckte ein kurzer Anfall von Panik! Sie sog Luft ein und stellte fest, dass sie kleine Plastikschläuche in der Nase hatte, sie bekam Luft, sie konnte atmen. In ihrer Hand steckte eine Nadel, ein Schlauch führte zu einer Infusion. Krankenhaus ..., dachte Simone erschöpft und die Dunkelheit schloss sich erneut um ihre Gedanken.

Simones Zustand war seit fast einer Woche stabil, aber unverändert. Sie bekam Sauerstoff, musste aber nicht intubiert, also künstlich beatmet werden. Das war immerhin ein gutes Zeichen.
Die ganze Familie war besorgt und bedrückt. Sie durften die Oma nicht besuchen. Weil Simone selten aufwachte aus ihrem Dämmerzustand und ihr Handy, das Anna mit einigen notwendigen Dingen wie Kleidung und Waschzeug in der Klinik abgegeben hatte, noch nicht benutzte, besser gesagt, noch nicht benutzen konnte. Also wusste die Familie nur, was Anna bei den täglichen Telefongesprächen mit der Station erfuhr. Simone war getestet, der Verdacht auf Corona, Covid 19, wie es hieß, war bestätigt.

Als Anna ihrer Tochter diese Nachricht vorsichtig beigebracht hatte, wobei sie selbst ständig die Tränen wegwischen musste, hatte Josefine geweint, bis sie nicht mehr konnte und in ihren Armen eingeschlafen war. Mitten in der Nacht war sie schreiend und nassgeschwitzt aufgewacht und hatte im Halbschlaf völlig verstört wirres Zeug geredet. Anna war dann bei ihrer Tochter im Bett geblieben und hatte sie den Rest der Nacht fest im Arm gehalten. Mittlerweile ging es Josefine besser, weil sie wusste, dass ihre Oma nicht zu den schweren Fällen gehörte.

Anna hatte einen Tagesplan erstellt, damit die Familie einen Rhythmus einhielt und nicht im Coronasumpf versank, wie sie es ausdrückte. Gemeinsam hatten sie Essenszeiten, Arbeitszeiten, Freizeit sowie Arbeiten in Garten und Haushalt geplant. Daniel hatte grinsend gemeint: „Typisch Lehrerin."
Abwechselnd führten sie Omas alten, tauben, fast blinden Dackel aus. Sam lief nur noch ein kleines Stück mit seinen krummen Beinen, langsam und schnuppernd, dann wollte er wieder auf sein Kissen. Viel Arbeit war das nicht und seine Streicheleinheiten bekam das alte Kerlchen mit dem treuherzigen Blick und dem struppigen Schnauzbart von allen bereitwillig.
Die Erwachsenen hielten sich schon alleine durch ihre Arbeitszeiten an den Stundenplan, Josefine trödelte gerne ein bisschen herum und Daniel trickste oder probte offene Revolution. Er provozierte seine Schwester, widersetzte sich den Eltern und versuchte, sich vor den schulischen Aufgaben und den Aufgaben im Haus zu drücken. Seiner Mutter gegenüber benahm er sich einigermaßen manierlich.
„Mama, das Haus sauber machen, wenn wir alle zu Hause sind, ist wie Zähneputzen mit einem Kaubonbon im Mund", versuchte er zu argumentieren.
Mit seinem Vater legte er sich offen an, es kam zu heftigen Auseinandersetzungen über Pflichten, Benehmen, Schule und Haushalt.

Eines Abends, nachdem es wieder einmal lautstark geknallt hatte, kam er missmutig die Treppe heruntergetrampelt. Groß, dunkel, breit und laut. Er trug einen schwarzen Kapuzenpulli, sein Gesicht versuchte er in der Kapuze zu verbergen. Josefine

sah trotzdem seinen verkniffenen Mund und die steile Falte zwischen den wütend blitzenden Augen. Er nahm seinen Fahrradhelm und verließ das Haus. „Ich gehe Radfahren“, verkündete er mürrisch und warf mit Schwung die Haustür zu.
„Ja, reagier´ dich mal ab, das ist ja unerträglich mit dir!“, rief Frank ihm nach.
„Lass ihn doch“, sagte Anna beschwichtigend. „Das ist für ihn doch auch alles nicht einfach.“

Bereits eine halbe Stunde später kam Daniel zurück. Das Garagentor krachte, dass das ganze Haus zitterte, die Haustür wurde so heftig zugeschlagen, dass alle erwarteten, sie müsse auf der anderen Seite wieder herausfliegen. Sogar der fast taube Sam hob kurz den Kopf. Daniel schmiss Helm und Jacke in den Flur und lief wortlos in sein Zimmer. Rumms! Diese Tür war auch zu. Dann ließ Daniel das Haus beben.
„Was ist das!? Was soll der Krach? Spinnt der jetzt komplett?!“, brüllte Frank außer sich.
„Das ist Godzilla“, sagte Josefine und zog den Kopf ein.
„Das ist mir vollkommen egal, was das ist! Das ist keine Musik! Das ist Radau!“ Mit diesen Worten lief Frank zu Daniels Zimmer hinauf.
Man hörte laute Schläge gegen die Tür, einen heftigen Wortwechsel, das Knallen einer Tür und … Ruhe. Stille.
Frank setzte sich aufatmend in den Wohnzimmersessel. Anna sah ihn abwartend an. Josefine blätterte scheinbar unbeteiligt in einer Fernsehzeitschrift. Unheilvolle Stille herrschte.
Mitten in diese Stille hinein klingelte das Telefon. Anna zuckte zusammen und sprang auf. Simone, war ihr erster Gedanke. Doch Frank hatte das Telefon schon am Ohr. Er hörte zu, wurde rot im Gesicht, seine Miene verhieß nichts Gutes. Josefine und Anna starrten ihn mit hoch gezogenen Augenbrauen erwartungsvoll und ängstlich an.

Bemüht beherrscht antwortete Frank seinem Gesprächspartner, er klang regelrecht unterwürfig und entschuldigend. Dann pfefferte er das Gerät in die Ladestation, sprang auf, raste nach oben und brüllte: „Den knöpfe ich mir vor!“

Sprachlos starrten Anna und Josefine hinter ihm her. Von oben schallten laute, wütende Stimmen. Es fielen Beschimpfungen, Drohungen, aber auch die Wörter „Grundrechte“, „Willkür“, „Diktatur“, „Eingriff in die Freiheit“ und „Machtmissbrauch“ von Daniels Seite.

Anna atmete tief durch. Sie hatte Frank noch nie so erlebt, ihren Sohn auch nicht. Josefine war starr vor Schreck. So kannte sie ihren Papa und ihren Bruder nicht.

„Mama!“, schluchzte Josefine verstört, setzte sich auf Annas Schoß und vergrub das Gesicht an ihrem Hals. Anna legte die Arme um sie.

Oben trat Stille ein, Frank kam die Treppe herunter und ließ sich mit hochrotem Gesicht in den Sessel fallen. Er atmete tief durch. „Er hat eine Anzeige bekommen. Der Blödmann war mit seinen Kumpels Basketball spielen, unten, an der Rundsporthalle. Dann sind sie über den Zaun vom Sportplatz gestiegen und haben sich auf die Hochsprungmatte gelegt. Die Polizei hat sie erwischt. 150 Euro wegen Verstoß gegen das Abstandsgebot. Die zahlt er vom Taschengeld!“

Die gereizte Stimmung hielt noch einige Tage an. Josefine wirkte still und in sich gekehrt. Anna versuchte, zwischen ihrem Sohn und ihrem Mann zu vermitteln. Für alle war es eine neue, belastende Situation, es fühlte sich an, als sei man eingesperrt. Den Kopf in die Hand gestützt saß Anna an ihrem Scheibtisch und wartete darauf, dass ihr Rechner sich wieder in die online-Lernplattform ihrer Klasse einloggte. Mehrmals an diesem Vormittag war sie aus unerfindlichen Gründen dort herausgeflogen, ihren Schülern ging es nicht anders. Anscheinend war das System völlig überlastet.

„Ich kann so nicht arbeiten!“, brüllte Frank plötzlich entnervt aus dem Arbeitszimmer.
„Stimmt, diese Mucke nervt bis aufs Messer! Megadämlich! Bei diesem Schund kann ich unmöglich Mathe machen. Englisch schon gar nicht!“, fiel Daniel sofort ein. Anna kam schnell aus ihrem Arbeitszimmer.
„Ich gehe runter, ich werde ihn bitten, die Musik leiser zu stellen“, sagte sie beschwichtigend, um den gerade mühsam wieder hergestellten Burgfrieden zwischen ihren Männern nicht zu gefährden.
Auch vertraute sie aktuell nicht wirklich auf Daniels oder Franks diplomatische Fähigkeiten. Es hatte nach der Anzeige einige Tage gedauert, die erhitzten Gemüter zu beruhigen. Von der Polizei war zur Erleichterung aller nichts mehr gekommen, es war bei einer wirksamen Drohung geblieben, aber Daniel hatte seine Lektion gelernt. Zumindest vorübergehend.
Anna wollte um keinen Preis eine lautstarke Auseinandersetzung mit der Nachbarschaft riskieren. Immerhin würde man wohl die nächsten Wochen sehr dicht beieinander leben, ohne Rückzugsmöglichkeit, da war Rücksicht von allen Seiten nötig. Sie ging über die Terrasse in den Garten, zu der dichten, mannshohen, immergrünen Hecke, hinter der laute Schlagermusik erscholl. Anna ertappte sich dabei, dass sie unwillkürlich die Füße im Takt der scheußlichen Musik setzte. Sie dröhnte so laut, dass man sie selbst durchs geschlossene Fenster hörte.
Nicht gut, wenn man im home office zu arbeiten hatte. Nicht gut, wenn Schulunterricht am Computer ablaufen sollte, egal, ob man unterrichtete oder unterrichtet wurde. Anna schob die Zweige der Hecke auseinander und sah den Nachbarn in Unterhemd und Jogginghose rauchend auf seiner Terrasse sitzen. Sie wusste nicht, wie er hieß. Früher hatte man sich den Nachbarn vorgestellt, wenn man einzog, dachte Anna. Heutzutage zog man ein. Fertig.

„Hallo, können Sie bitte die Musik leiser machen? Wir müssen arbeiten!“, rief sie in einer Pause zwischen zwei Schlagern. Der Mann bewegte sich träge und sah zu ihr. Er stand auf und drückte die Schultern nach hinten, seine dünnen Oberarme waren mit Tattoos bedeckt.
„Was wollen Sie? Ich zahle seit eineinhalb Jahren hier Miete, da hab´ ich das Recht, Krach zu machen“, antwortete er lakonisch und stieß eine Rauchwolke aus.
„Ich besitze mein Haus seit 18 Jahren. Wie viele Dezibel habe ich?“, konterte Anna, schon jetzt leicht entnervt.
„Dezi ... was?“, der Mann runzelte die Stirn, sah ratlos in ihre Richtung und blies eine weitere Rauchwolke in die Luft.
„Wissen Sie was, ich bin ein netter Kerl und jetzt fangen Sie hier den Ärger an“, beschwerte er sich dann.
Anna erwiderte energisch: „Ist mir egal, ob Sie nett sind oder nicht, ich will Sie nicht heiraten, ich bitte Sie nur, die Musik leiser zu stellen. Wir müssen arbeiten, da stört die laute Musik. Home office.“
Mittlerweile war der Hund des Schlagerfans durch die Hecke gekrochen und stand nun übermütig bellend jenseits des Zauns. Ihm schien das Spektakel zu gefallen.
„Sie sind wirklich keine netten Nachbarn“, hörte Anna plötzlich eine quäkende Stimme aus dem anderen Grundstück. „Nie werfen Sie die Bälle rüber.“ Anna drehte sich zur Seite, musterte die magere, faltige Frau, die zurzeit vier völlig unerzogene Söhne zu bändigen hatte.
„Ich bin nicht Ihr Balljunge. Ich mache das, wenn ich Zeit habe und nicht, wenn Sie rufen. Hängen Sie doch einfach ihren Basketballkorb nicht einen halben Meter vom Zaun auf.“ Jetzt begann Anna, sich zu ärgern. „Vielleicht würde ich die Bälle öfter rüber werfen, wenn Sie auch mal grüßen würden, statt nur zu fordern.“
„Mir müsse net grüße“, quäkte die dünne Frau mit schleppender Stimme. „Sowieso macht Ihr Hund so ein Krach. Immer heult

der so“, beschwerte sie sich, während sie ihren wild kläffenden und zappelnden Jack Russel Mischling unter den Arm geklemmt hielt und an der anderen Hand ihren, wie üblich hysterisch kreischenden Jüngsten zu bändigen versuchte.
„Maaarviin, nimm doch ma die Tiiina. Du weißt doch, dass die und der Butcher sich nit vertrage“, schrie sie ihrem ältesten Sohn zu, der einen Basketball vor sich her dribbelte und die Szene gespannt beobachtete.
Tina und Butcher kläfften sich mit Begeisterung an, das Kind kreischte immer lauter und die verhärmte Frau bekräftigte noch einmal: „Immer is ihr Hund so laut.“
Anna starrte sie an wie eine Erscheinung. Sam? Der nur für ein paar Wochen im Jahr bei ihnen war? Der uralte, stocktaube Sam, der nie einen Laut von sich gab? Sie holte tief Luft und sagte so beherrscht sie konnte: „Erstens höre ich sie nicht richtig, weil ihre Hunde so bellen und das Kind so schreit. Zweitens diskutiere ich nicht mit Hundebesitzern darüber, welcher Hund lauter ist.“ Sie drehte sich auf dem Absatz um und ging ins Haus zurück. Sie registrierte noch, dass die Musik leiser gestellt wurde und die beiden Nachbarn munter über sie herzogen. Die Hunde bellten sich noch immer an. Das Kind plärrte.
„Na also. Geht doch. Und mit euch will ich sowieso nichts zu tun haben“, murmelte sie beim Hineingehen.
Im Wohnzimmer lag Sam auf seinem Kissen und hatte, taub wie er war, von all dem nichts mitbekommen. Anna tätschelte ihm den Rücken. Er öffnete die Augen und klopfte träge mit dem Schwanz auf den Boden. Dann schlief er seelenruhig weiter.
„Du heulst also immer. Du bist schon ein Böser.“
Sie richtete sich auf, sah in den Garten und beschloss, die Hecken rund ums Grundstück ein wenig höher wachsen zu lassen.

Das jüngste Kind der Nachbarn wurde von Josefine und Daniel spöttisch „der Renntraktor“ genannt. Der Vierjährige rumpelte die meiste Zeit des Tages mit einem Plastiktraktor durch den

Hof und verfiel alle paar Minuten in hysterisches Geschrei. Der Junge schikanierte damit seine komplette Familie, alle versuchten krampfhaft irgendwie, ihn bei Laune zu halten, was bedeutete, ihm keinen Anlass zu bieten, in lautes schrilles Kreischen auszubrechen. Er war eine ständige Quelle des Spottes und des Vergnügens für Josefine und Daniel, obwohl Anna immer wieder daran erinnerte, dass sich in „normalen" Zeiten eine Erzieherin und später ein Lehrer mit diesem Kind auseinandersetzen mussten.

Sie mochte die Mutter nicht, trotzdem tat ihr die Frau oft Leid. Der Mann entzog sich dem munteren Familienleben mit den vier Söhnen, indem er ständig mit irgendwelchen Maschinen hantierte. Die Stimme der Frau schallte häufig übers Viertel „Fahr doch noch mal ein Rennen. Auf die Plätze, fertig, ...", der Stimmlage hörte man deutlich an, dass sie am Ende ihrer Kräfte und Nerven war.

Beim Mittagessen unterhielten sie sich über den Vorfall am Morgen.

„Die da drüben sind nett. Die haben auch nette Kinder", stellte Josefine fest und zeigte in Richtung der anderen Doppelhaushälfte.

„Der dicke Mann von gegenüber geht auch in Ordnung", meinte Daniel.

„Deutschland rückt zusammen", stellte Frank in sarkastischem Tonfall fest. „Man hockt so aufeinander, dass man Dinge hört, die will man gar nicht hören. Ob die das meinen, wenn sie im Fernsehen sagen, dass Deutschland zusammenrückt?"

Anna machte sich so ihre Gedanken zu den Kindern, die sie als Lehrerin und als neutrale Beobachterin sah. Durch ihren Beruf hatte sich ihr Blickwinkel auf Kinder merklich verändert. Sie musste der Familienministerin Recht geben, die im Fernsehen immer wieder darauf hinwies, wie tragisch die ganze Situation, die Schließung der Schulen, Kindergärten und Kindertagesstätten sich auf die Gemüter der Kinder auswirken würde. Für die Kinder war das alles schlimm. Besonders jene aus schwierigen Familien waren gefährdet. Anna war zunehmend überzeugt davon, dass sich die Kluft vergrößern würde, die schon jetzt zwischen den Schülern bestand. Es gab Kinder, die hatten es in „normalen" Zeiten schon schwer und wurden von denjenigen abgehängt, die unter verschiedenen, aber günstigeren Gegebenheiten aufwuchsen. Sie mochte noch nicht darüber nachdenken, was dies für ihren Beruf, ihre zukünftige Arbeit bedeutete.

Der Frühstückstisch war mit einem weißen Tischtuch bedeckt, dessen Rand mit Blumenornamenten bestickt war. Eine Vase mit Osterglocken und eine blaue Glasschale mit Ostereiern prangten mitten auf dem Tisch. Im Licht der Morgensonne, die durch die Terrassentür schien, sah es am Ostermorgen hell, feierlich und freundlich aus.

Die Obstbäume waren, wie mit Schnee bedeckt, so viele Blüten hingen an den Zweigen, unter den Bäumen blühten unzählige Blumensorten in allen Farben und das Gemüse gedieh prächtig bei dem ungewöhnlich warmen Wetter. Die ganze Familie hatte sich in diesem Jahr eifrig und begeistert an der Gartenarbeit beteiligt, sogar Daniel, der diesen Pflichten sonst wenig abgewinnen konnte. Da sie im März geahnt hatten, dass das Virus sie in diesem Jahr vorwiegend zu Hause halten würde, hatten sie Tomaten, Zucchini, Bohnen, Gurken und Kräuter gepflanzt. Es hatte kaum geregnet, aber die Zisterne war vom Winter noch voll und lieferte ausreichend Gießwasser, sodass aus den zarten Pflänzchen bereits üppige Gemüsepflanzen geworden waren.

„Wir sind keine Gürteltiere, wir sind Garteltiere," hatte Josefine gelacht, als sie alle gemeinsam Unkraut gezupft hatten.

Ein paar Neuanschaffungen hatten sie sich gegönnt, da man ja sonst kaum Geld ausgeben konnte. Ausflüge, Kino, Schwimmbad ..., all das fiel flach in diesem besonderen Frühling.

Zwischen den Pflaumenbäumen schwang eine blau-grün gestreifte Hängematte, eine weitere hing in einem Metallgestell auf der Wiese unter dem Kirschbaum. Seltsamerweise hatten die Baumärkte geöffnet. So konnte Anna sich ihren lang gehegten Traum von einer Sitzgruppe mit Mosaikmuster erfüllen. Diese filigranen, blau-weiß gemusterten Gartenmöbel standen unter dem riesigen Feigenbaum und gaben dem Garten einen Hauch von mediterranem Flair.
Josefine hatte am Rheinufer Treibholz gesammelt und aus Tannenzapfen, Holzstücken und Muscheln vom vergangenen Urlaub Windspiele aufgefädelt und sie in die Zweige der Obstbäume gehängt. Der Garten war eine kleine Oase, selbst wenn in diesem Jahr alles geschlossen bleiben würde, konnte die Familie es dort gut aushalten.
Im Nachbargarten suchten die beiden Kleinkinder eifrig nach Ostereiern. Laut jubelnd und quietschend taten sie ihre Begeisterung kund, wenn sie etwas gefunden hatten. Die Brüder des „Renntraktors“ tobten lautstark auf der Suche nach ihren Osternestern durch den Hof, der „Renntraktor“ heulte schrill und hysterisch.

„Schade, dass Oma nicht hier ist“, sagte Josefine traurig.
„Ja. Aber ich bin schon zufrieden, wenn es ihr besser geht. Man hört so schlimme Dinge“, antwortete Anna bedrückt.
Frank sah auf und meinte: „Das wird schon. Simone ist nicht alt, sie ist sportlich und gesund und gehört zu keiner Risikogruppe. Ich denke, bald ist das Schlimmste überstanden.“
„Na hoffentlich“, sagte Daniel knapp.
Eine Zeit lang aßen sie schweigend, jeder in seine Gedanken versunken.
„Willst du im Garten Ostereier suchen?“, fragte Anna ihre Tochter nach einer Weile, um die trübsinnige Stimmung aufzulockern.
„Ich bin doch kein Baby mehr“, bekam sie zur Antwort.

Josefine und Anna führten nach dem Osterfrühstück im Schneckentempo Sam durch die Weinberge. An jedem Grasbüschel blieb der alte Hund stehen und schnüffelte gründlich, dann tappte er ein paar Meter weiter.
„Spazieren stehen", nannte Josefine das.
„Oma wird Sam vermissen, oder?", fragte sie.
„Sie weiß doch, dass er bei dir ist und dass du gut auf ihn aufpasst", tröstete Anna.
„Eigentlich wäre ich mit Oma jetzt auf Norderney", sagte Josefine traurig.
„Oh, Josi, ich weiß. Das ist so schade. Diese Jahr wird das mit Urlaub wahrscheinlich gar nichts", meinte Anna.
„Wann können wir Oma denn mal besuchen? Wann darf sie denn aus dem Krankenhaus raus?", wollte Josefine wissen.
„Das weiß im Moment keiner. Wir müssen abwarten."
Schweigend trotteten beide geduldig hinter dem langsamen Dackel her.
„Du, Mama, dieser Rochus, der hatte auch einen Hund. Der war der Einzige, der zu ihm gehalten hat. Keiner hat sich um ihn gekümmert, als er krank war, nur der Hund. Das hat Oma mir erzählt."

Kapitel 12

Rom, anno domini 1368

Nach dem Jahreswechsel machte Rochus sich erneut auf seine Pilgerreise nach Rom auf, obwohl das Wetter noch sehr winterlich war.
Er ließ Genua, das ihn so freundlich empfangen hatte und in dem er dann so viel Schreckliches erlebt hatte, hinter sich. In diesem Winter waren die Pest und die extreme Kälte und Nässe

über die Menschen hereingebrochen. Sie litten Not und Hunger, trotzdem mussten sie den ausschweifenden Lebensstil des Adels ermöglichen. Sie wurden regelrecht ausgeplündert, nichts blieb ihnen zum Überleben. Dazu kamen die ständigen Kriege und Auseinandersetzungen der Herrschenden. Mangelernährung und Krankheiten rafften viele der geschwächten, unter schlechten Bedingungen lebenden Menschen dahin, die Pest, die wie eine unaufhaltsame, tödliche Welle übers Land raste, tat ihr Übriges.
Hilfe war überall nötig, das Leid war unendlich. Auf seiner Wanderung begegnete Rochus viel Elend, besonders bedauerte er die vielen Waisenkinder, ihrer Eltern und ihrer Zukunft beraubt. Er hatte nichts, das er ihnen geben konnte, aber er versuchte immer ihnen zu helfen, wenn sie krank oder verletzt waren und teilte sein Brot mit ihnen.

Rochus´ Gepäck war nun umfangreicher, er trug einen zweiten Leinenbeutel mit Salben, Tinkturen und allerhand Kräutern, die er nicht zurücklassen wollte.
In der ersten Zeit war das Wandern ungewohnt und anstrengend, die Taschen lasteten schwer auf seinen Schultern, ihre Riemen schnitten tief ins Fleisch ein und beide Füße waren an mehreren Stellen blutig gelaufen. Immer wieder dankte Rochus dem Herrn für die harte Prüfung und betete um Stärke und Schutz auf seiner Reise.
Aber bald hatte sich an seinen Füßen wieder eine dicke, schützende Hornhaut gebildet, seine Schultern wurden stärker und er wanderte mit der früheren Ausdauer und dem gleichmäßigen Schritt.

In der Hafenstadt Pisa, die ihn an Genua erinnerte, verweilte Rochus zwei Tage. Auch Pisa litt unter der Pest. Die Stimmung in der Stadt war gespenstisch. Geißlerzüge zogen durch die Straßen, Männer und Frauen mit ledernen Ruten, die sich den

Rücken blutig peitschten. Sie beteten und sangen dazu, hofften auf göttliche Vergebung und Gnade, wenn sie sich selbst für ihre Sünden straften.
Die Menschen hatten Angst. Die Pest war für sie die Strafe Gottes. Das Leben war ein elendes Jammertal. Hoffnung auf ein Leben nach dem Tod konnte sich nur der machen, der Sühne tat, sich selbst Buße auferlegte und für Ablass zahlte. Also gaben sie die letzte Münze, begaben sich auf Pilgerreise oder geißelten sich und fügten sich tiefe, blutige Wunden auf den Rücken zu.
Es regnete ununterbrochen. Das Blut, dass aus ihren Striemen und der geplatzten Haut den Rücken herablief, mischte sich mit dem Regenwasser und färbte den Straßenschmutz schlierig rot. Rochus wandte sich gequält ab. Er war Medicus, seine Berufung war Heilung. Die Zerstörung des menschlichen Körpers empfand er als Sünde. Gott war für ihn kein rachsüchtiger, strafender Gott, den man mit Selbstkasteiung milde stimmen musste. Gott war gütig und gnädig, Bitten und Danksagungen waren der Weg, Gottes Schutz zu erlangen, davon war er fest überzeugt.

Außerhalb der Stadt stand Rochus vor der Baustelle des Campanile. Der Bau des frei stehenden Glockenturms, der neben der Stadtmauer auf Schwemmland errichtet werden sollte, musste immer wieder für Jahrzehnte unterbrochen werden, da Gott ihm auf unerklärliche Weise eine Neigung verlieh. Durch den Ausbruch der Pest lag die Arbeit sowieso darnieder. Rochus suchte sich ein Nachtlager in der verlassenen Baustelle. Hier gab es ein trockenes Plätzchen und er war weit weg von den grauenhaften Geißlerzügen.
Ehrfürchtig betrachtete er den noch unvollendeten Dom. Eine solche Fassade, ein solcher Formenreichtum war ihm auf seiner langen Reise noch bei keinem anderen der prachtvollen Bauwerke begegnet. Blendbögen aus farbigem Marmor, kunstvolle

Ornamente und großflächig angelegte Medaillons verzierten die Außenwände des Gebäudes. Eine vor die Wand platzierte Säulenschicht, flächig aufgesetzt, täuschte das Auge des Betrachters, indem es Arkadengänge vorspiegelte. Dies würde wahrlich ein Kunstwerk werden, um die Macht und Größe des Herrn zu rühmen, befand Rochus.

In der Stadt am Arno trafen verschiedene Routen der Pilgerstraße Via Fancigena zusammen. Pilger aus dem Norden, die Lucca durchquert hatten, stießen hier auf Pilger, die von Genua her kamen. Auch die meisten Pilger waren von Hunger und Krankheit gezeichnet.
Die Straßen um Pisa waren sehr voll, Scharen von Menschen hatten sich auf den Weg nach Rom gemacht, um Rettung in Zeiten der Pest zu erbitten und für ihre Sünden zu büßen. Bei den Pilgergottesdiensten verängstigten die Geistlichen die eingeschüchterten Menschen noch mehr. Rochus hörte sich all das an. In ihm wuchs Widerstand und Unverständnis. Gott war kein strafender Gott! Gott schickte die Pest nicht als Strafe! Gott war die einzige Rettung! Als er wieder einen Zug sich geißelnder Menschen sah und die drohenden Worte eines Priesters hörte, blieb er vor dem Altar sitzen, bis kein Mensch mehr in der Nähe war. Rochus kniete nieder, breitete die Arme aus, sah zum Kreuz und rief: „Herr, Du bist gnädig, auf Dich vertraue ich! Herr, Du stehst uns bei in unserem Kampf gegen die Pestilenz! Herr, Du bist kein strafender Gott. Ich bitte Dich, führe die fehlgeleiteten Menschen auf den richtigen Weg zurück! Herr, ich danke Dir, dass Du deine Hand über mich hältst. Auf Dich kann ich bauen, niemals werde ich ohne Deinen Schutz und Deinen Beistand sein! Mein Leben lege ich in Deine Hand."

Nun kam die letzte und anstrengendste Etappe der Reise. Es waren noch etwa 30 Tagesreisen bis Rom und die Fastenzeit, die Zeit der Buße und Sühne, hatte begonnen. Als tief gläubigem

Christen war Rochus nur eine einzige Mahlzeit am Tag erlaubt, diese durfte weder Fleisch noch Eier oder Milch enthalten. Wenig gestärkt mit Getreidebrei, Gemüse und etwas getrocknetem Obst legte er tapfer und willensstark seine täglichen Etappen zurück.

Abends sank er hungrig und erschöpft in den Schlaf. Wenn er morgens die Schnur über dem knurrenden Magen um seinem Umhang band, bemerkte er die Entbehrungen der Wanderung an dem immer enger zu schnürenden Knoten um seinen mageren Leib.

Rochus folgte dem Pilgerweg, der sich häufig verzweigte, durch das Tal der Elsa. Er blieb auf dem linken Ufer des kleinen Flüsschens, dort verlief sein Weg durch die Wälder, ohne große Orte zu berühren. In diesem Jahr wurde es nicht frühlingshaft, die Wärme und der für die Felder notwendige Sonnenschein blieben aus, es drohte den armen, ausgemergelten Menschen nun auch noch eine Missernte.

Die Stadt Poggibonsi, bisher noch von der Pest verschont, war völlig überlaufen, denn drei Pilgerrouten trafen in dem Ort zusammen. Auf dem Marktplatz herrschten Gedränge und Lärm, rund um die Pilger war ein lebhafter Handel entstanden. Die Menschen in Poggibonsi wussten um den Ausbruch der Pest in vielen Städten. Aber noch waren sie sorglos und wollten sich das Geld, das sie an den Scharen von Pilgern verdienen konnten, nicht entgehen lassen.

In Rochus Gedanken war aber die Pestilenz allgegenwärtig, zu viel Leid hatte er erlebt. Er fühlte sich unwohl zwischen all diesen Menschen. Trotzdem ging er auf den Markt, denn er wollte, wie alle Pilger, ein Erinnerungsstück erstehen. An vielen Ständen konnte man zur Erinnerung und als Schutzzeichen Pilgermarken kaufen, Medaillen, die so kurz vor Rom meistens Petrus und Paulus zeigten. Für wohlhabende Pilger gab es die Plaketten aus Gold oder Silber, geschickte Betrüger nutzten die

Gelegenheit und boten auch Fälschungen an. Rochus gab ein paar Münzen aus und erstand ein Pilgerzeichen aus einem bunt bemalten Blei-Zinn-Gemisch. Das kleine Bildnis des Heiligen Petrus befestigte er mit den dafür vorgesehenen Ösen an seinem Pilgerhut. Er dachte an die Pilgersegnung in Montpellier zurück, bei der er die Pilgerzeichen der übrigen Pilger betrachtet hatte. Wie lange war das nun her! Was hatte er seitdem erlebt!

Viele Tage wanderte Rochus weiter durch die bewaldeten Hügel. Die Landschaft veränderte sich allmählich, als er sich Rom näherte. Die ausgedehnten Wälder wichen landwirtschaftlich genutzten Flächen. Felder, Olivenhaine und Weinberge wechselten sich mit kleinen Ortschaften und Marktflecken ab. Auch hier war der Zustand der Felder und der Anblick der Menschen bedrückend. Aber noch hatte die Pestilenz Rom nicht erreicht.
Die Via Francigena, auf der sich unzählige Pilger, Ochsengespanne, Pferdefuhrwerke und Reiter fortbewegten, führte am Monte Mario, von den Pilgern gerne Mons Gaudii genannt, vorbei. Rochus wusste, dass er kurz vor seinem Ziel war. Er nahm sich die Zeit, den Hügel zu besteigen. Nach dieser langen, beschwerlichen Wanderung, die ihm der Herr geschenkt hatte, wollte er nicht einfach in die Stadt laufen. Er wollte sie von oben betrachten, den Blick auf sein Ziel genießen und Gott für seine Reise danken.
Bedächtig stieg er zwischen anderen Pilgern den steilen Pfad im Schatten hoher Bäume hinauf. Oben angekommen, bot sich ihm der Blick über die Heilige Stadt. Überwältigt sank Rochus auf die Knie, legte die Stirn auf den steinigen Boden und ließ seinen Tränen der Erschöpfung und des Glücks freien Lauf.

Die Karwoche hatte begonnen, Rom war überfüllt mit Pilgern aus aller Herren Länder und allen Schichten. Viele waren gekommen, um die Heiligen um Schutz vor der Pestilenz anzuflehen. Je schlechter es den Menschen ging, desto mehr zog es sie in die Kirchen, zu Wallfahrten und in die Pilgerstädte. Die Hoffnung, sich dort von seinen Sünden reinzuwaschen, die Reliquie eines Heiligen zu sehen oder gar berühren zu dürfen und auf diese Weise der Pest zu entgehen, ließ die Menschen ihre Heimat verlassen und sich in die Ungewissheit einer Pilgerreise begeben.

Die Herbergen waren ebenso überlaufen, es war kein Quartier mehr zu bekommen. Seine erste Nacht in Rom verbrachte Rochus, wie viele andere Pilger, fest in seinen Mantel gewickelt im Schutze eines antiken, halb verfallenen Gemäuers. Die alten Mauern schützten die Ruhenden zwar vor dem Regen, nicht aber vor räuberischen Diebesbanden, die es auf den Besitz der Pilger abgesehen hatten. Rochus fürchtete um seine medizinische Ausrüstung, weshalb er die ganze Nacht kein Auge zutat. Am Morgen machte er sich übermüdet und hungrig auf, um eine Unterkunft und etwas Essbares zu finden.

Bald stieß er auf eine aufgeregt palavernde Menschentraube. Neugierig geworden, schob Rochus sich bis in die Mitte und sah einen bewusstlosen Jungen mit blutüberströmtem Gesicht und einem, in unnatürlichem Winkel abstehenden Unterarm im Schmutz der Straße liegen.

Niemand hatte sich des Jungen erbarmt und war ihm zu Hilfe geeilt, alle standen nur um ihn herum, schwätzten aufgeregt und hielten Maulaffen feil. Rochus musterte kurz die glotzende Menge.

Waren das Christen? Waren es etwa Pilger, wie er? Warum taten sie nicht ihre Pflicht am Nächsten? Er kniete nieder und untersuchte vorsichtig den etwa 12-jährigen, schmächtigen Jungen, der bald zu sich kam. Der Junge berichtete, er sei von dem Pferd eines rücksichtslosen Reiters überrannt worden.

Die gaffende Menschenmenge zerstreute sich und Rochus geleitete den verletzen Knaben zu seinem Haus. Dort richtete und schiente er den gebrochenen Unterarm und reinigte die Platzwunde am Kopf. Der Junge hielt sich tapfer, vergoss lediglich

ein paar Tränen des Schmerzes, ließ aber während der ganzen Behandlung keinen Ton hören. Der Vater des Jungen, ein Töpfer, lief aufgeregt durch seine Werkstatt, lamentierte und stand mehr im Weg, als dass er von Nutzen war.
„Ihr habt meinen Sohn gerettet. Wie kann ich euch danken, verehrter Medicus?“, fragte er, sich unzählige Male verneigend.
„Ich suche eine Bleibe für die nächsten Wochen. Möglicherweise kennt Ihr jemanden, der eine Kammer vermietet oder ein Plätzchen für einen Gast übrig hat?“, erwiderte Rochus.
So kam Rochus zu seinem Schlafplatz unter der Werkstatt des Töpfers. Dort richtete er sich bei den Sklaven ein, freundlichen, ehrlichen, fleißigen Männern, die in dem dunklen Gewölbe im Keller des Hauses schliefen. Rochus wurde ein Lager in einer Ecke am Boden zugeteilt. Etwas Licht und frische Luft kamen durch ein hoch gelegenes, vergittertes winziges Fenster in den kalten, feuchten Raum, aber Rochus konnte hier sicher und ohne Angst vor Dieben schlafen und seine Habe lagern.

Fast zwei Jahre lang hatte Rochus Rom entgegengefiebert. Er war tief gläubig und wollte hier die Riten der Karwoche und des Auferstehungsfestes feiern, doch das hatte er sich völlig anders vorgestellt!
Rom glich einem Hexenkessel! Vor den sieben prunkvollen Pilgerkirchen wurden Passionsspiele und szenische Darstellungen des Leidens Christi und der Begegnung der Frauen mit dem Engel am Grab abgehalten. Riesige Menschenmengen versammelten sich dort, riesige Menschenmengen schoben sich durch die Straßen und Gassen, riesige Menschenmengen verstopften die Plätze und die heiligen Stätten. Rochus, der schon immer am liebsten für sich war, alleine mit seinen Gedanken und Gebeten, litt. Er fühlte sich eingepfercht.
Bedrückt und furchtsam dachte Rochus angesichts des Gedränges an die Pestilenz. Rom war so voll, wenn hier die Pest zuschlagen würde, wären alle verloren. Das Essen, das man für

teures Geld an den Buden erstehen konnte, hätte man in seiner Heimat Schweinen nicht vorgesetzt. Aus großen Kesseln wurde dünne Brühe in Tonschalen geschöpft, Reste wurden einfach wieder in die Töpfe geschüttet. Mit den Pilgern verdiente man hier viel Geld.

Er war am Ziel seiner Pilgerreise und hatte sich doch noch nie so unwohl gefühlt. In den Tavernen zechten die Leute bis zur Bewusstlosigkeit, Hübschlerinnen boten ihre Dienste an. Betrug und Habgier begegneten ihm an allen Ecken und Enden, jeder wollte aus dem beständigen Strom der Pilger Kapital schlagen, koste es was es wolle. Überall, wo die Menschen sich drängten, waren Taschendiebe und Betrüger unterwegs. Menschlichkeit und Nächstenliebe, stille Gebete und Andacht waren in dieser Stadt verlorengegangen.

In der Pilgerkirche San Sebastiano alle Catacombe erstand er nach einem Segnungsgottesdienst für einige Münzen seine Pilgerurkunde, der Beweis für seinen Pilgerfahrt. Der Heilige Sebastian galt als Schutzpatron im Kampf gegen die Pestilenz. Nach seinen schrecklichen Erfahrungen mit dieser todbringenden Seuche wollte Rochus sich des Schutzes dieses Heiligen versichern.

Dann besuchte er das Grab des Heiligen Paulus in der Pilgerkirche `San Paolo fuori le Mura`. Viele Stunden wurde er, eingeklemmt in einer großen Menschenansammlung vorwärts geschoben, bis er das Grabmal erreicht hatte. Zeit zum Beten hatte er nicht, die Nachrückenden schoben die, die ihr Ziel erreicht hatten, gnadenlos weiter.

Rochus glaubte, es könne nicht schlimmer kommen, aber er hatte sich geirrt. Noch niemals zuvor hatte er so viele Menschen gesehen wie an der Kirche des heiligen Petrus, die Kaiser Konstantin über dem Grab des Heiligen hatte errichten lassen.

Die Petersbasilika war nach Westen ausgerichtet, mit dem Eingang zur Stadt und lag außerhalb der Stadtmauern. Jenseits des Tibers war in östlicher Richtung Rom zu sehen. In dem riesigen

Gebäude mit den gewaltigen Kirchenschiffen hatten sich Tausende von Menschen versammelt. Durch ständige Umbauten waren neben dem imposanten Altar unüberschaubar viele Nebenaltäre entstanden. Erneut ließ sich Rochus mit wachsendem Widerwillen in der Menge voranschieben, es kostete ihn große Überwindung, sich nicht umzudrehen und sich gegen den beständigen Strom hinauszukämpfen. Nach Stunden war er in der Apsis angekommen, wurde an der Öffnung im Boden vorbei gedrängt, durch die er einen schnellen Blick auf das Grab des Heiligen Petrus werfen konnte. Der Boden der Grabkapelle war eine Plattform, die über dem Grab errichtet worden war, so dass dort Gottesdienste abgehalten werden konnten. Von der Flut der Menschen mitgespült, fühlte Rochus sich nach weiteren qualvollen Stunden durch das Eingangsportal hinausgedrängt und atmete tief und erleichtert die frische Luft ein. Er war zutiefst enttäuscht. Es war ihm nicht ein einziges Mal gelungen, am Grab eines Heiligen zu beten. Es war ihm nicht gelungen, am Grab Petrus′ innezuhalten und Gott zu danken.
Entmutigt machte er sich auf die Suche nach einem ruhigeren Ort. Er fand eine winzige Kapelle in einem armen Stadtviertel, in der sich eine Handvoll Menschen versammelt hatte, um den Karfreitag zu feiern. Rochus kniete aufatmend ganz hinten in der Kapelle nieder. Endlich hatte er ein bisschen Einsamkeit, Stille fürs Gebet und Abstand zu Menschen. Von seinem ruhigen dämmrigen Platz aus verfolgte er, wie der Priester das Kreuz verhüllte. Inständig gedachte er Jesu Leiden und Tod. Von nun an schwiegen die Glocken, die Gläubigen fasteten vollständig bis zur Segnung der Speisen in der Auferstehungsfeier. Als letzter verließ Rochus die kleine Kapelle und machte sich auf den Weg zu seinem Quartier.
Am Samstag ging er sehr früh zur Kirche des heiligen Sebastian, dort wollte er an der Nachtwache, den Vigilien teilnehmen. Unterwegs begegneten ihm Scharen von Jungen, die mit Ratschen zum Gottesdienst riefen, da die Glocken stumm blieben.

Rochus erreichte das Gotteshaus früh genug, um vor einer Säule einen geschützten Platz zu finden. Die Zeit bis zur Nachtwache verbrachte er mit stillen Gebeten, die Hand fest auf das Mal auf seiner Brust gelegt.
In feierlichen Zeremonien wurden die Osterkerze und das Osterfeuer geweiht, nach einem Wortgottesdienst wurde die Weihe des Taufwassers vollzogen. Kurz vor Mitternacht brachte man ein Korb mit blutrot gefärbten Eiern, deren Farbe an das Blut Christi erinnerte. Dieser sollte ebenfalls geweiht werden, stellvertretend für alle Speisen, die in der Fastenzeit streng verboten waren. Nach der Segnung der Speisen war die Ostervesper zu Ende und die Menschen versammelten sich unter dem mächtigen Läuten der Glocken um das Osterfeuer. Rochus stand etwas entfernt vom Feuer und betete, bis die letzte Flamme erlosch.
Als Rochus in den frühen Morgenstunden zum Haus des Töpfers zurückkehrte und durch die dunkle Werkstatt ins Kellergewölbe gehen wollte, hörte er leise Schritte und eine Öllampe leuchtete auf. Überrascht blieb Rochus stehen und erkannte den Töpfer. Der dankbare Mann hatte seinen Ruf in der Zunft verbreitet und so dafür gesorgt, dass Rochus regelmäßig Patienten zu behandeln hatte, was ihm Speise und Trank oder ein paar Münzen sicherte.
„Gott segne euch an diesem Tag, dem Tag der Auferstehung des Herrn“, flüsterte Rochus, um die übrigen Hausbewohner nicht zu wecken.
„Gott segne euch“, antwortete der Töpfer. „Eure Dienste als Medicus werden dringend gebraucht. Kommt mit, ich werde euch führen.“
Sie durchquerten mehrere Stadtviertel. Noch immer waren zahlreiche übermüdete Pilger unterwegs, die von den Feiern der Osternacht zurück kamen. Voller Ekel sah Rochus im grauen Zwielicht Scharen von Ratten in den Abfallhaufen umherhuschen, die überall auf und neben der Straße und zwischen den

Häusern ihren widerlichen Geruch von Fäulnis und Verderben verströmten.
Vor einem schäbigen Haus blieb der Töpfer stehen. „Hier ist es“, sagte er und klopfte mit dem eisernen Türklopfer an die Holztür. Die Schläge hallten durch die stille Gasse.
Die Tür öffnete sich und ein kleiner, drahtiger Mann mit besorgtem Gesichtsausdruck ließ sie ein. Er führte sie zu einem Bett im hinteren Teil des einzigen Raumes. Das Licht einer einzelnen Kerze warf flackernde Schatten an die Wände, es roch muffig. Auf dem Strohsack lag eine junge, zierlich gebaute Frau, fast noch ein Mädchen. Sie atmete schwer, ihr Gesicht glänzte vor Schweiß, ihre geschlossenen Lider zuckten unruhig, der Mund war qualvoll verzerrt.
Rochus kniete neben dem Bett nieder. Mit einem Blick erkannte er die Zeichen, die schrecklichen Male, die er so oft auf seiner Reise gesehen hatte. Schwärzliche Beulen überzogen die zarte Haut des Halses. Es war nicht nötig, die junge Frau näher zu untersuchen.
„Die Pestilenz“, murmelte er erschüttert.
Rochus hörte sich eilig entfernende Schritte, er hörte das Zuschlagen einer Tür und dann den Schrei des Töpfers durch die noch nächtliche Gasse hallen:
“Die Pest! Die Pest ist ausgebrochen!“

Rom glich den Überresten der Osterfeuer, deren glimmende Aschehaufen vor den Kirchen und auf den Plätzen lagen. Immer wieder entfachte der kalte Wind Brandnester, die züngelnd in der grauen Masse aufflackerten und rasend schnell einen großen Teil der verkohlten Überreste in Brand setzten. Überall in dem Moloch flackerte die Pest auf, und riss mit rasender Geschwindigkeit ganze Stadtviertel ins Verderben. Die Römer verschlossen furchtsam ihre Türen.
Die Pilger zogen wie eine graue Masse in langen Zügen zu den Stadttoren hinaus, so wie der Wind Schwaden grauer Asche der

niedergebrannten Osterfeuer über die Plätze trieb. Wieder beschuldigte man die Juden, die Brunnen vergiftet zu haben, wieder hetzte und quälte man die Menschen und wieder schämte Rochus sich dafür. Er beschloss, dagegen aufzubegehren, wenn er Zeuge solcher Schandtaten würde. Er wollte seine Stimme erheben und versuchen, die Menschen zur Vernunft zu bringen.

Rochus blieb mehrere Tage bei der jungen Frau, die schreckliche Qualen litt. Ihr Hals, ihre Leisten und ihre Achseln waren mit den schwärenden, schwarzen Beulen bedeckt. Hohes Fieber wechselte sich mit Schüttelfrost ab, krampfhafter Husten nahm ihr die Luft.

Ihr Vater saß verzweifelt weinend auf einem Hocker in der düsteren Stube und schluchzte immer wieder: „Maria, mein Kind! Maria.“ Für die junge Frau schien es keine Hoffnung mehr zu geben. Rochus tupfte ihr die Stirn mit nassen Tüchern ab und versuchte, ihr etwas Flüssigkeit einzuflößen. Dann nahm er sein Holzkreuz und legte es auf ihre Brust, die sich in mühsamen, verkrampften, viel zu schnellen Atemzügen hob und senkte.

„Heilige Maria, Mutter Gottes, gütige Mutter des Herrn, sieh auf deine Tochter und stehe ihr bei in dieser schweren Stunde ...“, begann er zu beten. Er betete Stunde um Stunde, bald stumm, da seine Kehle rau wurde. Der Atem des Mädchens wurde ruhiger. Sie schien zu schlafen, ihre Lider zuckten nicht mehr, ihre Züge entspannten sich. Zwei Tage verharrte Rochus betend am Lager der Kranken. Er aß nichts und trank nur wenige Schlucke. Er war so erschöpft, dass er ab und zu nach vorne sackte und für kurze Zeit döste. Dann schreckte er wieder auf und betete weiter. Die schwarzen Beulen auf der Haut der jungen Frau schienen einzutrocknen.

Am Abend des zweiten Tages fiel das Holzkreuz zu Boden, als Maria sich rührte. Sie schlug die Augen auf und flüsterte: „Ich habe Durst.“

Die Kunde von der wundersamen Heilung verbreitete sich wie ein Lauffeuer in Rom. Maria hatte die Pest überlebt! Sie würde mit Pestmalen gezeichnet bleiben für den Rest ihres Lebens, aber sie lebte! Dieser Mann, Rochus, mit seinem Kreuz! Er hatte das Wunder bewirkt.

Rochus wurde sofort zum nächsten Pestkranken gerufen. Er hatte keine Zeit, darüber nachzudenken, was ihm widerfahren war, auch hatte er keine Zeit, dem Herrn zu danken. Er wurde kurzerhand völlig erschöpft ins Nachbarhaus gezerrt. Wieder legte er sein Kreuz auf und betete. Auch diesem Kranken ging es nach zwei Tagen besser.

Die Menschen verfielen in Hysterie. Jeder wollte diesen Mann, der durch Auflegen seines Kreuzes und seine Gebete die Pestilenz heilen konnte, in sein Haus holen, jeder wollte ihn berühren oder von ihm zumindest gesegnet werden.

Rochus jedoch war am Ende seiner Kräfte. Er hielt sich im Haus von Maria und ihrem Vater versteckt und schlief einen ganzen Tag und eine ganze Nacht. Als er endlich einigermaßen erholt an dem grob gezimmerten Tisch saß und einen dicken Brotkanten in die Suppe tauchte, die Marias Vater zubereitet hatte, dröhnten heftige Schläge gegen die morsche Haustür. Den Türklopfer noch umfasst stürmte der Töpfer in den dämmrigen Raum.

„Der Kardinal liegt darnieder. Die Pest“, stammelte er atemlos. Rochus aß hastig zu Ende, er brauchte diese Mahlzeit, er wusste, was ihm bevorstand. Er musste bei Kräften bleiben! Dann ließ er sich vom Töpfer auf den Hügel führen, wo die Häuser der Reichen standen.

Die Stadt war wie ausgestorben. Ein paar streunende Hunde stöberten in Abfallhaufen und scheuchten dabei unzählige Ratten auf, die quiekend ins nächste Versteck huschten. In der Luft hing der furchtbare Geruch der Totenfeuer, der Rochus aufs Entsetzlichste vertraut war. In einer Gasse begegnete ihnen der Zug der Leichensammler. Ihm fiel ein, dass er sein mit Essig

getränktes Tuch vergessen hatte. Zu spät! Er war seit Tagen mit Pestkranken zusammen, ohne dieses Tuch. Es lag im Gewölbekeller des Töpfers.
Die Villa erinnerte Rochus an sein Zuhause in Montpellier. In einem weitläufigen Garten standen mehrere Gebäude. Er ging vorbei an marmornen Brunnen und Statuen, an Bänken und Feuerkörben.
Nach der Enge der Stadt atmete Rochus befreit durch. Aber sogar hier war man vor der Pest nicht sicher! Ein verstört blickender Diener führte ihn vorbei an bemalten Truhen, Gestellen mit silbernen Kandelabern, mit Edelsteinen besetzten Pokalen, silbernen Krügen und Schüsseln, goldenen Salieren und Tischen, die mit feinstem, besticktem Leinen und kostbarem Silbergeschirr gedeckt waren. Rochus nahm all diesen Reichtum wahr, kannte ihn aus seinem früheren Leben.
Der Kardinal lag in seinem Bett, der Baldachin aus schwerem, mit Gold durchwirktem, purpurrotem Brokatstoff war über dem kostbaren vergoldeten, gedrechselten Gestänge zurückgeschlagen. Unter den seidenen Betttüchern wölbte sich ein fetter Leib. Eine sehr junge, zierliche Sklavin mit durchscheinendem Gewand fächelte mit einem großen, aus Palmwedeln geflochtenen Fächer dem stöhnenden Kardinal Luft zu. Ihr Gesicht war starr, die rosigen Lippen waren zusammengepresst, ihre dunklen Augen waren geweitet vor Angst, denn sie wusste, was die schwarzen Beulen am Hals des Kardinals zu bedeuten hatten. Im Schlafgemach des Kardinals roch es nach Lavendel, Kräutern und Rosenwasser.
Rochus zog sich seufzend einen vergoldeten Stuhl mit nachtblauem Samtbezug ans Bett des Würdenträgers, setzte sich und fuhr sich resigniert mit der Hand über die Augen. Er betrachtete den aufgedunsenen Leib des Kardinals, das teigige Gesicht auf dem kostbaren Kissen, die zarte Sklavin, all die Reichtümer im Raum und schüttelte verzweifelt den Kopf.

Unzucht und Völlerei. Es war so offensichtlich. Dies war einer der Gottesdiener, die er insgeheim verachtete. Dies war einer der Menschen, die Schuld daran hatten, dass die Bauern und Leibeigenen darbten, unvorstellbare Not litten oder an Hunger starben. Er, der nie so werden wollte, der sich sein ganzes Leben lang ferngehalten hatte von diesem Kirchenadel, sollte nun das Leben dieses Mannes retten, nur damit er mit seinem gottlosen Treiben fortfahren konnte. Rochus schüttelte unmerklich den Kopf. Konnte er das? Durfte er so viel Sünde und Habgier unterstützen?

„Bringt mir einen Becher Wasser. Und dann entfernt euch", bat er die junge Sklavin, die erleichtert davoneilte. Rochus faltete die Hände. „O Herr, was soll ich tun. Ich will mich nicht versündigen. Ich beuge mich Dir, Dein Wille soll geschehen."

Er dachte nach. Vor Gott waren alle Menschen gleich. Also war auch dieser Mann ein Kind Gottes. Wer war er, dass er urteilte? Wer war er, dass er verurteilte? Dies stand nur dem Herrn beim Jüngsten Gericht zu.

„Herr, gib mir die Kraft, diese Aufgabe zu bewältigen. Nicht die Pestilenz ist nun meine schwerste Bürde. Herr, befreie mich von Verachtung und Hochmut", bat er inständig.

Der Kardinal stöhnte auf. Rochus zog widerwillig die Decken und das seidene Nachtgewand zur Seite. Dann legte er vorsichtig sein Holzkreuz auf die Brust des Kardinals und begann zu beten.

Auch der Kardinal wurde gesund. Sein Körper würde für immer gezeichnet bleiben, er würde Zeit seines Lebens die Male und Narben der Pest tragen. Ob es ihn zu Sühne und Umkehr bewegen würde? Ob er in Zukunft aus Dankbarkeit ein gottgefälliges, frommes Leben führen würde? Rochus wusste es nicht. Er war im Grunde seines Herzens froh, dass der Kardinal ihm nicht einmal dankte, dass er ihn nicht wiedersehen musste.

Viele Pestkranke wurden ins Hospiz Santo Spirito gebracht. Rochus beschloss, dort zu helfen. Das zweistöckige, große Gebäude verwandelte sich in einen Ort des Grauens. Kranke und Sterbende lagen in den Räumen, in den Arkaden, dicht gedrängt unter freiem Himmel, die Ärzte und Helfer konnten kaum einen Schritt tun, so dicht lagen die Körper. Die Menschen starben ohne Beistand, die Totengräber kamen mit dem Einsammeln der Leichen nicht nach, und oft genug lagen Tote unbemerkt Tage lang zwischen Sterbenden. Die überall umherhuschenden Ratten fraßen an den Abfällen. Rochus arbeitete bis zur völligen Erschöpfung. Er heilte viele Menschen, denen er sein Kreuz auflegte. Aber es waren zu viele, die nachrückten. Rochus verglich das Hospiz mit der Hölle. Dort konnte es nicht schlimmer sein.

Er blieb zwei Jahre in Rom und kämpfte gegen die Pest. Die Menschen, die von ihm hörten oder ihm begegneten, sahen ihn als von Gott gesandt, sie schöpften Mut und Hoffnung. Auch sie kamen zu dem Schluss, dass Gott kein strafender Gott war, den man fürchten müsse, sondern sie ließen sich von Rochus leiten. „Gott ist mächtig und gütig! Vertrauen wir seiner Kraft! Bitten wir darum, dass er seine schützende Hand über uns halte! Danken wir ihm für bestandene Prüfungen und für alles Gute in unserem Leben!“ So betete Rochus nach jeder Heilung und beeindruckte die Menschen zutiefst. Sie suchten seine Nähe, sein Ruf verbreitete sich schnell.

Nach dieser langen Zeit beschloss Rochus, sich auf den Heimweg zu machen. Den großen Pilgerwegen wollte er auf seiner Rückreise nicht mehr folgen, vielmehr plante er, fernab der bekannten Routen durch die Dörfer zu wandern. Dort wollte er den Menschen helfen, ihnen sein Kreuz auflegen und für sie beten. Die Pest war überall, kein Dorf, keine Stadt wurde verschont.

Sein Ziel würde vielleicht Montpellier, seine Geburtsstadt sein, vielleicht auch nicht, dachte er, als er sein Bündel packte. Der

Herr würde seine Füße leiten, er würde ihn führen auf den Pfaden, die er für ihn vorgesehen hatte. Er würde ihn dorthin schicken, wo seine Hilfe in diesen schrecklichen Zeiten vonnöten war.
Voller Gottvertrauen verabschiedete Rochus sich von der Familie und den Sklaven des Töpfers, von Maria und ihrem Vater und machte sich mit einer gehörigen Portion Erleichterung auf den Weg. Nur fort von diesem schrecklichen Ort zum nächsten, wo ihn nichts anderes erwartete.
Rochus durchschritt das Stadttor Roms, dass ihn nach Norden führte. Er sah nicht zurück. Erneut hatte er eine lange Reise vor sich.

Kapitel 13

Piacenza, anno domini 1370

Rochus sah blass und verzweifelt den Männern nach, die zwei Mal täglich die Toten aus dem Spital abholten. Mehr als die Hälfte der Bevölkerung von Piacenza hatte die Pest hinweggerafft. Er hatte so viele Menschen geheilt, dass er ihre Anzahl nicht mehr nennen konnte. Täglich gelang es ihm, der tödlichen Krankheit einige Leben zu entreißen. Sein Glaube und die Kraft seiner Gebete waren stärker als die Seuche. Dafür dankte er dem Herrn, denn er war es, der Rochus diese Kraft schenkte. Er machte keinen Unterschied zwischen arm und reich. Wer Hilfe brauchte, bekam sie.
Die Menschen redeten über ihn, suchten seine Nähe und sahen ihn als göttliches Werkzeug. Die Berichte von den Heilungen gaben ihnen Gottvertrauen und Hoffnung. „Rochus, bitte für uns! Bitte den Herrn um Schutz für uns!“, riefen sie, wenn sie ihm begegneten. Diese Bewunderung und Ehrfurcht, die fast an

Berühmtheit grenzte, war Rochus unangenehm. Bescheiden und duldsam nahm er an, was der Herr für ihn vorgesehen hatte. Eitelkeit und Stolz waren ihm fremd. Ruhig und besonnen erledigte er seine Arbeit und vertiefte sich danach in dankbare Zwiesprache mit dem Herrn.

Die Lebenden von Piacenza waren erstarrt in Angst vor der Pest, in Trauer und Verzweiflung. Es war schwierig, etwas zu essen aufzutreiben, die Stadt war isoliert. Dem üblichen Tagewerk konnte niemand nachkommen, so blieben Marktstände und Werkstätten geschlossen. Dafür häufte sich der Müll in den Straßen und die Ratten rannten in Scharen am helllichten Tag durch den Unrat.

Rochus ging vor die Tür des Spitals. Er brauchte frische Luft und schlug den mit Essig getränkten Lappen über den Kopf nach hinten. Sein Gesicht war bleich, fast grau, seine Augen waren gerötet, seine Lippen fest zusammen gepresst. Der Essiggeruch hatte sich auf Haut und Haare gelegt. Erschöpft setzte er sich auf die niedrige Mauer zwischen dem Spital und dem kleinen Wasserlauf, der vor den Stadtmauern in den Fluss Trebbia mündete, welcher sich ein Stück weiter mit dem langsam und träge dahinfließenden Po vereinte.

Er konnte nicht mehr. Zusammengesunken und kraftlos blieb er auf dem Mäuerchen sitzen. Er betrachtete seine Kleider und schaute auf seine löchrigen Lederschuhe. Er sah seine Hände an, die heilenden Hände. Sein Ruf war ihm, seit er den Kardinal von der Pest geheilt hatte, voraus geeilt. Überall, wo er auf dem Weg nach Norden vorbeikam, hofften die Menschen auf Heilung und Rettung durch sein Kreuz und seine Gebete.

Rochus seufzte und streckte den Rücken. Er hatte Kopfschmerzen und seine Glieder fühlten sich an, als hätte er sie mit der Geißel malträtiert. Mit der Hand strich er sich über die verschwitzte Stirn und dachte, dass er sich fiebrig fühlte. Er brauchte eine Pause.

Langsam stieg er über die bewachsene Böschung zum Wasserlauf hinab, legte die Tücher, die er bei der Behandlung der Kranken vorm Gesicht trug, ins Gras und schöpfte sich mit beiden Händen das kalte Wasser über den Kopf. Seine Kopfhaut zog sich zusammen, auf den Armen stellten sich die Härchen auf. Rochus fröstelte und begann zu zittern. Mühsam richtete er sich auf, strich die nassen Haare aus dem Gesicht und befestigte sein Essigtuch, das ihn vor Ansteckung schützen sollte. Er fühlte sich um Jahre gealtert, als er die kleine Böschung hinaufstieg und langsam mit schleppenden Schritten zurück ins Spital ging. Er hatte nicht geahnt, dass er so müde, so erschöpft war.
Aus der Kammer mit der Wäsche holte er sich eine graue Wolldecke, suchte sich im hinteren Teil der überfüllten Krankenstube ein freies Plätzchen, legte sich auf den steinernen Boden und schlief fast augenblicklich ein.
Am nächsten Morgen ging es ihm nicht besser, Rochus versuchte sich aufzurichten. Ihm war schwindlig. Schwankend kam er zum Stehen und stützte sich an der Wand ab. Sein ganzer Körper schmerzte, als stünde er in Flammen, sein Kopf dröhnte. Rochus fuhr mit der Hand über seinen schmerzenden Hals. Hinter dem Kieferknochen fühlte er unter der Haut die dick angeschwollen Drüsen. Seine Haut glühte vor Fieber, seine Lippen waren trocken und rissig, seine Zunge lag wie ein zu großer, ausgetrockneter Lehmklumpen in seinem Mund. Vor seinen Augen flimmerte es, helle Blitze zuckten, obwohl der Raum nur durch schwache Öllichter beleuchtet wurde.
Er zog den weiten Ärmel seines Hemdes nach oben und seine fiebrig glänzenden Augen weiteten sich vor Schreck. Die Innenseite seines Oberarms und seine Achselhöhle war übersät mit dunklen Stellen und schwarzen Beulen. Schmerzerfüllt kniff er die Augen zusammen und rief verzweifelt:“ O Herr, bleib bei mir! O Herr, ich gebe mich in Deine Hand!“

„Du hast die Pestilenz! Gott straft dich!“ erklang eine herrische Stimme neben ihm. Mühsam wandte Rochus den Kopf und sah Bruder Pio, der ihn abweisend betrachtete. „Bitte helft mir“, hauchte Rochus mit vor Schmerzen heiserer Stimme.
„Kannst du für deine Behandlung bezahlen? “, schaltete Bruder Loreco sich ein.
„Aber ....“, stammelte Rochus kraftlos und schwankte. Er konnte kaum noch aufrecht stehen.
„Ich habe hier gearbeitet, ohne Lohn. Bitte helft mir!“
„Du kannst nicht zahlen. Verschwinde!“, bekräftigte Brunder Pio mit harter Stimme.
Rochus´ Knie knickten ein, er sackte zusammen und presste gequält die Hände gegen die Schläfen. Dann sah er zu den beiden Mönchen auf, die mit verschränkten Armen vor ihm standen und ihn abwartend musterten. Ihre Blicke waren kalt und mitleidlos.
Rochus Blick flackerte, er schaffte es kaum, die Augen offen zu halten. Eine Zeitlang kauerte er zusammen gekrümmt auf dem Boden und atmete schwer. Dann nahm er all seine Kraft zusammen. „Bitte. Ihr könnt mich doch nicht wegschicken! Ich habe geholfen, nun brauche ich Hilfe. Bitte! Habt Erbarmen! Der Herr ist barmherzig ....“. Seine Stimme erstarb.
„Wer nicht zahlt, wird nicht behandelt“, beschied Bruder Pio hartherzig und Bruder Lorenco nickte zustimmend. „Pack dich! Sonst lassen wir dich vor die Tür werfen.“
Rochus wankte hinaus, hinter ihm schlug die Tür des Spitals krachend zu. Im grauen Zwielicht des düsteren Morgens schleppte er sich, gebeugt vor Schmerzen, an den Mauern Halt suchend, bis zum nahen Stadttor. Der Wächter öffnete hastig die kleine Pforte neben dem Torbogen und wich dann ängstlich zurück.
Rochus verließ Piacenza. Mehr torkelte er über die Brücke, als dass er ging, das Rauschen des Flusses dröhnte wie Donnerhall in seinen Ohren. Vor ihm erhob sich in westlicher Richtung der

Wald wie eine dunkle, bedrohliche Wand. Rochus schleppte sich mit letzter Kraft auf diese Dunkelheit zu, suchte Halt an rauen Baumstämmen, zog seine Füße durch dorniges Gebüsch, taumelte weiter und weiter und weiter … . Seine Sinne schwanden und es senkte sich gnädige Dunkelheit über seinen Geist.

Langsam kam Rochus zu sich. Zusammengekauert lag er völlig durchnässt vom Regen im Unterholz. Er zitterte und hatte unbeschreibliche Schmerzen am ganzen Körper. Seine äußere Hülle fror entsetzlich, sein Inneres fühlte sich an, als würden seine Eingeweide verbrennen. Er musste einen trockenen Platz finden, das war sein einziger Gedanke.
Unter Aufbietung all seiner verbliebenen Kräfte stand er auf und versuchte sich zu orientieren. Baumstämme und Baumkronen, Erde und Unterholz begannen sich vor seinen Augen zu drehen. Selbst mit geschlossenen Lidern blendete ihn ein Licht, brannte in seinen Augen wie ein loderndes Feuer. Er umklammerte einen dicken Ast und blinzelte mehrmals, um einen klaren Blick zu bekommen.
Ein Stück weiter zwischen den Bäumen sah er schemenhaft die Überreste irgend einer menschlichen Behausung. Rochus wankte zu der von Unterholz und Waldreben fast überwucherten Stelle. Er erkannte einen alten Meiler. Das mit einer dicken Schichte Erde bedeckte aufgeschichtete Holz war bereits zu einem Teil verrottet. Neben dem ehemaligen Kohlemeiler waren die baufälligen Reste des Unterstands eines Köhlers zu erkennen. Auf vier fast vermoderten Pfosten hingen ein paar faulige Bretter, die wohl ein Dach gewesen waren. Rochus sank entkräftet zu Boden und kroch unter das wacklige Gestell, das ihm hoffentlich ein bisschen Schutz vor dem Regen gewähren würde. Er lehnte sich gegen einen der Pfosten und begann, seine Haut zu untersuchen. An Hals und Nacken ertastete er schmerzhafte, entzündete Stellen, es fühlte sich an, als läge das Fleisch bloß. Arme, Beine und der Rumpf, besonders die Leisten und

Achselhöhlen, waren übersät mit schrecklichen schwarzen Beulen. Die stechenden Schmerzen, die von ihnen ausgingen, waren schier unerträglich. Eine ganz besonders große Pestbeule schwärte an seinem linken Oberschenkel, direkt über dem Knie. Sie brannte wie Feuer mit einem grellen Schmerz und schien unter und über der Haut zu wuchern. Eine einzige Stelle seines Körpers war verschont von dem tödlichen Ausschlag. Das Kreuz auf seiner Brust war unversehrt, dunkel und gleichmäßig hob es sich klar und glatt von der kranken Haut ab.

Rochus griff nach dem Holzkreuz, dass er an einer Schnur um den Hals trug.
„O Herr, erlöse mich von diesen Qualen, nimm mich auf in Deine Herrlichkeit“, flüsterte er mit belegter Stimme. Dann sank sein Kopf zur Seite und eine Ohnmacht umfing ihn. Den ganzen Tag blieb er in einem Zustand zwischen Wachen und Schlafen, zwischen Leben und Tod.
Es wurde schon dunkel, als ihn etwas aufweckte. Es fühlte sich an, wie eine regelmäßige Berührung an der schrecklichen Pestbeule über dem Knie, ein Streicheln, dass die Schmerzen zu lindern schien. Rochus schlug langsam die Augen auf und sah einen grauen Hund, der eifrig mit seiner rosigen Zunge über die Pestbeulen leckte. Er hatte nicht die Kraft, das Tier zu verscheuchen, so ergab er sich der ungewöhnlichen Krankenpflege. Der Hund bearbeitete weiter die schwärenden Beulen und sah ab und zu mit seinen brauen Augen zu Rochus auf.
Die Berührung tat gut, stellte Rochus fest. Die Schmerzen schienen nachzulassen, die Zuwendung ließ das Gefühl des im Stich-gelassen-Seins ein wenig geringer werden. Rochus lehnte sich zurück und ließ den Hund gewähren. Dann verschwand das Tier im Unterholz. Die Nacht brach an und mit ihr alle Qualen und Dämonen der entsetzlichen Krankheit.
Rochus krümmte sich vor Schmerzen, sein Körper war geschwächt vor Fieber, Hunger und Durst. Lediglich ein paar

Tropfen Feuchtigkeit konnte er von den regennassen Blättern mit seiner geschwollenen Zunge ablecken, sie linderten nicht den brennenden Durst, tränkten nicht die aufgerissenen Lippen und die geschwollene, ausgetrocknete Zunge.
Gegen Morgen fiel er in einen Dämmerzustand, er glaubte, nun zu sterben und hatte nicht einmal die Kraft zu beten. Rochus sah undeutlich einen Schatten durch seine halb geschlossenen Augenlider. Er öffnete die Augen und sah den grauen Hund, der geduldig neben ihm saß und ihn abwartend ansah.
„Hund", flüsterte Rochus und das Tier wedelte mit seinem zerzausten Schwanz. Dann sah Rochus das Brotstück, dass vor den Hundepfoten am Boden lag. Vorsichtig streckte er die Hand aus und griff nach dem Brot. Der Hund wedelte wieder freundlich. Rochus setzte sich unter Schmerzen auf und begann, das Brot zu essen. Er brach winzige Stücke ab und zerkaute sie langsam und vorsichtig, schluckte sie mit dem ausgetrockneten Hals mühsam herunter. Das Brot war an manchen Stellen feucht vom Hundemaul, aber das störte Rochus nicht. Der Hund sah ihm zu. Dann stand er auf, lief ein paar Schritte, blieb stehen und sah Rochus an. Rochus kroch hinter dem Tier her. Nach ein paar Metern stieß er im dichten Unterholz auf einige Felsbrocken. Weiter konnte er nicht mehr. Er stütze sich mit der Hand auf die Felsen und stöhnte vor Schmerz. Der Hund kam zu ihm und leckte an seiner Hand, die auf dem rauen Felsen lag. Rochus spürte die feuchte, warme Hundeschnauze auf der Haut. Dann fühlte er kühle Nässe, die zwischen seinen Fingern hervorquoll. Zwischen den Felsbrocken floss ein winziges Rinnsal frischen, klaren Wassers. Gierig leckte Rochus seine Finger ab, dann legte er den Mund auf den Felsen und saugte das Wasser auf. Wasser! Dem Herrn sei Dank!
Als sein Durst gestillt war, streichelte Rochus vorsichtig das struppige, raue Fell des Hundes. „Danke, mein Freund. Dich hat der Herr geschickt zu meiner Rettung."

Der Hund ließ sich eine Zeit lang die Ohren kraulen und verschwand dann im Wald.
„Komm wieder!“, rief Rochus ihm nach. “Bitte, komm wieder.“
Das Tier kam wieder. Jeden Morgen und jeden Abend erschien der Hund und brachte einen dicken Kanten Brot mit. Vorsichtig trug er ihn im Maul und legte ihn unversehrt vor Rochus nieder. Dann begann er, die Pestbeulen abzulecken. Geduldig und ausdauernd fuhr seine Zunge immer und immer wieder über die schwärzlichen Entzündungen. Rochus überlegte, ob die Entzündung dadurch nicht verschlimmert würde, aber es tat gut, die Berührung fühlte sich warm und freundlich an. Der Hund leckte Einsamkeit, Angst und Verzweiflung weg.
Nach seiner besonderen Form der Krankenpflege, schmiegte sich der Hund dicht an Rochus, legte den Kopf auf die Vorderpfoten und ließ sich streicheln. Irgendwann, viel zu früh, wie Rochus fand, stand das Tier auf, sah ihn mit seinen braunen Hundeaugen an und lief nach Hause, wo immer das sein mochte.
Wer schickte das Tier? Wer wusste, dass er Hilfe brauchte? Wer war der unbekannte Wohltäter? Rochus überlegte und dankte dann dem Herrn für diese Hilfe. Es ging ihm von Tag zu Tag besser. Das Brot und das Quellwasser hielten ihn bei Kräften, die Nähe des Tieres tat seiner Seele wohl, und die schwarzen Beulen brachen eine nach der anderen auf. Rochus sammelte in der hohlen Hand Quellwasser und versuchte, den Wundfluss abzuwaschen, bevor er antrocknen konnte. Die offenen Beulen verkrusteten, die Schmerzen ließen nach und das Fieber verschwand.
Noch immer kam der Hund zwei Mal am Tag und brachte Brot. Die größte Pestbeule mochte nicht heilen. Der Hund machte sich mit Eifer darüber her und leckte, bis sie aufbrach und ihr Inhalt über Rochus Knie das Bein hinab lief. Rochus humpelte zu seiner winzigen Quelle, um sein Bein zu reinigen und der

Hund lief schwanzwedelnd davon. In der Nacht träumte Rochus von einem Engel des Herrn, der zu ihm niederstieg.
„Der Herr hat dich genesen lassen, damit du den Menschen hilfst, damit du den Kampf gegen die Pestilenz weiterführst. Steh auf und diene dem Herrn!“, dröhnte die mächtige Stimme des himmlischen Wesens in seinem Traum. Am Morgen stand Rochus auf und beschloss, seine selbst gewählte Einsiedelei zu verlassen.

Er verabschiedete sich ausgiebig von dem treuen Hund, dem er sein Leben zu verdanken hatte. Als der namenlose Hund zwischen den Bäumen verschwand, wischte Rochus ein paar Tränen aus den Augen. Diesem Tier, das der Herr ihm geschickt hatte, verdankte er alles. Der Hund war sein treuer Freund und Begleiter in der schwersten Zeit seines Lebens gewesen, sein Retter. Nun trennten sich ihre Wege.
Rochus machte sich auf den Weg zurück zu den Menschen. Er wusste nicht, in welche Richtung er damals, krank, dem Tode nah, gelaufen war, also ging er aufs Geradewohl los. So kam er in Sarmato an, einem Marktflecken in der Nähe von Piacenza. Nun wusste Rochus zumindest wieder, wo er war. Über die staubige Straße machte er sich auf den Weg zurück nach Piacenza. Die Mönche im Spital starrten ihn mit aufgerissenen Augen und offenen Mündern ungläubig an.
Rochus sagte: „Da bin ich wieder. Ich habe mit Gottes Hilfe die Pest überlebt“, und er machte sich an die Arbeit.

Rochus blieb noch zwei Jahre im Spital und kämpfte gegen die Pest. Jeden Tag besuchte er den Gottesdienst in der Kirche San Savino. In dem romanischen Gotteshaus aus gelblichem Stein mit seinem hohen Gewölbe und den filigranen Säulen und Mosaiken in der Krypta fühlte Rochus sich wohl. Hier konnte er vor der riesigen Darstellung des gekreuzigten Christus vor dem schlichten Altarraum ungestört beten, wann immer er

Zwiesprache mit dem Herrn halten wollte. Rochus kniete lange vor der Treppe, die zum Altar führte. Er dankte Gott immer wieder für seine Heilung und dafür, dass er den Kranken nun viel besser helfen konnte, da er selbst nicht mehr erkranken konnte. Das Hauptschiff war mittlerweile leer, ein Mönch löschte die Kerzen und es wurde dämmrig. Rochus bekreuzigte sich und verließ die Kirche.

„Gott segne Euch, werter Medicus", sprach ihn vor dem Portal ein alter Diener an. „Mein Herr, der Edle Pallastrelli, wünscht, Euch zu sprechen."

„Jetzt?", fragte Rochus überrascht.

„Ja, ich bitte Euch, mir zu folgen", sagte der alte Mann und verneigte sich ehrerbietig.

Er führte Rochus zu einer zweiachsigen, mit reichen Schnitzereien verzierten Kutsche und öffnete ihm unter Verbeugungen die Tür. Rochus stieg ein und ließ sich auf dem mit rotem Samt bezogenen Sitz nieder. Der Alte nahm neben dem Kutscher Platz und sie verließen Piacenza durch das nördliche Stadttor. Das gescheckte, stämmige Pferd trabte zügig durch die hügelige Landschaft.

Bald sah man zwischen den Bäumen auf einem bewaldeten Hügel die Zinnen einer trutzigen Festung aufragen. Rochus wunderte sich. Wohin brachte man ihn? Die Zugbrücke wurde herabgelassen, die Kutsche kam im Burghof zum Stehen.

Der alte Diener öffnete die Tür des Gefährts und Rochus stieg auf den gepflasterten Boden hinab. Ein Hund schoss heran, bellte und sprang aufgeregt und freudig um ihn herum. Rochus kniete nieder, breitete voller Überraschung die Arme aus und rief:

„Hund! Mein treuer Freund! Komm her, lass dich begrüßen!"

Glücklich schloss er den Hund in seine Arme. Dieser winselte und leckte ihm begeistert übers Gesicht. Rochus ließ ihn gewähren.

„Dass ich dich wiedersehe“, murmelte er ergriffen ein um das andere Mal.
Hinter ihm sagte eine tiefe, ruhige Stimme: „Willkommen auf meiner Burg, Medicus. Mein Name ist Gotthard Pallastrelli. Das ist Bruno. Er scheint euch zu mögen.“
Rochus sah den stattlichen Mann in der edlen Kleidung an: „Der Herr segne euch! Ihr müsst mein Retter sein. Ihr und euer treuer Hund. Ohne ihn wäre ich verhungert.“
Tief verneigte er sich und der Hund nutzte die Gelegenheit, ihm abermals mit der Zunge übers Gesicht zu fahren. Der Edelmann sah ihn erstaunt an.
„Bruno und ich, euer Retter? Wie kommt Ihr darauf? Ich verstehe nicht ....“
Rochus erzählte dem staunenden Edelmann von seiner Genesung und Brunos Anteil daran. Pallastrelli schüttelte ein ums andere Mal ungläubig den Kopf.
„Der Herr muss es so gefügt haben. Welch eine unglaubliche Geschichte! Ich wusste nichts davon. Hätte ich doch nur geahnt, dass Ihr Hilfe braucht!“
Beide Männer betrachteten den Hund und lächelten sich dann an.
„Doch nun kommt herein, ich bitte Euch.“ Pallastrelli wies einladend mit der Hand auf die Tür und führte Rochus in einen großen Saal, in dem ein üppig gedeckter Tisch vorbereitet war.

Der Edelmann Pallastrelli wusste über Rochus´ Leben und Arbeiten in Piacenza Bescheid. Er bewunderte ihn für seine Wohltätigkeit, für seine Gabe, mit dem Kreuz die Pest zu heilen und für seine Genügsamkeit.
„Ihr seid ein wahrer Diener Gottes!“, rief er beim gemeinsamen Essen. „Diese Mönche haben Euch schmählich im Stich gelassen, als ihr Hilfe dringend nötig hattet. Trotzdem seid ihr großherzig nach Eurer Genesung zu ihnen zurückgekehrt, weil die

Kranken Eurer Hilfe bedürfen. Ihr seid Gottes Werkzeug, er hält seine Hand schützend über euch."
„Ich danke Euch für die freundlichen Worte. Ich tue nur meine Pflicht." Rochus nickte dem Edelmann zu.
Dieser sah ihn ernst an: „Vielleicht seid ihr Euch Eurer Bedeutung für die Menschen gar nicht bewusst. Ihr zeigt ihnen, dass Gottvertrauen sogar die Pest heilen kann. Ihr macht ihnen klar, dass Gott kein strafender Gott ist, dass die Pestilenz keine Geißel Gottes ist, sondern dass Vertrauen auf Gottes Hilfe und auf Gottes unendliche Liebe der einzige Weg ist, die Pest zu überwinden und alle Schwierigkeiten zu bewältigen. Eure Worte und Taten geben den Menschen Mut und Hoffnung. Sie beten, statt sich zu geißeln. Sie vertrauen auf Gott, statt zu verzweifeln. Sie schöpfen Zuversicht und Kraft aus den Begegnungen mit Euch. Habt Ihr eine Ahnung, wie wichtig das ist?"
„Es ist wichtig, denn es ist die Wahrheit", antwortete Rochus. „Gott der Herr hat mich dort hingestellt, wo ich gebraucht werde. In seinem Namen erfülle ich mit Freude und mit Vertrauen auf ihn meine Pflicht am Nächsten."
Der Edelmann lächelte Rochus an, hob sein Glas und sagte: „Es erfüllt mich mit Stolz, Euch als meinen Gast zu haben."
Rochus genoss den Abend. Er genoss das Essen und den Wein. Schon lange hatte er solch wohlschmeckende Speisen nicht mehr zu sich genommen. Er aß reichlich von der Buchweizensuppe, die mit Mangold und Kerbel gewürzt war, von der Wildschweinpastete und dem Honigkuchen, dazu trank er herben, dunklen Wein und fruchtigen Beerenwein.
Immer wieder ließ er unauffällig ein Stückchen der Pastete unter den Tisch fallen, wo Bruno es sich freudig schnappte. Bevor ihn die Kutsche nach Piacenza zurückbrachte, dankte Rochus seinem Retter aus tiefstem Herzen und streichelte Bruno liebevoll über den struppigen Kopf.
„Mein Haus steht Euch immer offen, Ihr seid mir jederzeit willkommen", sprach der Edelmann zum Abschied.

„Gott segne euch. Euch und euren treuen Bruno", sagte Rochus, als die Kutsche über die Zugbrücke rumpelte.

Kapitel 14

März und April 2020

Das hohe Fieber hatte nach vier Tagen nachgelassen. Dafür waren starke Schmerzen in der linken Seite aufgetreten. Vielleicht kam dieses Stechen von der endlosen Husterei, überlegte Simone. Seit zwei Tagen war ihr Verstand wieder klar, die ersten Tage hatte sie in einer Art Halbschlaf verbracht, unterbrochen von quälenden Hustenanfällen.
Sie lag im Bett im Isolierzimmer. Das Zimmer war für Simone die Hölle! Keine Toilette, keine Dusche, nicht einmal ein Waschbecken. Sie fühlte sich ausgeliefert. Ermattet und geschwächt lag sie in ihrem Bett und verbrachte ihre Zeit damit, aus dem Fenster zu sehen. Sie konnte über die Dächer der Stadt, über den Rhein bis zur anderen Rheinseite schauen. Ab und zu fuhren Züge durch das Rheintal, die sie bis in ihr Zimmer hören konnte, Autos waren auf der Bundesstraße kaum unterwegs. Das wunderte Simone, dort war sonst ständig Verkehr oder sogar Stau. Auch Flugzeuge hörte sie selten.
Auf dem Höhenzug der anderen Rheinseite erkannte sie klar und deutlich das Niederwalddenkmal. Dort stand die riesige Statue der Germania und schaute Richtung Rheingau. „Das ist wohl die einzige Person, deren Gesicht ich noch sehen kann", überlegte Simone und dachte an die vermummten Gestalten, die sie behandelten und versorgten. Normalerweise las sie viel in der Mimik ihrer Mitmenschen ab, deutete Stimmungen anhand des Gesichtsausdrucks, doch zurzeit sah sie nur Stoff oder Plastik. Sogar die Augen der Menschen, mit denen sie Kontakt

hatte, waren mit Schutzbrillen abgeschirmt. Simone fiel es schwer, die Schwestern, Pfleger, Ärztinnen und Ärzte zu unterscheiden. Es fiel ihr schwer, mit ihnen zu reden, ohne die Gesichter zu sehen. Sie fühlte sich dadurch sehr verloren.
Im Krankenhaus herrschte pausenloses Rumoren. Möbel wurden gerückt, Werkzeuge dröhnten, hektisches Fußgetrappel erklang in den Fluren. Die ständig wechselnden Schwestern hatten Simone erzählt, dass die komplette Station für Coronapatienten vorbereitet würde. Bisher war sie die Einzige. Die Erste. Etwas gespenstisch war das schon, fand sie.
Schwestern und Ärzte waren nett, aber angesichts dieser neuen Situation, dieses unbekannten Virus, völlig überfordert und auch verunsichert. Niemand entschied souverän über Untersuchungs- und Behandlungsmethoden. Ständige Beratungen, Abstimmungen, Telefonate mit dem Gesundheitsamt und Änderungen des Vorgehens ängstigten Simone. Konnte ihr hier überhaupt jemand helfen? Wusste hier irgendjemand über dieses Virus Bescheid? Wusste überhaupt jemand auf der Welt darüber Bescheid? Gab es Behandlungsmethoden oder war alles, was mit ihr geschah, ein hilfloser Versuch, die Situation irgendwie in den Griff zu bekommen?
Regelmäßig kam eine Krankenschwester vorbei, um Fieber zu messen, Blutproben zu entnehmen oder ihren Blutdruck zu kontrollieren, sogar in der Nacht. Alles schien wie ein Versuch, das unbekannte Schlimmste auf einem unbekannten Weg mit zufälligen und bewährten Maßnahmen zu verhindern. So ergab sich eine gewisse Routine, die das Gefühl von Sicherheit und Stabilität vorgab in der allgemeinen Ratlosigkeit und Unsicherheit, sowohl für das Personal als auch für Simone.
Es war eine Herausforderung gewesen, einen Termin für den Coronatest zu bekommen. Voran ging eine schier endlose Hinundhertelefoniererei mit dem Gesundheitsamt. Alle Testkapazitäten waren ausgereizt.

Positiv. Positiv klang zunächst positiv, war aber in Wirklichkeit keine gute Nachricht! Es war eher wie ein Schlag in die Magengrube. Simone war in Tränen ausgebrochen, als ihr das Testergebnis verkündet wurde. Geahnt hatte sie es schon vorher, doch die Gewissheit war vernichtend. Stundenlang hatte sie geweint, was sich mit ihrem Husten nicht gut vertragen hatte. Sie hatte zwischendurch immer wieder überhaupt keine Luft mehr bekommen und zwischen schluchzen und Hustenreiz mit einem pfeifenden Geräusch krampfhaft Atem holen müssen.
War es das jetzt? Würde sie an dem Virus sterben? Simone berichtete dem Arzt – war er neu oder schon mal da gewesen, weiße Kittel, Handschuhe, Schutzmasken und Kopfhauben - alle sahen gleich aus - von den Schmerzen in den Rippen.
Nach ausgiebigen und zahlreichen Telefonaten mit den ebenso ratlosen und überforderten Mitarbeitern des Gesundheitsamtes, wurde Simones Brustkorb geröntgt.
Ihre Lunge war stark angegriffen, sie hatte eine schwere Lungenentzündung. Der Arzt verordnete Antibiotika. Simone wusste nicht viel über Medizin, aber dass Antibiotika nicht gegen Viren halfen, das wusste sie! Unterbrochen von mehreren Hustenanfällen fragte sie den Arzt und er erklärte ihr, dass er vermutete und hoffte, dass sich eine behandelbare Infektion auf die angegriffene Lunge und das gestaute Sekret gelegt hatte.
„Bakterien haben die Chance genutzt und sich über die Entzündungen gelegt, die das Virus verursacht hat. Sollte das so sein, werden wir die Lungenentzündung in den Griff bekommen, weil das Antibiotikum mit den Bakterien fertig wird“, erklärte er ihr.
Appetit hatte sie keinen. Sie schmeckte nichts und roch nichts. Sie war mager geworden in diesen paar Tagen.
„Sie müssen etwas essen. Sie müssen zu Kräften kommen“, sagte die freundliche junge Schwester, die ihr unberührtes Tablett wieder abräumte. Simone drehte angewidert den Kopf zur Seite. Essen! Ihr wurde flau.

Am nächsten Morgen wurden die Vorhänge aufgerissen, ein lautes, fröhliches „Guten Morgen“ schallte durch den Raum.
„Morgen“, erwiderte Simone verwirrt und verschlafen und setzte sich im Bett auf.
„Ich bin die Schwester Ursula. Wie geht’s uns denn heute?“, sagte die kompakte, gut verhüllte Person und um ihre braunen Augen zogen sich unzählige Lachfältchen.
„Mädchen, ich habe gehört, du isst nix!“, fuhr sie fort.
Mädchen, dachte Simone, jetzt hellwach, amüsiert. „Sie ist mindesten zehn Jahre jünger als ich.“
„Das geht so nicht, ich hole mal Frühstück und dann schlägst du dir den Bauch voll. Muss ja wieder was werden aus dir. Bist ja ein richtiges Klappergestell.“
Sie rauschte davon und kam Minuten später mit einem vollen Tablett zurück. Simone hatte keine Zeit gehabt, sich von ihrer Verblüffung zu erholen. Energisch stellte Schwester Ursula das Tablett vor Simone ab und verkündete pragmatisch:
„So, und jetzt wird gegessen. Keine Widerrede.“
Simone musste lachen, ihr Kichern wurde aber durch einen Hustenanfall abgewürgt.
„Richtig so. Lachen ist die beste Medizin. Und jetzt einen guten Appetit“, sagte Schwester Ursula mit Nachdruck.
Simone aß. Sie schmeckte und roch noch immer nichts, aber diese Frau hatte mit ihrer unkomplizierten, bodenständigen Art frischen Wind in ihr trübes Zimmer gebracht. Allein ihre Art zu sprechen! Simone war wie belebt von der Energie, der Lebensfreude und der Durchsetzungskraft dieser Schwester.
So jemanden braucht man, um gesund zu werden, dachte sie, nachdem sie bis auf den letzten Krümel alles verzehrt hatte. Schwester Ursula nahm erneut das Zimmer in Besitz.
„So ist es brav“, lobte sie zufrieden und schob das leere Tablett mit so viel Schwung in die Halterung ihres Rollwagens, das es krachte.

„Jetzt gibt's Körperpflege. Wir wollen ja gut aussehen, wenn der Herr Doktor kommt“, kündigte sie an und schwenkte mit verschmitztem Blick ein Bündel Waschlappen.
Jeglicher Widerstand war zwecklos. Mit ungebremster Energie zog Schwester Ursula Simone das Krankenhaushemd über den Kopf und schrubbte sie von oben bis unten mit Waschlappen und Seifenlauge ab. Wie ein kleines Kind bekam Simone das Gesicht abgewaschen, fand das aber nicht unangenehm. Sie überließ sich willig den zupackenden Händen und fühlte sich nach der Prozedur frisch und sauber, und das nicht nur äußerlich.
„Danke“, sagte sie lächelnd, als die Power-Schwester sich anschickte, den Raum zu verlassen.
„Nix für ungut“, rief diese fröhlich. „Morgen komme ich wieder. Mach`s gut Mädchen, und sieh zu, dass du gesund wirst!“
Simone lehnte sich zurück. Diese Frau war Klasse! Alles an ihr passte, die Figur, das umtriebige Wesen, die Energie, die Art zu sprechen, die lachenden Augen. Ab jetzt wartete Simone darauf, dass diese Schwester wieder zu ihr kam. Sie freute sich regelrecht auf die Begegnungen.
Die folgenden Tage zeigten, der Arzt sollte Recht behalten! Das Antibiotikum wirkte, die Lungenentzündung ließ nach und Simone war auf dem Weg der Besserung. Sie brauchte die kleinen Schläuche nicht mehr, die ihrer Lunge Sauerstoff zuführten, ihr Kreislauf stabilisierte sich, der Blutdruck war in Ordnung, das Fieber verschwand.
Simone fragte sich insgeheim, welchen Anteil wohl das Essen und die Fröhlichkeit von Schwester Ursula daran hatten. Bisher hatte sie die meiste Zeit durch das Fieber geschwächt, erschöpft in ihrem Bett gelegen, das Rumoren im Krankenhaus hatte sie als unbestimmtes Hintergrundgeräusch nicht bewusst wahrgenommen, und sie hatte auf die Unterbrechungen durch Blutabnahme, Fieber messen, Austausch der Infusionen und Essen müde und weitgehend teilnahmslos reagiert.

Jetzt wollte sie sich aufsetzen. Sie fühlte sich wach und ihr wurde es langweilig. Sie wollte Kontakt zu ihrer Familie aufnehmen, sie vermisste Josefine und Anna, Daniel und Frank.
„Darf ich mein Handy und meine Halskette haben?“, bat sie eine der Schwestern. „Ich würde so gerne mit meiner Familie telefonieren.“
Diese sah sie unsicher an und meinte: „Ich muss zuerst die Ärztin fragen. Ihre Sachen sind in einem verschweißten Plastiksack. Wir wissen ja noch nicht, ob das Virus sich auf Oberflächen hält. Ich kümmere mich darum, versprochen.“
Am Abend dachte Simone an ihr Telefon und an ihr Rochusmedaillon. Sie hatte das sichere Gefühl, ihr Anhänger könne ihr helfen, könne ihren Mut und ihre Zuversicht zurückbringen, könne sie stark und wieder gesund machen. Ihr Leben lang hatte sie auf Rochus vertraut, nun, da sie ihn besonders brauchte, war ihr Medaillon in einem Plastiksack eingeschweißt. Mit dem sehnsüchtigen Gedanken an ihren Anhänger schlief Simone ein.
Am nächsten Morgen kam eine andere Schwester und brachte Simone das Handy und die Kette mit dem Rochusanhänger.
„Das war eine ganz schöne Aktion“, berichtete sie schmunzelnd hinter ihrer Schutzmaske. Ihre Augen blickten schelmisch. „Wo wir überall anrufen mussten, bis wir den Plastiksack aufmachen durften, das glauben Sie gar nicht! Keiner weiß, was Sache ist.“
Endlich bekam Simone ihren Rochus zurück und legte sich sofort das Kettchen mit dem kleinen Medaillon um den Hals. Jetzt fühlte sie sich komplett und vollständig. Lange hielt sie das kühle, sich in ihrer Hand langsam erwärmende Metall fest und betete lautlos um Gesundheit und Genesung. Die stille gedankliche Zwiesprache mit ihrem Schutzpatron gab ihr Kraft. Alles würde gut werden. Sie würde wieder gesund werden. Ihre Lieben würden gesund bleiben. Bald würde sie nach Hause dürfen und ihre Familie in die Arme schließen können. Der Schutzheilige hatte die Pest besiegt, er würde auch sie stark genug machen, um dieses verdammte Virus zu besiegen. Es ging ihr ja

heute schon besser. Simone drückte das Medaillon fest in der Hand.

All das erzählte sie auch Anna und Josefine, mit denen sie endlich, nach so vielen Tagen wieder telefonierte, bis der Akku des Handys leer war. Die Freude war unbeschreiblich. Sie lachten und weinten abwechselnd, erzählten wirr durcheinander und waren froh und erleichtert, wieder miteinander sprechen zu können. Anna und Josefine rissen sich gegenseitig ständig das Telefon aus der Hand, so dass Simone oft gar nicht wusste, was sie wem erzählt hatte und was sie wen gefragt hatte. Josefine war völlig aus dem Häuschen und jubelte vor Aufregung, manchmal bekam sie kaum einen Ton heraus. Anna richtete Simone die Grüße ihrer Freundinnen aus, die sich sorgten und fast täglich anriefen, um sich zu erkundigen, wie es Simone ging. Das rührte Simone sehr. Nach dem Telefonat sank sie erschöpft aber glücklich in ihr Kissen. Sie wusste: Langsam aber sicher kam sie ins Leben zurück.

Zur Blutabnahme kam Schwester Ursula mit ihrer geballten Energie ins Zimmer gerauscht. Simone freute sich. Es war unglaublich! Sie freute sich tatsächlich auf die Blutabnahme. Es müssen nur die richtigen Leute kommen, dachte sie.

„So, ein kleiner Pieks und dann haben wir es schon. Fertig für heute!“, dröhnte die Schwester und legte die Blutprobe in eine Schale.

Sie beugte sich vor und beäugte durch ihre Schutzbrille neugierig Simones Anhänger.

„Was haben wir denn da?“, fragte sie in ihrer unnachahmlichen Art. „Das ist doch unser Heiliger Rochus. Mädchen, so ist es richtig. Bete mal zu dem Rochus, dann wird das ganz schnell was mit dem Gesundwerden.“ Sie tätschelte freundlich Simones Schulter, zwinkerte ihr zu und verschwand.

Simone lehnte sich zurück und beschloss, nach ihrer Entlassung ein Geschenk für dieses Original zu besorgen. Wein, Blumen, ihr würde schon etwas einfallen. Diese Frau hatte ihr so sehr geholfen, einfach, weil sie war, wie sie war. Ich denke über die Zeit nach meiner Entlassung nach, dachte Simone plötzlich und lächelte zufrieden.

In der Nacht wachte Simone auf. Sie fühlte sich unruhig und verstört, wusste zunächst nicht, wo sie war. Irgend etwas war anders als vorher. Mit Schrecken registrierte sie plötzlich: Es knackte in ihren Ohren. Es fühlte sich an wie im Flugzeug, bei Start oder Landung. Es schien, als laste ein enormer Druck auf den Trommelfellen. Es schmerzte und sie hörte wie durch Watte. Alarmiert und kerzengerade setzte sie sich im Bett auf und klingelte voller Panik nach der Nachtwache. Was war das nun? Eine Verschlimmerung? Ein Rückfall? Am Abend war es ihr besser gegangen, sie war so voller Hoffnung gewesen, und nun das!

„Ich höre nicht mehr richtig", sagte sie mit Verzweiflung in der Stimme, als die Schwester den Raum betrat und das Licht anknipste. Simones Hände zitterten, so sehr hatte die Angst sie gepackt. Sie atmete hektisch, hatte vor Aufregung rote Flecken im Gesicht. War das der Beginn des „schweren Verlaufs"?

„Keine Panik. Ich bringe Ihnen einen Tee, damit Sie sich ein bisschen beruhigen. Wenn es nicht besser wird, rufe ich die Frau Doktor. Wir schauen mal", redete die Schwester beruhigend auf sie ein.

Während die Schwester den Tee holte, begann Simone panisch und unkontrolliert an ihrem Nachthemd herumzuzerren. Sie hatte schreckliche Angst. Was würde dieses verdammte Virus noch mit ihrem Körper anstellen? Welche Teile würde es noch befallen? Würde es sie regelrecht auffressen, in kleinen Schritten nach und nach zerstören? Würde sie doch noch daran sterben?

Seit sie in der Klinik war, schmeckte sie nichts, sie roch nichts – und nun hörte sie kaum noch etwas! Dass ihr Geruchssinn und ihr Geschmackssinn ausgeschaltet waren, war angesichts des

Fiebers, der Lungenentzündung, der Atemnot und des Hustens zweitrangig gewesen. Doch nun, wo plötzlich ein weiterer Sinn betroffen war, stieg Simones Panik wieder ins Unermessliche. Sie fühlte sich angreifbar, fast schon zerstört. Ihr Körper hatte dem Virus nichts, aber auch gar nichts entgegenzusetzen, die Medizin ebenfalls nicht. Eben noch hatte sie sich besser gefühlt, war optimistisch gewesen und hatte fest daran geglaubt, dass sie das Virus besiegen könnte, und nun das! Ein Teil nach dem anderen würde befallen werden, würde krank werden, den Dienst verweigern und sie würde sterben. Ihre Liebsten würde sie niemals wiedersehen!
Bis die Schwester mit dem Tee zurückkam, hatte Simone sich restlos in Hysterie hineingesteigert. Sie lag mit aufgerissenen Augen auf dem Rücken, rang nach Luft, ihr Körper fühlte sich starr an, die Muskeln schlaff und steif zugleich. Ihr Herz raste und sie nahm kaum noch etwas in ihrer Umgebung wahr. Erschrocken stellte die Schwester die Teetasse ab und rief die Ärztin.
Simone registrierte wie durch eine Nebelwand, dass eine weitere Person in Schutzkleidung das Zimmer betrat, hörte leise, dumpfe Stimmen und spürte bald eine stechenden, brennenden Schmerz im Oberarm. Das Deckenlicht begann sich zu drehen, Simone wurde schwindlig, das Licht flackerte, drehte sich schneller und schneller – dann wurde es schwarz.

Am nächsten Morgen dröhnte wieder das wohl bekannte „Guten Morgen“ als Aufweckruf. Simone atmete auf. Schwester Ursula. Ihre Rettung nach dieser Nacht! Wie ein Fels hatte sich Schwester Ursula am Fußende von Simones Bett aufgebaut.
Sie stemmte die Hände in die Hüften und sagte kopfschüttelnd: „Hast heute Nacht Unruhe gemacht, hab ich gehört? Wegen ein bisschen Hören. Hör zu, Mädchen, ich rede so laut, mich kannst du immer hören.“ Dann schüttelte sie die Bettdecke auf und warf Simone einen aufmunternden Blick zu.

„Ich sag dir was. Du siehst schon so viel besser aus. Du kannst bald hier raus. Und die Ohren, die werden auch wieder. Nur nicht den Mut verlieren und immer schön zum Heiligen Rochus beten."
Simone konnte schon wieder grinsen, nachdem die Schwester gegangen war. Was würde sie bloß ohne diese Frau machen, dachte sie, schon wieder besser gelaunt und optimistischer.

Mehrmals wurde in den nächsten beiden Wochen Simones Lunge geröntgt, ihr Blut wurde untersucht und nach dem dritten Test zeigte sich, dass kaum noch Reste des Virus in ihrem Körper nachzuweisen waren. Der Arzt meinte, Gehör, Geschmack und Geruch, ihre Sinne, würden nach und nach in den Normalzustand zurückfinden.
„Sie können bald entlassen werden. Bitte verhalten Sie sich trotzdem so wie alle anderen. Niemand weiß, ob Sie tatsächlich immun sind. Es ist auch nicht sicher, ob man beim zweiten Mal nicht viel stärker erkrankt, so wie beim Denguefieber", erklärte er ihr. Simone war frustriert. Nicht einmal nach überstandener Krankheit war sie sicher.
Ein letztes Mal wurde ihre Lunge geröntgt, bevor sie entlassen werden sollte. Simone zog in dem kleinen Umkleidezimmer das Nachthemd aus und blickte an sich herunter. Sie hatte stark abgenommen und sah mager aus. Ihre Hüftknochen stachen hervor, ihre Knie sahen knubbelig aus und die Arme wirkten knochig. Seufzend nahm sie ihre Kette ab und legte sie auf die Bank neben ihr Nachthemd. Schmuck war beim Röntgen nicht erlaubt.
Als sie nach dem Röntgen in den Umkleideraum zurück kam, blieb sie wie angewurzelt stehen und starrte auf die Bank. Ein frisches Nachthemd lag ordentlich gefaltet dort, aber die Kette samt Anhänger war verschwunden. Simone schluckte und sah sich hektisch in dem kleinen, leeren Kämmerchen um. Keine Kette, kein Anhänger. Nur mit Slip bekleidet kniete sie sich auf

den Boden des winzigen Umkleideraums und spähte in jede Ecke unter die Bank. Keine Kette, kein Anhänger. Verzweiflung breitete sich in ihr aus. Das war zu viel! Alles war zu viel! Sie schaffte das nicht! Sie sackte wie ein Häufchen Elend auf dem Boden zusammen, umklammerte ihren Oberkörper, schaukelte vor und zurück und weinte laut. So fand sie die Krankenschwester, die draußen auf sie gewartet hatte.

Es dauerte einige Minuten, bis Simone sich soweit beruhigt hatte, um stockend, hustend und schluchzend Auskunft zu geben. Die Schwester telefonierte und sämtliches Personal schwärmte sofort aus, um nach dem Verbleib der Kette zu forschen, während Simone sich im Bett zusammenrollte und die Decke über den Kopf zog. Sie wollte die furchtbare Welt nur noch aussperren.

Fast eine halbe Stunde lag sie zusammengekauert wie ein Embryo im Bett, hustete, schluchzte und starrte blicklos an die Wand, als eine Schwester mit strahlenden Augen über der Maske in ihr Zimmer kam. Sie hatte die Hand triumphierend erhoben, an ihrem Zeigefinger baumelte die Kette samt Anhänger.

Simone setze sich auf, schniefte laut, wischte ein paar Tränen weg und stammelte ungläubig: „Da ist er ja wieder.“ Überglücklich nahm sie das Schmuckstück entgegen und zog es sofort an.

„Perfekt desinfiziert“, erklärte die Schwester gut gelaunt mit einem Augenzwinkern. „Richtig sauber. Klinisch rein.“

Glücklicherweise hatte sie das Schmuckstück in einem Putzeimer gefunden. Die Reinigungskraft hatte nach Vorschrift gehandelt und den kleinen Ankleideraum sofort desinfiziert und das Nachthemd ausgetauscht, nachdem Simone ihr Krankenhaushemd dort abgelegt hatte. Dabei hatte sie versehentlich die Kette mit dem Schmuckstück in den Eimer mit Desinfektionsmittel gewischt. Simone mochte gar nicht darüber nachdenken,

wo ihr Schatz gelandet wäre, wenn man den Eimer ausgeleert hätte.
Nachdem sie sich von dem Schrecken erholt hatte, rief sie ihre Familie an. Lange sprach sie mit Anna, unterhielt sich kurz mit Daniel und dann mit Josefine. Josefine erzählte von Sam und dass er im Garten die ersten Erdbeeren entdeckt und gefressen hatte. Simone erzählte von der Suche nach ihrem Anhänger und von ihrer Freude, als er wieder aufgetaucht war.
„Der Anhänger ist dir ja wirklich wichtig", meine Josefine.
„Ja, ich hatte die Hoffnung, ihn zurückzubekommen, schon fast aufgegeben. Als man mir ihn vor ein paar Tagen aus dem Plastiksack geholt hat, hatte ich das Gefühl, dass ich jetzt wieder gesund werde. Ich habe fest geglaubt, dass der heilige Rochus mir dabei hilft, oder dass mein Glaube daran mich stark macht. Ich weiß nicht, klingt albern, ist aber so. Du glaubst gar nicht, wie froh ich bin, ihn wiederzuhaben. Ich weiß gar nicht, was ich ohne ihn machen würde", sagte Simone nachdenklich.
„Oma, ich weiß das doch. Ich freu´ mich so für dich. Ich vermisse dich so. Sam vermisst dich auch. Ich bin so froh, wenn du wieder heim darfst", sagte Josefine und strich über den struppigen Kopf des Dackels, der neben ihr auf dem Sofa lag.
„Ich vermisse dich auch, mein Schatz. Josi, ich komme bestimmt bald wieder heim. Dann haben wir uns wieder", versprach Simone ihrer Enkelin.
Nachdem sie aufgelegt hatten, blieb Josefine auf dem Sofa sitzen und schaute nachdenklich in den Garten. Dann stand sie auf, ging in ihr Zimmer und begann in Schubladen und den vielen bunten Pappboxen zu wühlen, in denen sie ihren Kleinkram unsortiert aufbewahrte. Wo steckte sie nur? Wo hatte sie sie zum letzten Mal gesehen? Wohin hatte sie sie geräumt?
Josefine fand viele Schätze, die sie längst vergessen hatte. „Ach, hier ist das! Das gibt's ja auch noch! Oh, das habe ich ja schon lange gesucht!" Diese Gedanken schwirrten ihr durch den Kopf, während sie in allen Ecken suchte. Und dann wurde sie

fündig! In einer kleinen Schatulle lag sie zwischen bunten Haarspangen und reflektierte das Licht, als Josefine den Deckel aufklappte: ihre Kette mit dem Anhänger. Das Gegenstück zu Omas Schmuck, der ihr so wichtig war. Das Geschenk, das sie beide verband. Das Pilgerzeichen des Heiligen Rochus, das ihrer Oma Mut machte.

Josefine betrachtete lange das Medaillon, auf dem ein Mann mit einem Hund abgebildet war. An einigen Stellen war das Silber angelaufen und schimmerte dunkel, fast schwarz.

Josefine ging ins Bad, drückte einen Klecks Zahnpasta auf den Anhänger und rieb ihn kräftig zwischen den Fingern. Dann nahm sie ihre Nagelbürste und schrubbte, bis das Silber hell glänzte. Sie ging zum Fenster und betrachtete konzentriert die Schatten und Spiegelungen, die das Sonnenlicht auf das Bild zauberte. Je länger sie schaute, desto magischer und geheimnisvoller erschien ihr das Medaillon. Tastend fuhr sie mit dem Finger über das Bild, das in die Oberfläche des Silberstückes geprägt war. Josefine hielt das Schmuckstück vorsichtig an ihre Lippen und fühlte seine Kühle und Glätte, spürte die Wölbungen der Prägung. Es fühlte sich gut an.

„Oma werde gesund, bitte!“, flüsterte sie und zog die Kette an.

Beim Abendessen sah Anna sofort, dass Josefine das Pilgerzeichen trug. Sie drückte Josefine an sich und sagte: „Es ist total lieb von dir, dass du Omas Kette anhast. Das sieht auch so schön aus! Du kannst es ihr morgen am Telefon erzählen. Ich bin sicher, sie wird sich sehr darüber freuen, es wird ihr bestimmt helfen, ganz bald wieder gesund zu werden.“ Zum ersten Mal seit Tagen lächelte Josefine wieder.

„Du glaubst doch nicht an diesen Hokuspokus“, warf Daniel mit scharfem Spott in der Stimme ein. „Heilige, die Leute gesund machen sollen. Vodoozauber, Spinnerei, weiter nichts.“

Josefine stieg das Wasser in die Augen, sie schob ihren Teller zurück.

„Och, Salzwasseralarm. Jetzt heult das Küken gleich los“, stänkerte Daniel weiter. Bevor Josefine Luft holen konnte, griff Frank ein.
„Raus! Verschwinde! Das braucht hier keiner. Ich will in Ruhe essen“, stellte er mit autoritärer Stimme klar und sah seinem pubertierenden Sohn streng in die Augen.
Daniels Gesichtsausdruck verfinsterte sich schlagartig, er stand so plötzlich auf, dass sein Stuhl auf den Dielenboden krachte.
„Lasst mich doch alle in Ruhe“, knurrte Daniel und knallte heftig die Tür zu.
Kurz darauf schallte laute Musik aus seinem Zimmer.
„Pubertät“, sagte Frank ungerührt und aß weiter. Anna seufzte und schüttelte den Kopf.
Josefine wischte sich die Tränen weg und fragte leise zaghaft: „Ist das wirklich Spinnerei?“
Sie sah Anna an. Daniel war wirklich gemein gewesen. Es ging um ihre Oma und er ließ solche Sprüche los! Anna stützte den Ellbogen auf den Tisch, stützte das Kinn in die Hand und sah Josefine lange und nachdenklich an.
„Schatz, weißt du, Glaube kann Berge versetzen, sagt man. Das heißt, wenn man an etwas glaubt, gibt das ungeahnte Kraft. Plötzlich geschehen Dinge, die man eigentlich für unmöglich hielt. Das ist das Entscheidende. Wenn man fest an etwas glaubt, dann passiert es oft. Allein der Glaube bewirkt so manches Wunder. Wenn Oma meint, Rochus oder Gebete zu Rochus helfen ihr beim Gesundwerden, dann wird ihr das helfen. Das gibt ihr Hoffnung und das ist gut. Es macht ihr Mut, es macht sie stark und sie fühlt sich sicher und nicht alleine gelassen. Verstehst du?“
Anna lehnte sich lächelnd zurück.
„Wenn du den Anhänger trägst, tut ihr das doppelt gut, da bin ich mir ganz sicher.“ Anna und Josefine lächelten sich an.

Es gab einen pausenlosen Austausch mit überforderten und ratlosen Mitarbeitern des Gesundheitsamtes. Simone telefonierte, die Ärzte telefonierten. Wann durfte sie entlassen werden? Wann war sie virenfrei? Wann war sie nicht mehr ansteckend? Für wie lange musste sie noch in Quarantäne bleiben? Fragen über Fragen, immer neue Unwägbarkeiten taten sich auf, neue Verordnungen wurden studiert und gedeutet, neue Erkenntnisse erforderten andere Entscheidungen. Simone war genervt und gestresst. Wie ein Spielball kam sie sich vor in den Mühlen der Ämter, hin und her geschubst zwischen Verordnungen, Paragraphen und neuen Verordnungen. Keiner blickte wirklich durch. Sie dachte oft darüber nach, wie ausgeliefert jemand sein mochte, dem es wesentlich schlechter ging als ihr, der nicht die Kraft hatte, für sich selbst einzustehen, Entscheidungen zu hinterfragen und Telefonate zu führen.
Dieses verdammte Virus hatte alles auf den Kopf gestellt! Es hatte schlagartig die ganze Welt in eine nie gekannte Ratlosigkeit und Unsicherheit versetzt!
Der nächste Test bescheinigte Simone, dass sie virenfrei sei. Sie war wieder gesund, aber noch geschwächt. Anna war glücklich, als sie am Telefon erfuhr, dass Simone nach Hause kommen würde. Dort musste sie noch zwei Wochen in Quarantäne bleiben, aber das Schlimmste war überstanden!
Simone zog die mittlerweile gereinigten Kleider an, in denen sie vor vier Wochen eingeliefert worden war. Sie drehte sich vor dem Spiegel und betrachtete sich kritisch. „Oje, ich sehe aus wie ein Gespenst. Bald kann ich in der Kinderabteilung einkaufen“, sagte sie zu ihrem Spiegelbild. Sie war nicht besonders groß und immer schlank gewesen. Nun war sie mager und die Kleidung schlotterte um ihren Körper. Immerhin passen die Schuhe noch, dachte sie und versuchte, ihre viel zu langen Haare in so etwas wie eine formlose Frisur zu kämmen. Simone klopfte sich auf die Wangen, um etwas Farbe in ihr blasses

Gesicht zu bekommen. Ihre wenigen Habseligkeiten packte sie in die kleine Reisetasche, die Anna ihr hatte zukommen lassen. Sie ging zum Schwesternzimmer, klopfte an die Scheibe und sagte: „Ich bin fertig. Wie komme ich jetzt heim?"
„Moment, ich frage die Frau Doktor. Ich weiß es nicht", kam es hinter dem Mundschutz hervor.
Simone wartete. Mit ratlosem Gesicht kam die Ärztin zu ihr. „Wir haben ein Problem", begann sie.
„Wir können Sie wegen der Quarantäneauflagen nicht von ihrer Familie abholen lassen. Aus dem gleichen Grund geht das auch nicht mit einem Taxi."
Die Ärztin dachte kurz nach. „Die Krankenwagen müssten erlaubt sein. Die sind aber leider beide im Einsatz." Die Ärztin telefonierte mit dem Gesundheitsamt. Es war schon fast eine Standleitung. Das sei Sache des Krankenhauses, entschied die Dame im Gesundheitsamt. Das sei ein neuer Sachverhalt, den man nicht ohne das Gesundheitsamt entscheiden könne, entschied die Ärztin.
Die Sache geriet ins Stocken. Simone bekam einen Stuhl vor dem Schwesternzimmer und ein Mittagessen. Sie seufzte und aß Kartoffeln, Blumenkohl und ein paniertes Schnitzel. Sie löffelte ihren Nachtisch, einen Erdbeerjoghurt, dann trank sie ein Glas Wasser. Bin ich froh, wenn ich wieder selbst gekochtes Essen bekomme, dachte sie. Sie wartete. Sie trank eine Tasse Kaffee und später noch eine. Die Ärztin telefonierte. Simone lauschte den Gesprächen, lehnte sich an die Wand und döste ein bisschen. Als sie wieder zu sich kam, telefonierte die Ärztin immer noch. Zeit für einen weiteren Kaffee, dachte Simone und goss sich das schwarze, heiße Gebräu in ihre Tasse.
Die freundliche, tüchtige Schwester brachte Simone ein paar Kekse. Die Ärztin telefonierte noch immer, ihre Stimme klang verärgert, entnervt und leicht schrill. Dann knallte sie das Telefon auf den Tisch im Schwesternzimmer und kam in den Flur.

„Ich gehe mal meinen Kollegen fragen, ob ihm etwas einfällt“, beschied sie und verschwand mit wehendem Kittel.
Simone wartete. „Ich glaube das alles nicht!“, sagte sie ungehalten zu sich selbst. Nach einer Stunde kramte sie ihr Handy aus der Tasche und wählte die Nummer der Dame vom Gesundheitsamt, mit der sie in den letzten Wochen unzählige Gespräche geführt hatte. Die Nummer kannte sie auswendig. In knappen Worten schilderte sie ihr Dilemma.
„Jaaaa. Ich weiß ja auch nicht. Wir sind da, glaube ich, gar nicht zuständig. Wie weit wohnen Sie denn vom Krankenhaus weg?“, fragte die Dame.
„Drei Kilometer“, sagte Simone überrumpelt.
„Ach, das ist ja gar nicht weit. Können Sie vielleicht zu Fuß heimgehen?“
Simone traute ihren angeschlagenen Ohren nicht! Zu Fuß!
„Erstens ist es kalt und ich habe nur die Kleider, mit denen man mich hier eingeliefert hat. Und zweitens: Ich hatte Corona und muss in Quarantäne bleiben. Ich habe gerade eine schwere Lungenentzündung überstanden“, sagte Simone fassungslos und unterbrach das Gespräch, ohne auf die Antwort zu warten.
„Sind die eigentlich bescheuert?“, rief sie wütend über den Krankenhausflur. „Zu Fuß heimgehen! Die spinnen doch komplett.“ Zwei Krankenschwestern drehten sich irritiert zu ihr um.
„Alles muss man selber machen! Das kann echt nicht wahr sein!“, schimpfte sie weiter vor sich hin. Kurz entschlossen rief sie Anna an und erzählte ihre Geschichte erneut.
„Wo die Autoschlüssel sind, weißt du ja. Stell mir einfach meinen Wagen unten am Rhein auf den Parkplatz, leg die Schlüssel hinter das linke Vorderrad und meine Hausschlüssel auf den Beifahrersitz. Ich fahre selbst heim“, entschied sie.
Durchs Fenster beobachtete sie, wie Anna einige Zeit später angefahren kam und das Auto wie verabredet unterhalb des Kreisels auf den Parkplatz stellte. Frank war mit seinem Wagen direkt hinter ihr, um seine Frau wieder mit heimzunehmen.

Die Ärztin lugte über Simones Schulter und sagte kategorisch: „Das dürfen wir nicht. So können wir sie nicht gehen lassen. Sie dürfen da nicht alleine runter laufen. Sie muss auf dem Parkplatz der Ambulanz parken, sonst ist das nicht erlaubt."
Simone schnappte ihr Handy, erreichte Anna, ehe sie mit Frank davonfahren konnte, und Anna brachte das Auto auf den Parkplatz der Ambulanz. Danach erklärte sie der Ärztin verärgert, dass die Dame vom Gesundheitsamt ihr vorgeschlagen hatte, zu Fuß nach Hause zu gehen. Beide sahen sich ratlos an.
Simone stieg langsam die Treppe hinunter und merkte, wie geschwächt sie noch war. Egal. Nichts wie heim! Ihr Auto stand auf dem Parkplatz der Ambulanz. Anna war mit Frank bereits weg gefahren.
„Verdammter Mist!", fluchte Simone.
Zwei Rettungswagen blockierten die Einfahrt des Parkplatzes und luden Tragen mit Patienten aus. Simone seufzte, schob sich an den Rettungswagen vorbei und griff nach ihrem Autoschlüssel, der hinter dem Vorderrad deponiert war. Dann zwängte sie sich erneut an den Rettungswagen vorbei, stieg in Zeitlupe leicht schwankend die Treppe hinauf und setzte sich erschöpft vor dem Schwesternzimmer auf den Stuhl.
„Sagen Sie mir Bescheid, wenn die Einfahrt frei ist und ich endlich fahren kann."

„Oma ist daheim!", schrie Josefine begeistert und rannte die Treppe zu den Arbeitszimmern der Eltern hoch. Sie schwenkte ihr Handy wie eine Trophäe. Dann rannte sie völlig kopflos wieder ins Erdgeschoss, packte den überrumpelten Sam und tanzte mit ihm durchs Wohnzimmer.
„Dein Frauchen ist wieder da! Oma ist wieder da!", sang sie glücklich. Ihr blonder Zopf wippte. Sam sah sie unglücklich an und versuchte, ihr übers Kinn zu schlecken.
„Der Arme, gleich wird ihm schlecht", sagte Anna, als sie ins Wohnzimmer kam.

Josefine hielt in ihrem Freudentanz inne und stellte den alten Hund vorsichtig auf die Holzdielen, er tappte sofort zu seinem Kissen, rollte sich zusammen und schlief ungerührt leise schnarchend weiter.
„Bin ich froh“, sagte Anna und drückte ihre Tochter. „Jetzt wird alles wieder gut.“
„Wann darf ich sie besuchen?“, fragte Josefine ungeduldig.
„Oje, erst mal gar nicht! Sie muss mindestens zwei Wochen in Quarantäne bleiben“, erklärte Anna.
Josefines Schultern sackten nach unten. Enttäuscht schob sie die Unterlippe vor.
„Jetzt zieh´ keinen Flunsch, sei froh, dass sie gesund ist. Die zwei Wochen gehen auch noch vorbei. Ihr könnt meinetwegen den ganzen Tag skypen“, tröstete Anna.

Den ganzen Tag skypen konnte Simone nicht, selbst wenn sie gewollt hätte. Sie brauchte Ruhe, sie war noch geschwächt und musste langsam in den Alltag zurückfinden. Wie eine alte Frau bewegte sie sich in ihrem Haus, kurzatmig und langsam.
Anna hatte bei ihrer Mutter einen gründlichen Hausputz gemacht, die Wäsche erledigt, das Bett frisch bezogen und den Kühlschrank gefüllt. Auch das Grab ihres Vaters hatte sie gepflegt. Simone war ihr dankbar dafür.
Es fiel ihr schon schwer, nur ihr Frühstück zuzubereiten, danach musste sie sich setzen und sich ausruhen. In ihrem großen, seit Jahrzehnten eingewachsenen Garten konnte sie nur etwa eine Viertelstunde leicht arbeiten, dann verließ sie die Kraft. Der Garten sah ziemlich verwildert aus, fünf Wochen bei diesem warmen Wetter hatten ausgereicht, um das Unkraut, die Bäume und den Rasen außer Kontrolle geraten zu lassen. Simone ging langsam den schmalen gepflasterten Pfad zwischen den Beeten, und Büschen entlang, setzte sich auf die schmiedeeiserne Bank unter dem großen Nussbaum und sah sich mit gerunzelter Stirn um. „Oje. Wie eine grüne Hölle sieht das hier aus“, sagte sie zu

sich selbst. Ich werde einen Gärtner beauftragen müssen. Mit dem Zeigefinger fuhr sie über den Rand des völlig veralgten großen Wasserbeckens über dem ein seit Wochen nicht speiender Wasserspeier auf seinen Einsatz wartete. Das gespitzte Maul trocken, starrte der Drache sie mit seinen steinernen Augen unverwandt an. Achtlos wischte Simone ihren mit Algen verschmierten Finger an einem Blatt ab und ging zurück zum Haus. Auf der völlig zugewucherten Terrasse schob sie die Ranken eines blau blühenden Schlinggewächses zur Seite. „Na, du hast ja auch ganze Arbeit geleistet. Du wirst demnächst wieder frisiert“, sagte sie zu der Pflanze.
„Oh, ich fühle mich so alleine! Ich spreche sogar schon mit meinen Blumen!“, rief sie dann mit einem lachenden und einem weinenden Auge in ihren stillen Garten hinaus. Wahrscheinlich hörte sie niemand, ihr Grundstück lag zwischen dem Feldrand und einem zurzeit geschlossenen Spielplatz. Die nächsten Nachbarn wohnten hinter dem Garten.
Ihre Tage in der Quarantäne liefen gleichförmig und vorhersehbar ab. Pünktlich um 12 Uhr wurde ihr Mittagessen geliefert. Das war eindeutig der heiß ersehnte Höhepunkt eines jeden Tages. Schon kurz vor 12 postierte Simone sich am Flurfenster im ersten Stock und hielt erwartungsvoll nach Annas knallrotem Kleinwagen Ausschau. Sie kam sich ein bisschen vor wie ein kleines Kind, das auf den Weihnachtsmann wartet. Wenn das rote Auto um die Ecke bog, begann ihr Herz zu hüpfen, so sehr freute sie sich.
Dann nämlich stiegen Anna und Josefine aus, hoben Sam aus seiner Box und kamen in den Vorgarten. Sie stellten ihr eine Isolierbox mit fertig zubereitetem Mittagessen vor die Haustür und hielten ein Schwätzchen mit ihr, sicherheitshalber getrennt durch ein ganzes Stockwerk.
„Hallo Oma! Ich habe beim Kochen geholfen. Es gibt Spaghetti mit gebratenen Pilzen. Ich habe die Pilze ganz alleine geschnippelt. Der Salat ist aus unserem Garten, ich habe ihn ganz alleine

gepflückt. Die Erdbeeren auch!", rief Josefine stolz, stellte die Warmhaltebox auf die Fußmatte und winkte. Dann zog sie Sam an der Leine mit sich, der sich auffallend für die Isolierbox interessierte.

Anna breitete eine Picknickdecke auf dem kleinen Rasenstück unter dem üppig blühenden Fliederbusch im Vorgarten aus und alle drei ließen sich auf der Decke nieder. Sam streckte sich aus und ließ sich von Josefine den Bauch kraulen. Ab und zu hob er den Kopf, sah zu Simone hoch und wedelte träge mit dem Schwanz. Er kannte sein Frauchen also noch, war aber bei Josefine absolut zufrieden, dachte Simone erleichtert.

Etwa eine halbe Stunde unterhielten sich die drei lautstark quer über den Vorgarten, dann stand Anna auf, faltete die Decke zusammen und packte Sam wieder in seine Transportbox, nachdem er sein Beinchen an der Gartenpforte gehoben hatte.

„Mein Revier. Mein Garten", stellte er auf diese Weise täglich klar.

Josefine stand vor dem niedrigen Gartentürchen und warf Simone Luftküsse und Kusshände zu, bis Anna den Motor angelassen hatte. „Tschüss Oma! Ich hab dich lieb! Bis nachher, wir skypen!", rief Josefine aus dem Autofenster. Simone winkte dem Auto nach, bis es um die Ecke bog.

Dann schloss sie das Fenster und stieg langsam die Treppe hinunter, um ihr Mittagessen zu holen. Es war nur noch lauwarm, nachdem sie ausgiebig geplaudert hatten, aber das störte Simone nicht. Sie hätte es auch kalt gegessen, so wertvoll war ihr die Zeit mit Anna und Josefine.

Wie lange war sie nun schon alleine? Wie lange war sie isoliert? Wie lange hatte sie außer ihrer Familie auf Abstand und dem Krankenhauspersonal mit Schutzkleidung keinen Menschen mehr gesehen? Simone zählte in Gedanken die Tage, die sie noch bewältigen musste. Das würde sie schaffen, beschloss sie. Bloß nicht unterkriegen lassen! Nicht von diesem blöden Virus!

Simone verbrachte den Rest des Nachmittags mit Lesen, Musik hören in ihrem Wohnzimmer und anderen kleinen Tätigkeiten. Nach dem Kaffeetrinken skypte sie ausgiebig mit Josefine, mit Karin und ihren anderen Freundinnen. Am Abend aß sie ohne großen Appetit ein Käsebrot und etwas Rohkost, bevor sie sich gelangweilt durch die Fernsehprogramme zappte. Sie fand keinen Film, den sie bis zum Ende ansehen wollte. Mit sich und der Welt unzufrieden saß sie einfach nur auf dem Balkon und hing trüben Gedanken nach. Heute ist kein guter Tag, dachte sie. „Ich habe es aber doch gut, auch wenn die Zeit schwer gewesen ist. Die paar Tage werde ich nun auch noch überstehen. Es wird nicht gejammert! Kopf hoch!“, versuchte sie sich selbst Mut zuzusprechen.

Als es dunkel wurde und etwas abkühlte, ging Simone ins Wohnzimmer und schloss die Balkontür. „Ein Schnupfen würde mir jetzt gerade noch fehlen“, murmelte sie.
Sie schaltete den Computer in ihrem Arbeitszimmer ein und wählte Karin an. Schon bald erschien Karins Gesicht auf dem Bildschirm.
„Hallo, zum Glück bist du da! Wie geht's?“, fragte sie ihre Freundin.
„Mir geht es gut. Warum sagst du zum Glück bist du da? Was ist los?“, wollte Karin wissen.
„Ach, ich fühle mich so alleine. Diese Quarantäne geht mir mächtig auf die Nerven! Ich habe einen richtigen Durchhänger. Mir fehlt es so, dass ich nicht raus kann. Ich kann nicht zur Arbeit, nicht zum Sport, ich muss nur alleine zu Hause bleiben. Mir fehlt meine Familie. Du fehlst mir auch. Ich will mal wieder jemanden umarmen können!“
„Sind wir heute im Jammermodus?“, meinte Karin spöttisch. Dann aber liebevoll und aufmunternd: „Lass dich nicht hängen. Das ist bald vorbei. Du bist wieder gesund, das ist das Wichtigste. Die paar Tage, die überstehst du auch noch. Du hast doch

schon ganz andere Durststrecken bewältigt. Dagegen ist die Quarantäne eine Kleinigkeit."
„Du hast ja Recht", gab Simone zu, schon etwas besser gelaunt. Karin schaute kurz vom Bildschirm weg, dann grinste sie schelmisch, hob die Hand und hielt ein kleines Glas Rotwein vor die Kamera. „Wein löst keine Probleme. Wasser aber auch nicht." Beide Frauen mussten lachen.
„Hast du noch eine Flasche von dem Wein, den wir aus dem Elsaß mitgebracht haben? Wenn nicht, stelle ich dir in zehn Minuten eine vor die Haustür", kündigte Karin gut gelaunt an. „Nimm dir ein Fotoalbum, trink ein Gläschen und schwelge in Erinnerungen. Dann geht es dir bestimmt bald besser."
„Mach ich", antwortete Simone. „Gute Nacht, meine Liebe. Wenn ich dich nicht hätte!"
Die nächste Stunde reiste sie in Gedanken und mit dem Fotoalbum vor Augen noch einmal quer durch Frankreich, bis Montpellier. Sie sah die Strände und das Meer, die Kathedralen und Altstädte vor sich, erinnerte sich an den Geruch sonnenwarmer Kräuter, salziger Meerluft und duftiger Blumenwiesen, an das Geräusch der Wellen und den Klang der Glocken und an die herrlichen Mahlzeiten, die sie mit Karin zusammen in feinen Restaurants und kleinen Landgasthäusern mit rustikalen Höfen und Gerichten und Weinen aus der Region genossen hatte. Es war eine wunderbare Reise gewesen.
Ob sie diese Reise wiederholen sollte, die Reise in die Gegend, in der „ihr" Rochus gelebt hatte? Vielleicht hatte Josefine Lust, mit ihr zusammen zu fahren und all diese Orte kennenzulernen? Der Heilige Rochus hatte ihr geholfen, gesund zu werden. Da war sich Simone absolut sicher. Vielleicht war es nur ihr Glaube daran, ihre Überzeugung gewesen, das mochte sein. Der Glaube an den Heiligen Rochus hatte ihr Kraft gegeben, hatte sie den Mut nicht verlieren und die Hoffnung niemals schwinden lassen. Das allein zählte, das war wichtig. Versonnen blätterte

Simone in dem Album und hielt unbewusst das Medaillon fest in ihrer linken Hand.

Später saß sie auf der Bettkante und nahm das Foto ihres Mannes vom Nachtschränkchen. „Ein paar Mal habe ich in der letzten Zeit gedacht, ich komme zu dir. Aber weißt du, da sind noch unsere Enkel und unsere Tochter mit ihrem Mann, meine Freundinnen und .... ja, das Leben. Du musst noch ein bisschen auf mich warten."
Sie glaubte, Günthers Stimme zu hören, wenn er Oscar Wilde zitierte: „Am Ende wird alles gut. Und wenn es nicht gut ist, ist es noch nicht das Ende." Das war sein Lieblingsspruch. „Ja Günther. Alles wird gut." flüsterte sie. Simone betrachtete liebevoll das Foto.

Kapitel 15

Pavia, anno domini 1374

Rochus hatte fast vier Jahre in Piacenza verbracht, nun wollte er sich erneut auf die Reise nach Montpellier machen. Der Edelmann Pallastrelli schenkte ihm zu seiner grenzenlosen Freude zum Abschied neue Kleidung, neue Schuhe und zwei Taschen. Eine Ledertasche war vollgepackt mit medizinischen Gerätschaften, ein Leinenbeutel enthielt Proviant für die ersten Tage und eine große Kalebasse als Wasserbehälter. Nur seinen zerknautschten Pilgerhut mit dem Pilgerzeichen des heiligen Petrus wollte Rochus unbedingt behalten. Als Wanderstock musste ein gerade gewachsener, langer Knüppel aus dem Wald herhalten. Der neue Wollmantel war dick und warm und hatte eine große Kapuze. So ausgerüstet begab sich Rochus wieder auf Wanderschaft.

Es waren unsichere, gefährliche Zeiten. Die Pest war zwar abgeflaut, dafür beherrschten weiterhin Hunger und kriegerische Auseinandersetzungen den Alltag. Papst Gregor XI, 1370 zum Papst gewählt, weilte in Avignon und unterhielt enge Beziehungen zum französischen Kaiser und zum Herzog von Anjou. Diese engen Beziehungen konnte man durchaus als Abhängigkeit bezeichnen, da es um die Finanzen des Papstes, bedingt durch Kriege und die Pracht der Hofhaltung nicht zum Besten stand. Mit anderen Worten: Der Papst war hoch verschuldet und abhängig von Lebensmittellieferungen und Krediten aus Paris und Anjou.
Nichtsdestotrotz lag die Macht über das Heilige Römische Reich nur pro forma beim Deutschen Kaiser, der als Reges Romanorum nominell regierte und das gesamte Reich hauptsächlich als Schatzkammer betrachtete, aus der man sich nach Belieben bedienen konnte.
Die größte Macht lag beim Vatikan. Rochus wollte sich mit all diesen Kämpfen, Intrigen und Machtdemonstrationen nicht abgeben, er wollte nicht über diese Dinge nachdenken. Der wahre Herrscher war für ihn Gott, da mochten sich die Menschen noch so sehr gegenseitig zerfleischen. Er bedauerte nur die arme Landbevölkerung, die man für diese Konflikte ausbluten ließ und auf deren Rücken all diese Machtkämpfe ausgetragen wurden.
Er wusste, dass die Gegend, durch die er wanderte, zerfallen war in kleinste Herrschaftsbereiche. Bei Straßen, Dörfern, Feldern konnte er sich nie sicher sein, welcher Familiendynastie das Land gerade gehörte, wer mit wem in Streit lag oder in Kämpfe verwickelt war.
Während Rochus im Spital von Piacenza all seine Kraft der Pflege der Sterbenden und der Heilung einiger Glücklicher geopfert hatte, war machtpolitisch einiges geschehen, was er kaum beachtet hatte. Der Mailändische Fürst Visconti, ein entschiedener Gegner des Papsttums, ein mächtiger,

einflussreicher Mann, der immer wieder Kirche und Papsttum in Frage stellte, hatte sich in einem verwegenen militärischen Streich die Lehensgebiete des Papstes angeeignet. Er wollte den Papst entmachten und die Kirche, die durch Völlerei und Unzucht an Glaubwürdigkeit verloren hatte, schwächen. Papst Gregor XI. versuchte es mit Verhandlungen, nach deren Scheitern verhängte er kurz entschlossen den Bann über Fürst Visconti.
Rochus hatte damals den Gesprächen der Mönche gelauscht, die sich darüber unterhalten hatten, wie es zu der Kriegserklärung des Papstes gekommen war.
„Stellt euch nur vor, der Bote, der die päpstliche Bulle überbrachte, wurde von Fürst Visconti gezwungen, das Pergament aufzuessen!", hatte Bruder Barnard empört ausgerufen.
Die frommen Brüder waren entsetzt gewesen angesichts dieser Respektlosigkeit gegenüber dem Oberhaupt der Mutter Kirche. Rochus hatte insgeheim schmunzeln müssen. Die Mitteilung der eigenen Exkommunizierung vom Überbringer der Nachricht verzehren zu lassen, darauf musste man erst einmal kommen. Das war mehr als verwegen!

Mittlerweile waren beide Gegner militärisch und finanziell erschöpft, die komplizierten Friedensverhandlungen in Brügge waren gescheitert und ein ganzer Städtebund stellte sich gegen die Herrschaft des Papstes. So unüberschaubar und ungewiss war die Situation, während Rochus durch genau diese Gegend wanderte. Er nahm sich in Acht vor dem berittenen Militär, er half als Medicus in den Dörfern, wo er nur konnte und vertraute wie bisher auf Gott, der für ihn sorgte, ihn am Leben erhielt.

Es wurde Herbst und Rochus näherte sich der Stadt Pavia. Schon von Ferne sah er die Stadtmauern und Türme. Die Straßen wurden belebter und immer öfter verbarg Rochus sich am Straßenrand vor den Soldaten und Rittern, die in großer Zahl in

beide Richtungen unterwegs waren. Mit ihnen wollte er nichts zu tun haben, er fürchtete sich vor den Waffen und der Brutalität der Männer.
Rochus erreichte den Flusslauf des Ticino, auf der anderen Seite lag Pavia. Er überquerte den Fluss über die überdachte Brücke Ponte Coperto. Hier waren trotz der späten Stunde noch viele Menschen unterwegs. Laut klirrten die Schritte der Soldaten und Wachen, deren mit Eisen besetztes Schuhwerk unter dem Holzdach der Brückenkonstruktion widerhallten.
Als Rochus spät abends in der Dunkelheit vor einem der Stadttore Pavias ankam, war das Tor schon verschlossen. Rochus lagerte auf einem mit Gras bewachsenen und mit Unrat verdreckten Platz neben der Stadtmauer und war morgens bei den Ersten, die die Stadt betraten. Zwischen Bauern, die Körbe trugen, beladenen Eseln und Händlern passierte er die schwer bewaffneten Wachposten.
Fürst Visconti hatte die Stadt nach langer Belagerung erobert und innerhalb weniger Jahre das beeindruckende Castello di Pavia mit seinem vier Türmen, die die Stadt überschauten, erbauen lassen. Stadttore und Kastell waren gut gesichert, da noch immer kein Frieden herrschte. Um das Kastell zog sich ein breiter Wassergraben, der von dem Flüsschen Naviglio gespeist wurde. Eine mächtige Zugbrücke überspannte das grüne Wasser und endete vor einem unüberwindbaren Falltor aus armdicken, schmiedeeisernen Stangen. Das Castello war ein Ergebnis des erbitterten, blutigen Krieges. Schon die Außenansicht des mächtigen Gebäudes jagte Rochus einen Schauder über den Rücken.
Rochus kam an der berühmten Universität vorbei. Dann besuchte er die Kirche San Michele. Hier war Barbarossa gekrönt worden, ebenso Karl der Große nach seinem Sieg über die Langobarden. Er fühlte sich unwohl zwischen all den Rüstungen, Kettenhemden, Lanzen und Schwertern. Er verließ Pavia in Richtung des Flussufers. Alle, die durch das Stadttor hinein

wollten, wurden streng kontrolliert, hinaus kam man ungeschoren. Neugierig betrachtete Rochus das Leben am Fluss vor den schützenden Stadtmauern.
Am Ufer standen dicht gedrängt die Hütten und bescheidenen Häuser der Wäscherinnen und Handwerker. Viele waren gesichert gegen das sie mehrmals im Jahr überflutende Hochwasser. Es herrschte lebhaftes Treiben. In allen Erdgeschossen und Höfen waren Handwerker bei der Arbeit, am Ufer selbst waren unzählige Wäscherinnen zugange. Sie schrubbten und walkten Wäsche, schlugen und klopften sie, wrangen und schüttelten sie und über allem schwebte der Geruch der Lauge und Seife und das Geräusch ihres Singens und Schwatzens. Vor den Hütten und Häusern waren Wäschestücke zum Trocknen und Bleichen auf dem Gras ausgebreitet. Kinder und Hunde wimmelten dazwischen umher und wurden lautstark gescholten, wenn sie den Wäschestücken zu nahe kamen.
Rochus beschloss, dort entlang zu gehen und zu fragen, ob seine Dienste als Medicus im Tausch gegen eine Mahlzeit benötigt wurden. Mit vorsichtigen Schritten ging er über den schlammigen Weg, der mit tiefen Furchen und Löchern übersät war, Überbleibseln vom letzten Hochwasser. Mehr als einmal geriet er ins Rutschen und konnte sich gerade noch abfangen. Plötzlich hörte er kräftiges Stampfen hinter sich. Er sah über die Schulter und erblickte erschrocken eine Gruppe Reiter in scharfem Galopp über den schmalen Pfad auf sich zu kommen.
Die Hufe der Pferde stampften in den weichen Boden, so dass der Schlamm in alle Richtungen spritzte. Waffen, Helme und Kettenhemden klirrten. In Windeseile waren die Kinder samt der Hunde verschwunden. Die Wäscherinnen verstummten und schauten geflissentlich konzentriert auf ihre Wäschestücke. Nur er, Rochus, stand im Weg. Hastig und angsterfüllt sprang er auf eine Lücke zwischen zwei Häusern zu.
Ein Schnauben, ein Klirren und die Reiter hielten ihre Pferde bei ihm an. Nervös tänzelten die Tiere und bildeten eine

Halbkreis um ihn. Es gab kein Entkommen. Angstschweiß sammelte sich unter Rochus´ Umhang. Er versuchte, ruhig zu atmen und starrte auf den Boden.
„Wer bist du?“, herrschte ihn der Anführer der Berittenen grob an
Rochus hielt den Blick gesenkt und atmete tief. „Ich bin Rocco, ich bin Pilger.“
„So, so, ein Pilger.“ Die Stimme des Hauptmanns klang sarkastisch. „Und woher kommt der werte Pilger?“
„Aus Rom“, hauchte Rochus, ließ die Schultern hängen, zog den Kopf ein und wagte es nicht, den Blick zu heben. Er hatte auf seiner Pilgerreise oft ähnliche Situationen beobachtet. Willkürlich wurde von den Bewaffneten ein Opfer ausgewählt und hatte dann keine Möglichkeit, zu entkommen. Die Menschen, die es traf, taten ihm leid. Er selbst war aufmerksam und wachsam gewesen und hatte es bisher immer geschafft, sich unsichtbar zu machen. Nur heute nicht. Nun war er das Opfer, war auf Gedeih und Verderb der Laune dieser brutalen Männer ausgeliefert.
„Rom!“, rief der Hauptmann spöttisch. „Ein Pilger! So ein abgerissener, schmutziger Kerl! Ich glaube eher, du bist ein geschickt getarnter Spion der Päpstlichen!“
Rochus zuckte zusammen. Entsetzt starrte er den Soldaten an. Ein Spion! Er, der die politischen Ränkespiele verachtete! Er wusste genau, diese Behauptung konnte sein Verderben sein. Diese Männer hatten keinen Beweis für ihre Anschuldigung, aber den brauchten sie auch nicht. Sie konnten mit ihm machen, was sie wollten.
„Aber nein, Herr! Ihr irrt! Im Namen des Herrn, ich bin ein Pilger und habe Pestkranke geheilt!“ rief Rochus mit verzweifelter Stimme.
„Pestkranke geheilt“, spottete ein anderer Soldat. „Schaut ihn euch an! Über und über vernarbt ist er. Er ist die leibhaftige Pest!“ Die Männer johlten.

„Packt ihn und bindet ihn", befahl der Hauptmann.
Rochus wurde grob zu Boden geworfen. Seine Hände wurden vor dem Körper zusammen gebunden, mit einem langen Seil band man ihn hinter ein Pferd. Dann wurde er schlitternd und stolpernd von dem Pferd in die Stadt zurückgezerrt und wie ein Verbrecher in der Zitadelle in ein Verlies geworfen. Man legte ihm ein eisernes Schloss um den Knöchel und band ihn mit einer Kette an einen im feuchten Mauerwerk eingelassenen Eisenring. All das ging so schnell und war so schrecklich, dass Rochus ohne Gegenwehr, ohne die Stimme zu seiner Verteidigung zu erheben, eingesperrt wurde.
Im fauligen Stroh erkannte Rochus bald mehrere Gefangene, die ebenso wie er gefesselt waren. Einige waren verletzt, zum Teil schwer, man hatte sie offensichtlich gefoltert. Der Mann neben ihm lag halb verhungert, nur noch ein Gerippe unter ein paar Stofffetzen, an der nassen, kalten Mauer und rührte sich nicht. Blut sickerte aus Nase und Mund, sein Hals und seine Schultern waren schwarz vor getrocknetem Blut.
Ab und zu stöhnte er leise. Aus anderen Zellen hörte Rochus verzweifelte Schreie, von oben, jenseits der Treppe, erklang ein schmerzerfülltes, nicht mehr menschenähnliches Brüllen. Rochus sank entsetzt ins Stroh.
Sein Gehör, gemartert von den unmenschlichen Schreien, sein Geruch, fast betäubt von dem durchdringenden Gestank nach Fäkalien und Blut, seine Augen, erschüttert von der Pein der ihn Umgebenden, saß er einige Stunden unter Schock im grausigen Dämmerlicht, das nur von einer unruhig flackernden Fackel vor der Zelle beleuchtet wurde, und rührte sich nicht. Seine Gedanken waren wie gelähmt. Er saß und starrte blicklos auf die zuckenden Schatten des Gitters an der dunklen, fleckigen Wand, auf die gequälten Gestalten, auf das Grauen, das ihn plötzlich verschluckt hatte.
Irgendwann hallten Unheil verkündende Schritte durch die finsteren Gänge, die massive Gittertür wurde von zwei schwer

bewaffneten Gestalten geöffnet und jedem Gefangenen wurde ein Stück Brot hin geworfen. Krachend wurde ein Eimer Wasser im modrigen Stroh abgestellt und die Gestalten verschwanden wieder.
Dumpf kaute Rochus auf dem Brot und kroch zu dem Eimer, um den sich die anderen Gefangene geschart hatten, so weit ihre Ketten reichten, und schöpfte mit der Hand etwas von dem Wasser in den Mund. Dann schaute er zu dem schwer misshandelten und verletzten Mann, der sich noch immer nicht gerührt hatte. Er kroch zu ihm hin, nahm seine Hand und legte das Brot hinein, das die Wachen für ihn hin geworfen hatten.
„Iss, bitte, im Namen des Herrn Jesus, iss“, sagte er leise.
Der Mann rührte sich nicht. Rochus kroch zu dem Eimer zurück, packte das hölzerne Gefäß und zog es zu dem Mann. Er schöpfte Wasser mit der Hand, wusch ihm das Gesicht ab und versuchte, ihm ein paar Tropfen in den halb geöffneten Mund zu gießen.
„Bist du wahnsinnig!“, rief ein Gefangener mit heiserer Stimme. „Der stirbt sowieso, gib sein Brot her und lass das Wasser stehen. Das ist alles, was wir bekommen!“
Grob stieß er Rochus weg, schleppte Eimer und den gestohlenen Brotkanten weg, kauerte sich an der Mauer zusammen und stopfte sich das Brot gierig in den Mund. Rochus sah ihn lange an. Er straffte die Schultern und atmete tief durch.
„Was ihr dem geringsten meiner Brüder tut, das habt ihr mir getan!“, sprach er nun laut und deutlich mit ruhiger Stimme.

Kapitel 15

Mai 2020

„Die Geschäfte dürfen wieder aufmachen“, sagte Frank und sah von der Tageszeitung auf.
„Abstand und Behelfsmaske sind verpflichtend.“
„Na, zum Glück. Die Läden gehen sonst doch alle kaputt“, erwiderte Anna.
„Wo bekommen wir Behelfsmasken her?“, wollte Daniel wissen.
„Was sind Behelfsmasken?“, fragte Josefine.
„Das ist ein Mund-Nasenschutz aus Stoff. Zu kaufen gibt es die nirgends, das ist wie mit dem Toilettenpapier. Wir müssen uns selbst welche nähen“, erklärte Anna.
Leute, die eine Nähmaschine zu Hause hatten, waren nun eifrig dabei, „Alltagsmasken“ oder „Behelfsmasken“ zu nähen und zu verkaufen. Findige Anwälte hatten erste Ahnungslose bereits verklagt, die diese Stofftücher als „Atemschutzmaske“ anbieten wollten. Dies sei irreführend und würde eine falsche Sicherheit vorspiegeln. Zum Glück gab es genug verantwortungsbewusste Anwälte, denen das Wohl der Menschen wichtig war, befand Frank zynisch, als er diese Meldung vorlas. Kriegsgewinnler gibt es immer, hatte Anna damals gedacht.
Es ging in schnellen Schritten zurück Richtung Normalität. Läden, Friseure, Kaufhäuser und andere Betriebe öffneten nach und nach, Restaurants und Sportstudios folgten, alle unter strengen Hygienevorschriften. Über Zuschauer beim Fußball wurde in den Medien ausgesprochen kontrovers diskutiert.
Vereinssport im Freien, Schwimmbäder, Spielplätze und Freizeitparks durften unter Einhaltung der Sicherheitsmaßnahmen wieder mit dem Betrieb starten. Auch der Schulunterricht sollte beginnen. Anna bekam täglich neue Anweisungen, die

Stundenplangestaltung und die Hygienemaßnahmen betreffend. Daniel und Josefine wurden weiter online unterrichtet, worüber Daniel hoch erfreut und Josefine maßlos enttäuscht war. Sie wollte endlich wieder in die Schule gehen und ihre Freundinnen sehen.

Annas Geburtstag rückte näher und Frank fragte, was sie sich wünsche.
„Oma darf wieder raus und wir könnten alle zusammen mit dem Schiff fahren, das wollte ich schon lange mal wieder machen“, sagte sie. „Wir könnten nach Bacharach fahren, dort essen gehen und wieder heim schippern.“
„Mit Gesichtsschlüpper“, grinste Frank.
„Mit was?“, fragte Josefine.
„Mit Maultäschle. Knebel. Babbeltasche für kleine Mädchen“, flachste Daniel.
„Ach so, die Masken. Muss man die jetzt draußen immer anhaben?“, staunte Josefine.

Am Abend ratterte Annas Nähmaschine. Sie hatte alte Bettwäsche, abgelegte Hemden und Shirts zerschnitten, einige Stoffreste aus einem Korb im Keller hervor gekramt und nun nähte sie Behelfsmasken. Gummilitze waren so rar wie einst Toilettenpapier, deshalb verwendete sie als Ohrenbänder in schmale Streifen geschnittenen, elastischen T-Shirt-Stoff.
Alle hatten unsäglichen Spaß, nur Anna nicht. Der Unterfaden verknotete sich ständig, die Nähte wurden krumm und schief, die Ränder blieben ausgefranst und sie fluchte laut, während der Rest der Familie sich hervorragend amüsierte.
„Gleich könnt ihr euren Mist selber nähen“, schimpfte Anna und zog wieder einmal eine dickes Knäuel Unterfaden aus der Maschine.
„Frauenarbeit“, sagte Daniel frech und verzog sich vorsichtshalber schnell.

Nach dreieinhalb Stunden hatte Anna für jedes Familienmitglied zwei seltsame, fransige Gebilde zusammen genäht und war völlig entnervt. Josefine hatte noch niemals vorher solche Flüche und Ausdrücke aus dem Mund ihrer Mama gehört. Sie probierten die Masken an.
„Zu groß. Zu klein. Rutscht. Schnürt mir die Luft ab. Passt gar nicht."
Anna rollte mit den Augen. Mit den Worten, „ich hab´ das Ding seit 20 Jahren nicht mehr benutzt, da muss was eingerostet sein", räumte sie die Nähmaschine in den Flurschrank und knallte die Schranktür zu.
Am nächsten Morgen kam Simone und packte fröhlich ihre Tasche aus.
„Die Schwarzen sind für Frank, die mit den Totenköpfen für Daniel, das Blümchenmuster für dich und die Tiermuster für Josefine. Ihr könnt aber auch tauschen, wenn ihr wollt", verkündete sie gut gelaunt und legte einen Stapel sauber gearbeiteter Stoffmasken auf den Tisch. Alle, bis auf Anna brachen in schallendes Gelächter aus und Simone verstand den Anlass der allgemeinen Heiterkeit nicht.

Frank reservierte online Schiffskarten und an Annas Geburtstag machte die ganze Familie sich auf zum ersten Ausflug seit vielen Wochen. Sie spazierten am Rheinufer entlang zum Schiffsanleger und achteten auf ausreichend Abstand zu anderen Spaziergängern. Simone führte Sam an der Leine und die beiden bewegten sich im Schneckentempo vorwärts, blieben allenthalben stehen und Sam schnupperte ausgiebig.
„Slow motion", flüsterte Daniel Josefine zu. Sie bedachte ihn mit einem warnenden Blick. Alle wussten, dass nicht nur der alte Hund langsam gehen musste, auch Simone war sehr schnell außer Atem und musste immer wieder stehen bleiben. Niemand verlor ein Wort darüber.

Sonst ging es Simone aber gut. Ihre Blutwerte waren in Ordnung, Geschmacks- und Geruchssinn waren zurück gekehrt, ihr Gehör hatte sich verbessert, was sie auf vollständige Wiederherstellung hoffen ließ. Nur ihre Lungenfunktion war eingeschränkt, das machte ihr Sorgen. Niemand wusste, wie sich diese Einschränkung weiter entwickeln würde. Sie war vor Corona so sportlich und leistungsfähig gewesen. Jetzt fühlte sie sich wie eine alte Frau. Aber nein! Sie wollte nicht jammern. Sie war glücklich, wieder bei ihrer Familie zu sein. Sie freute sich auf diesen wunderbaren Tag!

In üppig bepflanzten Beeten standen Hunderte violetter Tulpen, die kurz vorm Verblühen waren. Hohe Kübel, höher als Josefine, waren ebenfalls mit Tulpen bepflanzt und bildeten einen farbenfrohen Kontrast zu dem glitzernden Wasser des Rheins und dem makellos blauen Himmel. Es war ein Tag wie aus dem Bilderbuch und jede Menge Leute hatten die Gelegenheit zu einem Spaziergang genutzt.
Die meisten verhielten sich umsichtig und achteten auf Abstand. Auch Sam schien zufrieden. Ständig blieb er schnüffelnd stehen. Hier war er lange nicht gewesen, er musste ausgiebig schnuppern und seine Hundemails lesen, wie Josefine es ausdrückte.
Am Schiffsanleger stellten sie sich artig mit Abstand in die Reihe der Wartenden. Mit Maske vorm Gesicht und in kleinen Gruppen wurden sie aufs Schiff gelassen. Überall waren Markierungen aufgeklebt und laminierte Schilder ausgehängt, die an Abstand und Masken erinnerten. Sie nahmen auf einer Bank mit großer Distanz zu anderen Fahrgästen Platz und genossen den Blick über den Rhein, über die Weinberge und hinauf zum Niederwalddenkmal.
Langsam fuhr das Schiff rheinabwärts, vorbei am Mäuseturm. Auf der Mäuseturminsel war schon der Strand zu sehen, so niedrig war das Wasser.

„Wisst ihr noch, vorletztes Jahr war das Wasser so niedrig, dass wir zu Fuß dorthin konnten", sagte Anna. „Vielleicht klappt das dieses Jahr wieder."
„Wenn es weiter so trocken ist, bestimmt", meinte Frank.
„Ich würde so gerne mal wieder an den Strand", sinnierte Josefine und sah sehnsüchtig zu dem sandigen Streifen auf der kleinen Insel hinüber. „Ich konnte ja mit Oma nicht nach Norderney, wie sonst immer an Ostern."
Simone drückte sie an sich und sagte: „Vielleicht können wir das im Herbst nachholen. Aber nächstes Jahr bestimmt!"
Sie fuhren vorbei an Assmannshausen, Lorch, an der Pfalz im Rhein. Plötzlich fragte Josefine: „Was machen die denn da?"
Einige Männer der Schiffsbesatzung trugen Tische und Stühle umher und arrangierten sie anders als zuvor. Sie räumten das halbe Schiff um.
Als sie fertig waren, drehte einer der Männer sich um und sah Josefine unter seiner Maske grinsend an. Ein Geflecht von Lachfältchen zog sich um seine Augen. „Wir müssen jedes Mal umräumen, wenn wir die Grenze zwischen Rheinland-Pfalz und Hessen überqueren. Da gelten andere Vorschriften zum Sicherheitsabstand. Das Virus guckt anscheinend genau, auf welcher Rheinseite es ist. Das ist völlig verrückt!" Vergnügt wackelte er mit den Augenbrauen und zwinkerte ihr zu.
„Hat der das ernst gemeint?", fragte Josefine irritiert.
„Ich fürchte: Ja", nickte Frank mit hoch gezogenen Augenbrauen.
Wichtigstes Gesprächsthema auf dem Schiff war allenthalben das Virus und die Sicherheitsmaßnahmen. In jedem Bundesland galten andere Bestimmungen. Die Regelungen für Schulen, Kindergärten und Kindertagesstätten waren völlig undurchsichtig und unüberschaubar; bis man sie verstanden hatte, waren sie bereits wieder geändert.

Einige Bundesländer überboten sich mit Lockerungen, um den Tourismus anzukurbeln, über Grenzöffnungen der europäischen Nachbarn wurde wild spekuliert.
Völlig unverständlich fand Simone die Proteste und Demonstrationen gegen Schutzmaßnahmen und die zahlreichen, abenteuerlichen Verschwörungstheorien.
„Sollen die doch erst mal das erleben, was ich mitmachen musste“, kommentierte sie ohne jedes Verständnis.

Die Familie schlenderte durch Bacharach, das in normalen Zeiten ein beliebtes Ausflugsziel und entsprechend voll war. Es herrschte unwirkliche Leere. Sie waren die einzigen Gäste in der Pizzeria und saßen bis kurz vor der Rückfahrt in dem schattigen Außengelände unter den Bäumen.
Auf der Rückfahrt wurden auf dem Schiff erneut Möbel gerückt und Josefine sah wieder mit offenen Mund unter der Maske ungläubig zu. Die Rückfahrt rheinaufwärts bot neue Perspektiven, die Landschaft sah anders aus, als auf dem Hinweg, stellte Josefine fest. Wieder passierten sie den Mäuseturm, das berühmte Binger Wahrzeichen und Bingen kam in Sicht. Josefine hob Sam auf ihren Schoß, kuschelte sich an ihre Oma und schaute prüfend zu ihr hoch. Sie ahnte, wohin Oma sah.
Über ihrer bunten Stoffmaske hatte Simone den Blick auf die Rochuskapelle gerichtet. Anna, die Simones Blick gefolgt war, sagte: „Im Internet habe ich gesehen, dass ganz viele Gemeinden Rochusfiguren aufgestellt haben und zum heiligen Rochus beten. Und im Fernsehen kam letzten Sonntag ein Bericht über die Pest in Venedig. Der Moderator hat ganz viele Parallelen zu der Corona Pandemie gezogen. Das hat mir echt zu denken gegeben.“
Simone lächelte. Josefine kniff die Augen zusammen, weil das Sonnenlicht blendete. Sie betrachtete die zierlich wirkende Kapelle mit dem hellroten Turm, die aus den Baumwipfeln heraus ragte und deren Umriss vor dem tiefblauen Himmel wie eine

kleine Krone über Bingen thronte. Dann lehnte sie ihren blonden Kopf an Simones Schulter und bat:
„Oma, erzählst du mir morgen noch einmal die Geschichte vom Heiligen Rochus?"

„Ich brauche einen Tapetenwechsel!", stöhnte Frank und schaltete seinen Computer aus.
„Bald ist Christi Himmelfahrt, den Freitag habe ich frei, wir könnten mal wegfahren."
„Die Kinder und ich haben auch frei, das würde passen", meinte Anna. „Aber man kann ja noch nirgends hinfahren."
Home office und home schooling ersparten allen zum Teil lange, umständliche Arbeitswege und damit viel Zeit, man traf aber keine Schulkameraden, keine Kollegen und sah immer die gleichen Räume. Es wurde doch allmählich eintönig.
„Niedersachsen macht für den Tourismus auf, wir könnten Gudrun besuchen. Ich rufe sie nachher mal an und frage, ob ihre Ferienwohnung noch frei ist. Wir haben sie sowieso ewig nicht gesehen." Bei Frank setzte bereits die Vorfreude ein, seine zwei Jahre ältere, kinderlose Schwester endlich wieder einmal zu sehen.
Gudruns Ferienwohnung war frei, die Einreise nach Niedersachsen erlaubt und Anna und Frank beschlossen, für vier Tage mit der ganzen Familie nach Norddeich zu fahren, wo Franks Schwester seit Jahrzehnten wohnte und Ferienwohnungen vermietete. Josefine freute sich. „Zu Tante Gudrun! Ans Meer! An den Strand! Wie cool!"
„Ist das auch sicher?", gab Anna zu bedenken. „Können wir Abstand halten? Ich habe keine Lust, mir das blöde Virus einzufangen."
„Wir halten Abstand zu allen, auch zu Gudrun und Hannes. Sie wohnen ja ziemlich abgelegen. Kochen können wir in der Ferienwohnung. Alle Vorräte nehmen wir mit, dann müssen wir nicht einkaufen gehen und bleiben von allen

Menschenansammlungen fern. Es wird schon nichts passieren“, argumentierte Frank.
„Jaaa, bitte! Ans Meer! Wir bleiben von allen weit weg!“, jubelte Josefine. „Kann Oma mitfahren? Wir konnten ja nicht nach Norderney, da wäre das doch jetzt ein Ersatz.“
„Ich weiß nicht“, sagte Anna unsicher. „Sie ist gerade erst wieder gesund, das ganze Chaos hat mit einer Reise begonnen. Wer weiß, ob sie das schon durchhält und ob sie das überhaupt möchte.“
„Fragen wir sie!“, rief Josefine. „Bitte. Bitte, ruf sie an!“
Simone und Anna sprachen ernst und ausführlich miteinander über ihre Ängste und ihre Unsicherheit.
„Ich freue mich total, mit euch wegzufahren. Aber wir müssen wirklich darauf achten, weit weg von anderen Menschen zu bleiben“, entschied Simone schließlich.

Dienstagsabend wurde Franks Bus vollgepackt. Anna legte griffbereit eine Tasche mit Desinfektionsmittel, gut verpackten Masken und Desinfektionstüchern in den Fußraum des Beifahrersitzes. Diese Utensilien würden von nun an wohl immer zur Grundausstattung gehören, dachte sie.
Mittwochs nach der Arbeit ging es los. Die Autobahn war gespenstisch leer, nur um Köln wurde der Verkehr ein bisschen dichter. Nach der Tankpause kam Frank ins Auto zurück, zog die Stoffmaske ab und sagte: „So billig war Sprit ewig nicht mehr.“ Anna sprühte ihm die Hände mit Desinfektionsmittel ein.
Nach fünf Stunden Fahrt wurde die Gegend immer ländlicher.
„Da ist der Deich!“, rief Josefine und zappelte auf ihrem Sitz herum. „Gleich sind wir da!“ Sie war schon oft hier gewesen und liebte Ferien bei ihrer Tante. Frank fuhr durch das offene Holztor auf den gepflasterten Hof vor dem alten Bauernhaus.
Franks Schwester und ihr Mann Hannes kamen sofort heraus gelaufen. Vergessen war der Abstand. In der allgemeinen

Wiedersehensfreude umarmten und küssten sich alle. „Es ist so schön, dass ihr da seid! Gut seht ihr aus! Kinder, seid ihr groß geworden!“, rief Gudrun und ihr von der Meeresluft und der Arbeit im Freien gebräuntes Gesicht strahlte.
„Was schleppt ihr dann da alles mit?“ lachte sie, als Daniel und Frank die Vorräte ausluden.
„Ihr esst selbstverständlich bei uns. Das könnt ihr am Sonntag alles wieder mit nach Hause nehmen“, stellte sie in ihrer resoluten Art klar.
Bald saßen alle auf den Bänken im Garten um den verwitterten Holztisch. Gudrun hatte Kaffee, Kakao und natürlich echten ostfriesischen Tee gekocht, der in einer Porzellankanne vor sich hin dampfte.
Der riesige Garten war windgeschützt eingerahmt von hohen, wild wuchernden Heckenrosen, deren rosa Blüten einen verschwenderischen Duft verströmten. Der Himmel war blau, die Blätter der hohen Bäume am Straßenrand rauschten im kräftigen Wind, der vom Meer über den Deich blies und das Rapsfeld auf der anderen Straßenseite leuchtete unwirklich gelb. Es ist wie im Paradies, dachte Simone und lehnte sich zurück, wärmte wohlig ihren Rücken an der sonnenbeschienenen Hauswand.
Die Erwachsenen unterhielten sich über die *Corona Krise* und Gudrun wollte alles über Simones Erkrankung erfahren.
Josefine saß im Gras und hörte den Erwachsenen zu. Irgendwann wurde sie schläfrig, streckte sich auf der Wiese aus, den Blick im blauen Himmel verloren und döste.
Als die Sonne hinterm Deich verschwand, standen Anna und Simone auf.
„Wer kommt mit zum Sonnenuntergang?“, fragte Anna.
„Ich.“ Sofort war Josefine hellwach.
Josefine kletterte zusammen mit ihrer Mutter und ihrer Oma über den Übergang des Schafzauns. Sie stiegen den Deich hinauf. Simone musste einige Male schwer atmend stehen bleiben. Noch immer hatte sie ihre alte Form nicht wieder erlangt.

Oben angekommen bot sich ihnen ein fantastischer Anblick. Es war Ebbe, das Watt lag orange leuchtend im Schein der untergehenden Sonne, die Priele glänzten golden. Die beiden Frauen nahmen Josefine in die Mitte, alle drei standen eng umschlungen, andächtig das Farbenspiel bestaunend, auf der Deichkrone.
„Ist das schön!“, seufzte Simone. „Vor ein paar Wochen hätte ich nicht gedacht, dass ich das noch einmal sehen darf. Ich dachte wirklich, das war´s.“
Josefine schaute mit großen Augen zu ihr auf. „Oma! Das darfst du nicht sagen! Ich bin so froh, dass du wieder gesund bist.“
Anna, Simone und Josefine rückten noch enger zusammen. Josefine fühlte sich warm und geborgen. Am Horizont, wo Wattenmeer und Himmel sich berührten, verschwanden die letzten goldenen Strahlen.

Das Wetter war am nächsten Tag sommerlich, es war am Morgen schon warm, kein Lüftchen wehte, was hier eher selten war. Frank wollte lesen. Anna und Daniel liehen sich Gudruns und Hannes´ Fahrräder und wollten eine lange Radtour machen, immer am Deich entlang.
Simone und Josefine packten den Bollerwagen voll, setzten Sam hinein und machten sich auf zum Strand. Ganz am Rand des Strandes, dicht am Zaun zum Naturschutzgebiet, suchten sie sich ein ruhiges Plätzchen, weit weg von anderen Leuten. Simone breitete eine Picknickdecke im Sand aus, legte sich darauf und ließ sich die Sonne auf den Bauch scheinen. Josefine ließ sich neben Simone auf die Decke fallen, nachdem sie ein bisschen mit nackten Füßen im flachen Wasser herum gelaufen war. Sie sah eine Weile in den Himmel, rollte sich dann auf den Bauch und stützte sich auf die Ellenbogen. Ernst sah sie Simone an. „Warum hast du das gestern Abend gesagt? Hast du wirklich gedacht, dass du stirbst?“

Simone nahm die Sonnenbrille ab, drehte sich auf die Seite, stützte den Kopf auf den Arm und sah ihrer Enkelin in die Augen.

„Ja. Als ich keine Luft bekommen habe, da habe ich wirklich gedacht, ich müsste sterben, ich würde ersticken. Ich hatte ja auch diese furchtbaren Bilder aus dem Fernsehen im Kopf. Das war wirklich grauenhaft. Ich habe gedacht, jetzt ist es vorbei. Ich war so schwach und kraftlos." Sie hielt inne und schloss für einen Moment die Augen.

„Weißt du, ich hatte keine Hoffnung mehr. Furchtbar war das. Ich bin so froh, dass ich es überstanden habe", schloss sie und drückte Josefines Hand.

Josefine drehte sich auch auf die Seite. Sie griff nach ihrem Anhänger, den sie noch immer trug. „Guck, Oma. Ich hab den extra für dich angezogen, weil ich doch wusste, wie wichtig dir der Rochus ist. Und weil ich wusste, dass er dir bei schlimmen Krankheiten hilft", sagte sie stolz. Simone lächelte und zog ebenfalls ihren Anhänger unter dem Shirt hervor.

„Weißt du was, Josi? Er hat mir tatsächlich geholfen. Dieser Anhänger hat mich daran erinnert, nicht aufzugeben. Er hat mir die Kraft gegeben, weiter zu kämpfen und die Hoffnung nicht zu verlieren. Ich habe einfach daran geglaubt und Rochus gebeten, mir zu helfen, es war das Einzige, das ich tun konnte. Und diese Gedanken und Bitten haben mir Mut gegeben. Mit Mut und Zuversicht wird man leichter gesund, es geht einem dann grundsätzlich besser, als wenn man sich hängen lässt. Das macht etwas aus, das macht etwas mit uns. An etwas zu glauben, lässt es oft wahr werden."

Als es wärmer wurde spazierten sie am Meer entlang. Nach dem Naturstrand kam der öffentliche Strand mit den Strandkörben. Die weißen Körbe mit den bunt gestreiften Bezügen standen weit auseinander, ein großer Teil war besetzt. Heller Sand, blauer Himmel, schimmerndes Meer und Sonnenschein – es sah nach Sommerlaune und Ferien aus. Kinder wuselten mit Bällen

und Sandspielzeug umher, Erwachsene saßen oder standen in Gruppen auf dem Sand zwischen den Strandkörben und über die Strandpromenade schoben sich dicht gedrängt fröhliche Urlauber. Dicht bei dicht saßen die Menschen auf den breiten hellen Treppenstufen, über die man ins Wasser steigen konnte. Einige trugen Masken. Das war der einzige Unterschied, ansonsten sah es hier aus wie in jedem Sommer bei schönem Wetter.
Simone blieb ruckartig stehen.
„Was ist los, Oma?“, fragte Josefine, die ihrer Oma bei der Vollbremsung beinahe den Bollerwagen in die Hacken gefahren hätte.
Simone starrte entsetzt auf die Menschenmassen.
„Ich glaub´s nicht! Das hat doch mit Abstand nichts zu tun! Sind die denn alle wahnsinnig?“, stammelte Simone ungläubig. „Komm, wir gehen heim. Das ist mir zu gefährlich. Für dich und auch für mich. Ich weiß ja nicht einmal, ob ich immun bin oder ob ich den Mist noch einmal bekommen kann. Einmal reicht mir.“
An den nächsten beiden Tagen frischte der Wind auf, der Himmel war noch immer strahlend blau. Die ganze Familie machte einen kurzen Spaziergang auf dem Deich. Dann zogen sie sich wieder in Gudruns und Hannes´ Garten zurück. Allen fanden den Trubel bedenklich. Es war klar, die Leute wollten raus bei diesem Wetter, der Strand war ein wunderbarer Ort und die Ferienstimmung nach dem Lockdown war eine Erlösung. Aber es schien ihnen, als hätten zu viele Leute jede Vorsicht vergessen, sie verhielten sich als sei das Virus nicht mehr da.
Simone sagte: „Wenn man das Virus selbst hatte, wird einem Angst und Bange, wenn man sieht, wie leichtsinnig sich die Leute verhalten.“

Kapitel 16

Voghera, 16. August anno domini 1379

Im Kerker des neu erbauten Castello Vesconteo lag in der dunkelsten Ecke eine zusammengekrümmte Gestalt, notdürftig eingewickelt in den lumpigen Überrest eines Mantels. Abgemagert bis auf die Knochen, von Wanzen und Läusen zerbissen und zerstochen, die Farbe von Haaren und Bart war nicht mehr zu erkennen, so schmutzig war das menschliche Wesen. Sein wund gescheuerter Knöchel war umschlossen von einem Eisenring, mit dem der Mann über eine Kette an die Wand geschmiedet war.

Zwei weitere Gefangene kauerten angekettet unter dem winzigen, vergitterten Fenster, das hoch oben ins Mauerwerk eingelassen war und ein wenig frische Luft und etwas Licht in das grauenhafte Loch ließen.

„Lebt er noch?“, fragte der jüngere der Männer, dessen Gesicht von einer wulstigen Narbe entstellt war, die über Stirn und Wange verlief und sein linkes Auge verzerrte.

„Ich weiß es nicht. Ich glaube, er atmet noch“, erwiderte der alte, graugesichtige Mann und bewegte gequält seine Hände mit den dicken schmerzenden Gichtknoten an den Fingergelenken.

„Der Pfarrer muss kommen. Er war immer so fromm, er hat so oft gebetet, er sollte jetzt nicht ohne den Pfarrer sterben müssen“, meinte der Jüngere.

Der Alte seufzte. „Ja, er braucht den Pfarrer. Es ist ihm bestimmt wichtig, die letzte Segnung zu bekommen. Er hat in den fünf Jahren, die er mit uns hier war, nie den Mut verloren, er hat immer auf Gott vertraut, zu ihm gebetet und ihm sogar gedankt. Er war freundlich und duldsam und hat versucht, allen anderen zu helfen. Er war ein besonderer Mann, er hat seinen Glauben nie verloren, er hat nie gezweifelt.“

Dann nahm er all seinen Mut zusammen und rief: „Wachen! Hier stirbt einer. Schickt den Pfarrer!“ Die beiden Männer hörten, wie sich der Schlüssel im Schloss drehte. Die schwere, eisenbeschlagene Tür öffnete sich einen Spalt und der Wachmann spähte in das Verlies. Er brauchte einen Moment, bis seine Augen sich an das wenige Licht gewöhnt hatten, dann sah er auf die zusammengekrümmte menschliche Gestalt, die im Stroh lag. Er kratzte sich nachdenklich den Bart, zog die schwere Tür wieder zu und schloss ab.

Wenig später kamen Wachen, schlossen die Fußfessel des Gefangenen auf, hoben die schlaffe Gestalt hoch und schleppten den Mann zur Tür hinaus.

„Er war gut zu uns. Er hat sich um uns gekümmert, nachdem sie uns gefoltert hatten. Er war Medicus, hat er gesagt“, meinte der Alte und sah auf die Stelle, auf der der Mann gelegen hatte.

„Ja, er war gebildet. Er war anders als wir. Jetzt geht er zu seinem Gott, zu dem er immer gebetet hat“, sagte der Jüngere.

„Er hat es hinter sich“, seufzte der Alte.

Der Pfarrer wurde durch die kalten, düsteren Gänge des Kerkers in einen winzigen Raum geführt. Die Wachen schlossen die Tür und er sah eine ausgezehrte Gestalt auf einer hölzernen Pritsche liegen. Der Mann war in einen zerfetzten Mantelrest gewickelt, zitterte aber trotzdem in dem eiskalten, feuchten Gemäuer.

Er war wach und sah den Pfarrer aus tief in den Höhlen liegenden Augen an. Seine Wangen waren eingefallen. Mühsam atmete er durch den halb offenen Mund, musste um jeden Atemzug ringen. Der Pfarrer setzte sich auf den Rand der Pritsche. Er sah die aufgesprungenen Lippen des Gefangenen und rief nach den Wachen.

„Bringt einen Becher Wasser. Sauberes Wasser!“, befahl er mit Nachdruck.

Er betrachtete den Mann, die wulstigen Narben, die den knochigen Körper noch abstoßender aussehen ließen. Pestmale, dachte

der Pfarrer. Die Wache brachte einen Becher mit Wasser und zog sich schweigend zurück. Aus einer kleinen Flasche goss der Pfarrer ein wenig Wein in das Wasser, hob den Kopf des Sterbenden an und hielt ihm den Becher an die Lippen. Durstig schluckte der Mann und trank den Becher in einem Zug aus. Dann hustete und röchelte er.
„Wie heißt du, mein Sohn?“, fragte der Pfarrer.
„Mit müder Stimme sagte der Mann: „Mein Name ist Roch de la Croix.“
„De La Croix?“, wiederholte der Pfarrer erstaunt.
„Unser Stadtherr heißt De La Croix“, fügte er etwas ratlos hinzu.
„Das ist mein Onkel“, sagte Rochus schwach.
Der Pfarrer starrte ihn ungläubig an. Rochus hob die Hände, packte langsam und kraftlos das zerschlissene Hemd und zerrte es mühsam auseinander.
Mit offenem Mund betrachtete der Pfarrer das große, dunkle Mal, das mitten auf der ausgezehrten knochigen Brust des Mannes prangte.
„De La Croix“, wiederholte Rochus und wies auf das Kreuz, dass sich auf der Haut deutlich abzeichnete.
Lange Zeit herrschte Schweigen. Man hörte nur das Stöhnen aus den benachbarten Verliesen und das krampfhafte Atmen und Keuchen des Sterbenden.
Der Pfarrer dachte nach. Sterbende erzählten manchmal seltsame Dinge. Konnte er dem Mann glauben? Jeder wusste, dass der Stadtherr Konsul De La Croix ein ebensolches Mal auf der Brust hatte, kleiner und blasser zwar, aber deutlich als Kreuz zu erkennen.
„Wieso habt ihr das nicht früher gesagt. Euer Onkel hätte euch gewiss geholfen, für euch gesprochen und euch aus dem Kerker geholt“, stammelte der Pfarrer verunsichert.
„Das wollte ich nicht. Unser Herr Jesus hat stumm gelitten, er hat bereitwillig sein Kreuz getragen und ist für uns gestorben.

Warum sollte ich klagen, wenn es mir ähnlich ergeht?“, flüsterte Rochus.

Der Pfarrer sah ihn ratlos und erschrocken an. Er wusste, dass dieser Mann nach schrecklicher Folter in Pavia mit anderen Gefangenen nach Voghera gebracht worden war. Dort kerkerte man die ein, die selbst unter der Folter nicht gestanden.

Auch hatte der Pfarrer schon von dem berühmten Medicus gehört, der selbst die Pest überlebt hatte und der durch Auflegen seines Kreuzes und durch seine Gebete unzählige Menschen von der Pest geheilt hatte. Man erzählte, er sei der Neffe des Stadtherren, ein De La Croix, und niemand wisse, wo er sich aufhalte. Seine Geschichte gab den Menschen Mut, Hoffnung und Gottvertrauen, auch wenn ihm seit langem niemand mehr begegnet war. Konnte es tatsächlich sein, dass dieser Mann, der hier sterbend vor ihm lag, dieser berühmte Medicus war? Dem Pfarrer lief plötzlich der Schweiß über den Rücken, sein Atem ging schnell. In was war er hier hineingeraten? Konnte er der Behauptung des Sterbenden Glauben schenken? Schweigend und in Gedanken versunken saß der Pfarrer am Rand der Pritsche und betrachtete den Mann, sah, wie dessen Brust mit dem Kreuzmal sich mühsam hob und senkte, sah, wie seine Lider flatterten.

Rochus schloss die Augen. Sein Atem ging flach und langsam. „Der Herr nimmt mich zu sich“, hauchte er mit kaum hörbarer Stimme.

Der Pfarrer salbte ihn mit dem geweihten Öl und sprach seinen Segen über ihn. Die Lippen des Sterbenden bewegten sich, als spräche er alle Segnungen leise mit. Der Pfarrer musste bei der letzten Kommunion vorsichtig mit den Fingern die Lippen des Mannes öffnen, um ihm das geweihte Brot, den Leib des Herrn, auf die Zunge zu legen. Rochus zerkaute langsam das Brotstückchen. Mit einem lauten, gequälten Geräusch schluckte er. Er tat einen tiefen Atemzug und ließ dann die Luft aus seinen Lungen entweichen. Es war sein letzter Atemzug.

Noch lange blieb der Pfarrer mit ernster Miene auf der Pritsche sitzen und betrachtete ergriffen das Kreuz auf der Brust des Toten. Dann beschloss er, beim Stadtherrn von Voghera, dem Edlen De La Croix, vorzusprechen.

Kapitel 17

Juni 2020

Simone klickte auf „speichern", lehnte sich zurück und schaute nachdenklich auf den Text auf ihrem Bildschirm. Sie war am Ende der Geschichte angekommen. Sie hatte das Leben und Wirken ihres Schutzheiligen Rochus aufgeschrieben, angelehnt an die Legende, die sie seit Kinderzeiten kannte.
Sie hatte es für sich getan, für sich und Josefine, die, wie sie, ein Rochuspilgerzeichen als Schutz an einer Kette um den Hals trug. Auch ihre Freundin Karin sollte die Geschichte lesen dürfen. Sie selbst wollte sich damit Fragen beantworten, die sie seit ihrer Reise nach Montpellier beschäftigt hatten und die während ihrer Erkrankung drängender geworden waren.
Wie war Rochus überhaupt zum Schutzheiligen gegen die Pest und Seuchen geworden? Was war geschehen, dass er zum Volksheiligen wurde? Was sprach dafür, dass er noch heute seinen Platz im Leben hatte?
Jeden Tag war Simone in letzter Zeit an der Rochuskapelle gewesen und hatte ihren Gedanken nachgehangen, hatte sich der Rochusgeschichte immer enger verbunden gefühlt.
Ihr Schutzheiliger war also durch Willkür im Kerker gelandet und hatte auch dort sein Gottvertrauen und seine Menschlichkeit bewahrt. Erst nach seinem Tod war offenbar geworden, wen man in Voghera für fünf Jahre eingekerkert hatte. Sein Onkel hatte das Mal auf Rochus´ Brust nach dessen Tod erkannt.

Simone ordnete die Papiere auf ihrem Schreibtisch und stapelte sie. All diese Unterlagen und Recherchen hatten ihr geholfen, ein Bild der damaligen Zeit zu zeichnen, das Leben des Mannes zu beschreiben, der in ihrem eigenen Leben einen so großen Stellenwert hatte.
Das wichtigste Dokument war „Das Leben des heiligen Rochus“ aus der Feder des Statthalters von Venedig gewesen. „Sancti Rochi, von Francenco Diedo, Venedig, anno domini 1378“.
Rochus hatte also zu Lebzeiten bereits Berühmtheit erlangt, war zum Volksheiligen geworden. Die Menschen hatten während der großen Pestepedemien zu ihm gebetet, ihn um Fürsprache bei Gott gebeten. Ein paar Jahre nach Rochus´ Tod hatte man bereits seine Reliquien verehrt und ihm Kapellen geweiht.
Nun war ihr Werk beendet. Simone lächelte, ein Gefühl von Zufriedenheit und Stolz breitete sich in ihr aus. Ihre Geschichte. Ihr Rochus. Ein Teil ihres Lebens. Natürlich reicht die Kraft meines Schutzheiligen bis in die heutige Zeit, dachte Simone. Durch meinen Glauben daran bin ich gesund geworden.
Simone umfasste ihr Pilgerzeichen des Heiligen Rochus und schloss dankbar die Augen. Dann schaltete sie den Computer aus, stand auf und machte sich auf den Weg, um Josefine abzuholen.

Nach Pfingsten zog ein Tiefdruckgebiet heran. Der erste Regen seit vielen Wochen fiel auf den trockenen, ausgedörrten Boden. Der Wasserstand des Rheins war bereits so niedrig, dass die Inseln und Untiefen an vielen Stellen die Wasseroberfläche durchbrachen. „Regen ist dringend nötig“, hatte Anna gesagt, als sie den Wetterbericht gesehen hatte.
Für einige Tage wechselten sich Sonne, Wolken, Regen und Gewitter ab, es war kühl geworden. Josefine hatte die kurzen Hosen gegen eine Jeans getauscht und trug ihren nagelneuen Lieblingspulli, einen blauen Schafwollpullover mit

dunkelblauen Bündchen, den Tante Gudrun ihr zum Abschied geschenkt hatte. Immer, wenn Josefine den Pullover sah oder anzog, dachte sie an die wunderbaren Ferientage bei ihrer Tante.

Sie wartete in der Einfahrt unter dem Carport, geschützt vor dem anhaltenden Regen. Immer wieder ließ sie ihren neonfarbenen Flummi auf den Boden prallen und fing ihn geschickt auf, um ihn erneut hinzuwerfen. In das „Plopp, Plopp“ des kleinen Gummiballs mischten sich das Trommeln des Regens auf dem Blechdach des Carports und dann das Geräusch eines Automotors.

Ja! Oma! Josefine steckte den kleinen Ball in die Hosentasche und sprang über das niedrige Tor. Warum umständlich aufmachen, wenn man auch drüberhüpfen konnte? Kurz winkte sie Anna zu, die kopfschüttelnd durchs Küchenfenster schaute und beobachtete, wie Josefine zu Simone ins Auto stieg.

Sie fuhren an der Nahe entlang und durch die Stadt, vorbei an der Basilika. Simone musste wegen einer Baustelle eine Umleitung nehmen. Bergauf brummte ihr Auto, als wäre ihm die Steigung zu viel. Die Scheibenwischer quietschten.

Sie hielten auf dem Parkplatz oberhalb des Weintores, einem großen Holztor, das den Blick ins Tal und über die Weinberge einrahmte und malerisch von Reben umrankt war, die in der Nässe dunkelgrün glänzten.

Der Parkplatz war leer. Simone hob Sam aus dem Auto und spannte ihren großen bunten Schirm auf. Josefine hakte sich bei ihr unter und sie gingen das kurze Stück zur Kapelle.

Im Weinberg neben der Straße wuchs roter Klatschmohn, dessen unzählige Blüten und pralle Knospen nass und schwer vom Regen an den Stängeln hingen, grelle Farbtupfer an diesem grauen Tag. Immer wieder blieben sie stehen und warteten geduldig auf Sam, der langsam hinter ihnen herzuckelte.

„Die Rochusstatue ist wieder da“, sagte Simone.

„Echt jetzt? Repariert?“, fragte Josefine.

„Ja, ich habe es in der Zeitung gelesen. Da war auch ein Bild. Frische Farben, frisches Gold, wie neu sieht er aus!“ antwortete Simone.
„Cool. Können wir die angucken?“, wollte Josefine wissen.
„Nein. Leider nicht, die Kapelle ist noch geschlossen. Bestimmt wird sie bald geöffnet, dann können wir ihn ansehen. Ich kann dir aber das Bild aus der Zeitung zeigen“, meinte Simone.

Sie waren alleine, es war still. Noch immer war die Kapelle verschlossen, noch immer hingen überall die laminierten Schilder. Bis auf das Wetter hat sich nichts geändert, dachte Josefine. Doch! Oma war wieder bei ihr!
Josefine und Simone standen unter dem Schirm vor dem winzigen vergitterten Andachtsraum, in dem die kleine Statue stand, mit den flackernden Windlichtern zu ihren Füßen. Die Plastikhüllen der Kerzen hatten die gleiche Farbe wie der Mohn, stellte Josefine fest. Sie dachte an das letzte Mal, als sie mit Luisa hier gewesen war. Sie dachte an ihre Angst, ihre Unsicherheit und ihre Fragen, die ihr damals niemand beantworten konnte.
„Weißt du noch, als wir im Februar hier waren?“, drang Simones leise Stimme in ihre Gedanken. Josefine nickte schweigend. Was war seitdem alles geschehen! Wie sehr hatte sich ihre Welt in dieser Zeit verändert! Welche Ängste hatte die ganze Familie ausgestanden! Was hatte ihre Oma durchmachen müssen!
Josefine zog ihr Medaillon unter dem Pullover hervor. Immer die Hoffnung behalten, dachte sie. Aus der Hosentasche kramte sie eine Münze und steckte sie in die schwarze Spendendose, die am schmiedeeisernen Gitter hing. Es klapperte, als das Geldstück in die Metallkiste fiel. Sie nahm eine Kerze, zündete sie an und stellte sie zu den anderen Lichtern.

Ende

Das sind wir

Wir, Vera und Ina, zwei Schwestern, wie sie verschiedener nicht sein können, haben uns gemeinsam an dieses Buch gemacht. Wenn solch unterschiedliche Charaktere an einem Projekt arbeiten, kann nur etwas ganz Besonderes dabei herauskommen.

Beide haben wir ständig Rochus oder die Rochuskapelle vor Augen, sei es durch Laufen im Wald um die Kapelle oder den Blick aus dem Bürofenster.

Sicher ist, jede von uns hat in unser Buch das eingebracht, was sie am besten kann.

Wir haben viele historische und aktuelle Ereignisse aus verschiedenen Blickwinkeln beleuchtet und haben beim Schreiben dieses Buches selbst viel gewonnen.

Wir hoffen, dass es Ihnen, liebe Leserin, lieber Leser, genau so ergeht, dass Sie immer die Hoffnung im Blick behalten und darauf vertrauen, dass Glaube Berge versetzen kann.

Vera & Ina